图书在版编目（CIP）数据

哪一朵云彩在下雨／谢雨眠编著．—济南：济南出版社，2015.11
ISBN 978 – 7 – 5488 – 1921 – 9

Ⅰ.①哪…　Ⅱ.①谢…　Ⅲ.①散文—文学欣赏—世界　Ⅳ.①I106.6

中国版本图书馆 CIP 数据核字（2015）第 283391 号

本书部分入选文章作者(或译者)无法取得联系,在此深表歉意。敬请作者(或译者)及时与我们联系,我们将按国家有关规定支付稿酬并赠送样书。联系电话:0531 – 86131713

哪一朵云彩在下雨

出版发行	济南出版社
地　　址	济南市二环南路 1 号（250002）
责任编辑	王小曼
装帧设计	焦萍萍
编辑热线	0531 – 86131713
发行热线	0531 – 86116641　86131730
印　　刷	山东省东营市新华印刷厂
版　　次	2015 年 11 月第 1 版
印　　次	2016 年 1 月第 1 次印刷
开　　本	880 mm × 1230 mm　1/32
印　　张	8.5
字　　数	197 千字
定　　价	28.00 元

（济南版图书,如有印装质量问题,可随时调换。电话:0531 – 86131716）

序 言

"书卷多情似故人,晨昏忧乐每相亲。"

在人生最好的年龄,有最美的书籍相伴,是每位青少年读者的渴望,也是每一位语文老师的愿望。

一篇优美的文章,一部优秀的文学作品,其魅力赶得上无数的语文课堂,这是许多读者的共识。在许多人关于中学时代语文课堂的记忆里,老师讲了什么,可能并没有留下多少印象,但在老师们引领下阅读的优秀文学作品,却记忆深刻。多少年以后,这些优美的文字,这些经典的书籍,就像一粒粒种子,在他们心底生根,并长成参天大树……

基于这样美好的愿望,我们编辑了这套丛书,愿她能为青少年朋友的阅读天空添一抹明霞,能使朋友们的阅读生活变得更加丰富多彩……

丛书选取的文章,是一批工作在教学一线,并在语文教学与阅读推广方面有着丰富经验的老师,从古今中外成千上万篇经典作品中精心筛选的。一篇篇选文,一篇篇阅读导语,一条条注释,都体现了我们美好的愿望。

丛书体现了以下特点:

一、精心选编古今中外最具代表性和典范性的名家名篇。

丛书从青少年的语文学习出发,选取与语文学习最贴近的名家名篇,选取最好最美的名家名篇,以及最贴近青少年心理诉求的名家名篇,进行阅读推介。

我们希望能打破时空的界限，让学生与古今中外的名家对话，进行心灵的沟通，因而在选文时遵循"不薄今人爱古人"的原则，既有古代文学史上的经典，也有当代的名家名篇，做到了历史与现实熔为一炉，经典性与时代感并重。

在编排顺序上，我们尊重文学史的发展规律和青少年的阅读习惯，遵循先古后今、先中国后外国的顺序。另外，基于现代阅读的习惯，我们对部分文章的个别字词进行了规范。

二、每篇文章采用"作品导读"+"名家点评"的推介方式。

所选文章由名师进行深入浅出的导读，以此引领读者的阅读兴趣、阅读口味及阅读感知能力。在每篇文章的后面，精选了名家对该作者创作风格的评价或对该作品的赏析，这样能贴合读者的实际需求，并以此来引导读者去欣赏文学美，我们希望这能对语文学习及写作起到积极的促进作用。

三、在体裁方面，诗歌、散文、小说等异彩纷呈。

丛书包含古诗文、现代诗、散文、小说、书信、演讲词等目前青少年接触到的多种文体，并兼顾作文时应用到的各种体裁，希望以此开阔读者的阅读视野，丰富写作技法，对他们的写作产生有益的影响，发挥出语文学习中读写一体的功用。

以上是我们的一种认识、期盼和追求，并努力尽我们所能去做，如果能对青少年朋友有所帮助，是对我们付出的最大的安慰，同时也期待青少年朋友和方家的指教。

目录

001	差不多先生传	胡 适
004	笑	冰 心
007	故乡的野菜	周作人
011	野草(两篇)	鲁 迅
017	荷塘月色	朱自清
021	老哥哥	臧克家
027	雨 前	何其芳
031	吃瓜子	丰子恺
039	故都的秋	郁达夫
044	雅 舍	梁实秋
049	囚绿记	陆 蠡
053	回忆鲁迅先生(节选)	萧 红

065	四位先生	老 舍
073	草虫的村落	郭 枫
077	一个少年的笔记	叶圣陶
083	一只特立独行的猪	王小波
088	听听那冷雨	余光中
097	少年游	林清玄
105	故乡的榕树	黄河浪

111	拾荒梦	三 毛
121	月 迹	贾平凹
126	总是难忘	苏 叶
140	金岳霖先生	汪曾祺
146	放蜂人	苇 岸
150	我与地坛(节选)	史铁生
173	道士塔	余秋雨
185	对一朵花微笑	刘亮程
189	陪考一日	莫 言
194	目 送	龙应台
199	我们家的男子汉	王安忆

205	冬日漫步(节选)	[美国]梭 罗
210	自然素描	[法国]列那尔
221	火 光	[俄国]柯罗连科
224	从罗丹得到的启示	[奥地利]茨威格
229	《宽容》序	[美国]房 龙
237	母亲的回忆	[智利]米斯特拉尔

242	林中小溪	[苏联]普里什文
248	我为何而生	[英国]罗 素
251	听 泉	[日本]东山魁夷
255	花未眠	[日本]川端康成
260	懒惰哲学趣话	[德国]伯 尔

差不多先生传

胡适

 **作品导读**

《差不多先生传》是一篇传记体裁的寓言,内容的安排依照传记体例——先纲后目的层次来叙写人物,并以切近生活的事例作为佐证,构成一篇趣味盎然、含义深远的寓言。而在笔法上,则巧妙地运用夸饰、排比、映衬、反讽等修辞法,以浅显生动的语言、因事见理的方式,让人在荒谬好笑的文字背后,领略作者严肃的用心。

 **关于作者**

胡适(1891—1962),原名胡洪骍,字适之,安徽绩溪人。胡适一生在哲学、文学、史学等方面都有成就,并有一定的代表性。主要作品有《胡适文存》《中国哲学史大纲》《白话文学史》《戴东原的哲学》等。

你知道中国最有名的人是谁？

提起此人，人人皆晓，处处闻名。他姓差，名不多，是各省各县各村人氏。你一定见过他，一定听过别人谈起他。差不多先生的名字天天挂在大家的口头，因为他是中国全国人的代表。

差不多先生的相貌和你和我都差不多。他有一双眼睛，但看的不很清楚；有两只耳朵，但听的不很分明；有鼻子和嘴，但他对于气味和口味都不很讲究。他的脑子也不小，但他的记性却不很精明，他的思想也不很细密。

他常常说："凡事只要差不多，就好了。何必太精明呢？"

他小的时候，他妈叫他去买红糖，他买了白糖回来。他妈骂他，他摇摇头说："红糖白糖不是差不多吗？"

他在学堂的时候，先生问他："直隶省的西边是哪一省？"他说是陕西。先生说："错了。是山西，不是陕西。"他说："陕西同山西，不是差不多吗？"

后来他在一个钱铺里做伙计；他也会写，也会算，只是总不会精细。十字常常写成千字，千字常常写成十字。掌柜的生气了，常常骂他。他只是笑嘻嘻地赔小心道："千字比十字只多一小撇，不是差不多吗？"

有一天，他为了一件要紧的事，要搭火车到上海去。他从从容容地走到火车站，迟了两分钟，火车已开走了。他白瞪着眼，望着远远的火车头上的煤烟，摇摇头道："只好明天再走了，今天走同明天走，也还差不多。可是火车公司未免太认真了。八点三十分开，同八点三十二分开，不是差不多吗？"他一面说，一面慢慢地走回家，心里总不明白为什么火车不肯等他两分钟。

有一天，他忽然得了急病，赶快叫家人去请东街的汪医生。

那家人急急忙忙地跑去，一时寻不着东街的汪大夫，却把西街牛医王大夫请来了。差不多先生病在床上，知道寻错了人；但病急了，身上痛苦，心里焦急，等不得了，心里想道："好在王大夫同汪大夫也差不多，让他试试看罢。"于是这位牛医王大夫走近床前，用医牛的法子给差不多先生治病。不上一点钟，差不多先生就一命呜呼了。

差不多先生差不多要死的时候，一口气断断续续地说道："活人同死人也差……差……差不多，……凡事只要……差……差……不多……就……好了，……何……何……必……太……太认真呢？"他说完了这句格言，方才绝气了。

他死后，大家都很称赞差不多先生样样事情看得破，想得通，大家都说他一生不肯认真，不肯算账，不肯计较，真是一位有德行的人。于是大家给他取个死后的法号，叫他做圆通大师。

他的名誉越传越远，越久越大，无数无数的人都学他的榜样。于是人人都成了一个差不多先生。——然而中国从此就成为一个懒人国了。

名家点评

胡适的《差不多先生传》是一篇很别致的作品，它以敦厚诙谐的笔调，千余字的短小篇幅，表达了极其严肃的内容。人们读起来几如芒刺在背，别有一种滋味。这篇短文在当时影响很大，发表之后，传诵一时，曾被选入中小学国文课本，成为胡适作品中传播最广的篇什之一，可以说是现代杂文的一篇名作。

——白春超

笑

冰心

作品导读

笑，是美的姊妹，是碧空中一抹烂漫的云彩。而天使的笑则更是一种真，一种善，一种无与伦比的美。

不足七百字的一篇短文，文字清丽典雅、空灵飘逸，轻轻点染便勾画了三个画面：一位画中的小天使，一位路旁的村姑，一位茅屋里的老妇人，各自捧着一束花。

她们的笑容真诚、纯净、自然，化为文字，于万籁无声中，宛若一支婉转轻盈的抒情乐曲，令人不知不觉地随它步入一片宁谧澄净的天地，而且深深地陶醉了。

关于作者

冰心（1900—1999），原名谢婉莹，原籍福建长乐，著名诗人、作家、翻译家、儿童文学家。代表作有《繁星·春水》《南归》《闲情》《我们把春天吵醒了》等，并译有《飞鸟集》等多部著作。

雨声渐渐地住了，窗帘后隐隐地透进清光来。推开窗户一看，呀！凉云散了，树叶上的残滴，映着月儿，好似荧光千点，闪闪烁烁地动着。——真没想到苦雨孤灯之后，会有这么一幅清美的图画！

凭窗站了一会儿，微微地觉得凉意侵人。转过身来，忽然眼花缭乱，屋子里的别的东西，都隐在光云里，一片幽辉，只浸着墙上画中的安琪儿。——这白衣的安琪儿，抱着花儿，扬着翅儿，向着我微微地笑。

"这笑容仿佛在哪儿看见过似的，什么时候，我曾……"我不知不觉地便坐在窗口下想——默默地想。

严闭的心幕，慢慢地拉开了，涌出五年前的一个印象。——一条很长的古道。驴脚下的泥，兀自滑滑的。田沟里的水，潺潺地流着。近村的绿树，都笼在湿烟里。弓儿似的新月，挂在树梢。一边走着，似乎道旁有一个孩子，抱着一堆灿白的东西。驴儿过去了，无意中回头一看。——他抱着花儿，赤着脚儿，向着我微微地笑。

"这微笑又仿佛是哪儿看见过似的！"我仍是想——默默地想。

又现出一重心幕来，也慢慢地拉开了，涌出十年前的一个印象。——茅檐下的雨水，一滴一滴地落到衣上来。土阶边的水泡儿，泛来泛去地乱转。门前的麦垄和葡萄架子，都濯得新黄嫩绿的非常鲜丽。——一会儿好容易雨晴了，连忙走下坡儿去。迎头看见月儿从海面上来了，猛然记得有件东西忘下了，站住了，回过头来。这茅屋里的老妇人——她倚着门儿，抱着花儿，向着我微微地笑。

这同样微妙的神情，好似游丝一般，飘飘漾漾地合了拢来，绾在一起。

这时心下光明澄静，如登仙界，如归故乡。眼前浮现的三个笑容，一时融化在爱的调和里看不分明了。

名家点评

单从文体变迁上讲，冰心女士的散文仿佛是鸭儿梨的样子，流丽清脆，在白话的基本上加入古文、方言、欧化种种成分，使引车卖浆之徒的话进而成为一种富有表现力的文章，是很大的一个贡献。

——周作人

冰心女士散文的清丽，文字的典雅，思想的纯洁，在中国好算是独一无二的作家了……

——郁达夫

《笑》创造了爱和美的理想和谐的境界。作品以三个微笑为线索和艺术聚焦，连缀编织三幅美景。……超越时空和虚实，融合仙界和故乡，心契上帝使者和尘世人物，把三个微笑叠印成爱和美的和谐意境。作者用"爱的哲学"作为改良社会和人生的理想蓝图，固然显得虚幻，但文中意境的清光和性情的清溪还是照亮并流到了读者心头。

——张金印

故乡的野菜

周作人

作品导读

故乡，家居时不曾感觉，背井离乡的人却很容易感到那一方山水的独具魅力。于是，浙东的野菜，绍兴的茶干，乌篷船里听橹声……这一幅幅淡雅悠远的风俗画都在周作人笔下表现得兴味盎然。

荠菜、黄花麦果、紫云英……作者对故乡三种野菜饶有趣味的追忆，洋溢着浓烈的乡土气息，但故乡风物负载着的沉甸甸的乡情，却都隐匿在平白朴素的言语背面。

小野菜，大情调，这便是《故乡的野菜》；小生活，大情趣，这便是周作人……

 关于作者

周作人（1885—1967），字星构，又名启明、启孟等，现代散文家、诗人、文学翻译家，浙江绍兴人，鲁迅二弟。主要作品有散文集《自己的园地》《雨天的书》《秉烛谈》等，另有诗集、小说集、论文集、回忆录、译作等多部。

我的故乡不止一个，我住过的地方都是故乡。故乡对于我并没有什么特别的情分，只因钓于斯游于斯的关系，朝夕会面，遂成相识，正如乡村里的邻舍一样，虽然不是亲属，别后有时也要想念到他。我在浙东住过十几年，南京东京都住过六年，这都是我的故乡；现在住在北京，于是北京就成了我的家乡了。

　　日前我的妻往西单市场买菜回来，说起有荠菜在那里卖着，我便想起浙东的事来。荠菜是浙东人春天常吃的野菜，乡间不必说，就是城里只要有后园的人家都可以随时采食，妇女小儿各拿一把剪刀一只"苗篮"，蹲在地上搜寻，是一种有趣味的游戏的工作。那时小孩们唱道："荠菜马兰头，姊姊嫁在后门头。"后来马兰头有乡人拿来进城售卖了，但荠菜还是一种野菜，须得自家去采。关于荠菜向来颇有风雅的传说，不过这似乎以吴地为主。《西湖游览志》云："三月三日男女皆戴荠菜花。谚云：三春戴荠花，桃李羞繁华。"顾禄的《清嘉录》上亦说："荠菜花俗呼野菜花，因谚有三月三蚂蚁上灶山之语，三日人家皆以野菜花置灶陉上，以厌虫蚁。侵晨村童叫卖不绝。或妇女簪髻上以祈清目，俗号眼亮花。"但浙东人却不很理会这些事情，只是挑来做菜或炒年糕吃罢了。

　　黄花麦果通称鼠曲草，系菊科植物，叶小微圆互生，表面有白毛，花黄色，簇生梢头。春天采嫩叶，捣烂去汁，和粉作糕，称黄花麦果糕。小孩们有歌赞美之云：

　　　　黄花麦果韧结结，
　　　　关得大门自要吃；

半块拿弗出,一块自要吃。

清明前后扫墓时,有些人家——大约是保存古风的人家——用黄花麦果作供,但不作饼状,做成小颗如指顶大,或细条如小指,以五六个作一攒,名曰茧果,不知是什么意思,或因蚕上山时设祭,也用这种食品,故有是称,亦未可知。自从十二三岁时外出不参与外祖家扫墓以后,不复见过茧果,近来住在北京,也不再见黄花麦果的影子了。日本称作"御形",与荠菜同为春的七草之一,也采来做点心用,状如艾饺,名曰"草饼",春分前后多食之,在北京也有,但是吃去总是日本风味,不复是儿时的黄花麦果糕了。

扫墓时候所常吃的还有一种野菜,俗名草紫,通称紫云英。农人在收获后,播种田内,用作肥料,是一种很被贱视的植物,但采取嫩茎瀹食,味颇鲜美,似豌豆苗。花紫红色,数十亩接连不断,一片锦绣,如铺着华美的地毯,非常好看,而且花朵状若蝴蝶,又如鸡雏,尤为小孩所喜。间有白色的花,相传可以治痢,很是珍重,但不易得。日本《俳句大辞典》云:"此草与蒲公英同是习见的东西,从幼年时代便已熟识。在女人里边,不曾采过紫云英的人,恐未必有吧。"中国古来没有花环,但紫云英的花球却是小孩常玩的东西,这一层我还替那些小人们欣幸的,浙东扫墓用鼓吹,所以少年常随了乐音去看"上坟船里的姣姣";没有钱的人家虽没有鼓吹,但船头上篷窗下总露出些紫云英和杜鹃的花束,这也就是上坟船的确实的证据了。

1924 年 2 月

名家点评

以质朴的语言对民俗的东西忠实地记述,以存野趣;以独特的审美标准去芜存精,是这篇散文以及周作人若干散文野趣为雅趣的契机之一。

——王　彬

周作人这些"美文"舒徐自在,信笔所至,与内涵的恬淡隽永相谐调,是"谈话风"文体的典范。他自称为文是与"想象的友人"闲谈,"只是我的写在纸上的谈话,虽然有许多地方更为生硬,但比口说或者也更为明白一点了"。如《故乡的野菜》,文章从他的妻子买菜看到荠菜,想到浙东乡间妇女小儿采菜的事情以及小孩唱的儿歌,并且引证了《西湖游览志》和《清嘉录》的有关记载,又联想到鼠曲草和小孩赞美的歌辞,以至清明扫墓时所供的茧果和日本的草饼等等,真是随兴而谈,毫无拘束,所谓"信口信腕,皆成律度",不涉人事是非和世间愁苦,只展示人情风俗典故,使读者从中得到悠闲的人生兴味。

——佘树森

周启明先生散文的美妙是有目共赏的;他那支笔婉转曲折,什么意思都能达出,而又一点儿不啰嗦不呆板,字字句句恰到好处。最难得的是他那种俊逸的情趣。

他随手引证,左右逢源,但见解、意境都是他自己的。

——章锡琛

野草（两篇）

鲁迅

 **作品导读**

《野草》是鲁迅散文诗的代表作，包括《题辞》在内共24篇，写于1924年9月至1926年4月，连载于《语丝》上。这一时期的鲁迅，正处于理想与现实、前进与彷徨、希望与绝望的矛盾之中，《野草》真实地记录了他此时精神探求的苦闷和心灵呼唤的声音。

《秋夜》是《野草》的第一篇。受制于当时恶劣的环境，鲁迅只能采用一种隐晦的象征主义的表现方法，把自己强烈的思想感情藏匿在景物描写之中。例如，以那奇怪而高的天空象征当时的社会现实，从而歌颂落尽了叶子、带着伤痕而直刺长空的枣树的傲岸不屈的精神。

《好的故事》就像它的篇名，呈现出一种非常美好而又明快的意境，作者让我们"看见一个好的故事"中"许多美的人和美的事，寓藏着作者对美好生活的向往和憧憬"。

关于作者

鲁迅（1881—1936），原名周樟寿（后改名周树人），浙江绍兴人，现代著名文学家，代表作有：小说集《呐喊》《彷徨》《故事新编》，散文集《朝花夕拾》，散文诗集《野草》，杂文集《坟》《热风》《华盖集》《南腔北调集》《三闲集》《二心集》《而已集》等16部。

秋　夜

在我的后园,可以看见墙外有两株树,一株是枣树,还有一株也是枣树。

这上面的夜的天空,奇怪而高,我生平没有见过这样的奇怪而高的天空。他仿佛要离开人间而去,使人们仰面不再看见。然而现在却非常之蓝,闪闪地睞着几十个星星的眼,冷眼。他的口角上现出微笑,似乎自以为大有深意,而将繁霜洒在我的园里的野花草上。

我不知道那些花草真叫什么名字,人们叫他们什么名字。我记得有一种开过极细小的粉红花,现在还开着,但是更极细小了,她在冷的夜气中,瑟缩地做梦,梦见春的到来,梦见秋的到来,梦见瘦的诗人将眼泪擦在她最末的花瓣上,告诉她秋虽然来,冬虽然来,而此后接着还是春,蝴蝶乱飞,蜜蜂都唱起春词来了。她于是一笑,虽然颜色冻得红惨惨地,仍然瑟缩着。

枣树,他们简直落尽了叶子。先前,还有一两个孩子来打他们别人打剩的枣子,现在是一个也不剩了,连叶子也落尽了。他知道小粉红花的梦,秋后要有春;他也知道落叶的梦,春后还是秋。他简直落尽叶子,单剩干子,然而脱了当初满树是果实和叶子时候的弧形,欠伸得很舒服。但是,有几枝还低亚着,护定他从打枣的竿梢所得的皮伤,而最直最长的几枝,却已默默地铁似的直刺着奇怪而高的天空,使天空闪闪地鬼睞眼;直刺着天空中圆满的月亮,使月亮窘得发白。

鬼䀹眼的天空越加非常之蓝，不安了，仿佛想离去人间，避开枣树，只将月亮剩下。然而月亮也暗暗地躲到东边去了。而一无所有的干子，却仍然默默地铁似的直刺着奇怪而高的天空，一意要制他的死命，不管他各式各样地䀹着许多蛊惑的眼睛。

哇的一声，夜游的恶鸟飞过了。

我忽而听到夜半的笑声，吃吃地，似乎不愿意惊动睡着的人，然而四围的空气都应和着笑。夜半，没有别的人，我即刻听出这声音就在我嘴里，我也即刻被这笑声所驱逐，回进自己的房。灯火的带子也即刻被我旋高了。

后窗的玻璃上丁丁地响，还有许多小飞虫乱撞。不多久，几个进来了，许是从窗纸的破孔进来的。他们一进来，又在玻璃的灯罩上撞得丁丁地响。一个从上面撞进去了，他于是遇到火，而且我以为这火是真的。两三个却休息在灯的纸罩上喘气。那罩是昨晚新换的罩，雪白的纸，折出波浪纹的叠痕，一角还画出一枝猩红色的栀子。

猩红的栀子开花时，枣树又要做小粉红花的梦，青葱地弯成弧形了……我又听到夜半的笑声；我赶紧砍断我的心绪，看那老在白纸罩上的小青虫，头大尾小，向日葵子似的，只有半粒小麦那么大，遍身的颜色苍翠得可爱，可怜。

我打一个呵欠，点起一支纸烟，喷出烟来，对着灯默默地敬奠这些苍翠精致的英雄们。

1924 年 9 月 15 日

好的故事

　　灯火渐渐地缩小了,在预告石油的已经不多;石油又不是老牌,早熏得灯罩很昏暗。鞭爆的繁响在四近,烟草的烟雾在身边:是昏沉的夜。

　　我闭了眼睛,向后一仰,靠在椅背上;捏着《初学记》的手搁在膝髁(kē)上。

　　我在朦胧中,看见一个好的故事。

　　这故事很美丽,幽雅,有趣。许多美的人和美的事,错综起来像一天云锦,而且万颗奔星似的飞动着,同时又展开去,以至于无穷。

　　我仿佛记得坐小船经过山阴道,两岸边的乌桕,新禾,野花,鸡,狗,丛树和枯树,茅屋,塔,伽蓝,农夫和村妇,村女,晒着的衣裳,和尚,蓑笠,天,云,竹……都倒影在澄碧的小河中,随着每一打桨,各各夹带了闪烁的日光,并水里的萍藻游鱼,一同荡漾。诸影诸物,无不解散,而且摇动,扩大,互相融和;刚一融和,却又退缩,复近于原形。边缘都参差如夏云头,镶着日光,发出水银色焰。凡是我所经过的河,都是如此。

　　现在我所见的故事也如此。水中的青天的底子,一切事物统在上面交错,织成一篇,永是生动,永是展开,我看不见这一篇的结束。

　　河边枯柳树下的几株瘦削的一丈红,该是村女种的罢。大红花和斑红花,都在水里面浮动,忽而碎散,拉长了,如缕缕的胭脂水,然而没有晕。茅屋,狗,塔,村女,云……也都浮动着。

大红花一朵朵全被拉长了,这时是泼剌奔迸的红锦带。带织入狗中,狗织入白云中,白云织入村女中……在一瞬间,他们又将退缩了。但斑红花影也已碎散,伸长,就要织进塔,村女,狗,茅屋,云里去。

我所见的故事清楚起来了,美丽,幽雅,有趣,而且分明。青天上面,有无数美的人和美的事,我一一看见,一一知道。

我就要凝视他们……

我正要凝视他们时,骤然一惊,睁开眼,云锦也已皱蹙,凌乱,仿佛有谁掷一块大石下河水中,水波陡然起立,将整篇的影子撕成片片了。我无意识地赶忙捏住几乎坠地的《初学记》,眼前还剩着几点虹霓色的碎影。

我真爱这一篇好的故事,趁碎影还在,我要追回他,完成他,留下他。我抛了书,欠身伸手去取笔——何尝有一丝碎影,只见昏暗的灯光,我不在小船里了。

但我总记得见过这一篇好的故事,在昏沉的夜……

1925 年 2 月 24 日

 **名家点评**

鲁迅的哲学全部都在其中(指《野草》)。

——张一平

在《野草》中,我们可以强烈感受到鲁迅顽强的抗争意识和韧性的战斗精神。作为开篇的《秋夜》,鲁迅以其高超的艺术形象来熔铸深邃的寓意。文章前半部分描写秋夜室外的景物,借夜的天空、映着冷眼的星星、窘得发白的月亮、摧残野花草的繁霜，来象征现实中的黑暗势力；以"在冷的夜气中"瑟缩着的小红花，象征天真、纯洁，虽有美好愿望，但阅世简单，抵不住黑暗重压的青年；作者重点突出了同夜空顽强战斗的两株枣树的形象，借以表现自己不畏强暴的反抗精神……文章后半部分描写秋夜室内的景物，用隐喻的手法赞颂了追求光明的小青虫，表现了作者积极的韧战精神。

《野草》中涉及内心解剖的篇章也有多种不同的情况：追求美好理想的，如《好的故事》……表现了鲁迅对美好社会的向往，以及在特定的时期内矛盾的心境和同旧我决绝的决心。

——佘树森

鲁迅先生自己却明白地告诉过我，他的哲学都包括在他的《野草》里面。

——章衣萍

萌芽中的真正的诗：浸透着强烈的情感力度的形象，幽暗的闪光和奇异的线条时而流动时而停顿，正像熔化的金属尚未找到一个模子。

——夏济安

荷塘月色

朱自清

作品导读

绿叶田田,荷花朵朵,清香缕缕,月色溶溶,似朦胧的幻梦,又像缥缈的歌声。这里有画,有诗,有情,有深邃的意境。这就是朱自清先生的月下荷塘。

朱先生的散文贮满了一种浓郁的诗情画意,那清新质朴的语言,飘洒秀逸的气韵,恬淡自然的意境,如饮一盏醇酒,使人感到余香满口,又如一曲清歌,良久的余音绕梁。

这篇写于1927年7月的《荷塘月色》就是他的散文代表作,也是中国现代文学脍炙人口的佳作。

关于作者

朱自清(1898—1948),字佩弦,江苏扬州人,原籍浙江绍兴,现代著名散文家、诗人、学者,民主战士。主要作品有诗文集《踪迹》,散文集《背影》《欧游杂记》《你我》《伦敦杂记》,文艺论著《诗言志辨》《论雅俗共赏》等。他的散文以语言洗练、文笔秀丽著称。

这几天心里颇不宁静。今晚在院子里坐着乘凉，忽然想起日日走过的荷塘，在这满月的光里，总该另有一番样子吧。月亮渐渐地升高了，墙外马路上孩子们的欢笑，已经听不见了；妻在屋里拍着闰儿，迷迷糊糊地哼着眠歌。我悄悄地披了大衫，带上门出去。

沿着荷塘，是一条曲折的小煤屑路。这是一条幽僻的路；白天也少人走，夜晚更加寂寞。荷塘四面，长着许多树，蓊蓊郁郁的。路的一旁，是些杨柳，和一些不知道名字的树。没有月光的晚上，这路上阴森森的，有些怕人。今晚却很好，虽然月光也还是淡淡的。

路上只我一个人，背着手踱着。这一片天地好像是我的；我也像超出了平常的自己，到了另一世界里。我爱热闹，也爱冷静；爱群居，也爱独处。像今晚上，一个人在这苍茫的月下，什么都可以想，什么都可以不想，便觉是个自由的人。白天里一定要做的事，一定要说的话，现在都可不理。这是独处的妙处，我且受用这无边的荷香月色好了。

曲曲折折的荷塘上面，弥望的是田田的叶子。叶子出水很高，像亭亭的舞女的裙。层层的叶子中间，零星地点缀着些白花，有袅娜地开着的，有羞涩地打着朵儿的，正如一粒粒的明珠，又如碧天里的星星，又如刚出浴的美人。微风过处，送来缕缕清香，仿佛远处高楼上渺茫的歌声似的。这时候叶子与花也有一丝的颤动，像闪电般，霎时传过荷塘的那边去了。叶子本是肩并肩密密地挨着，这便宛然有了一道凝碧的波痕。叶子底下是脉脉的流水，遮住了，不能见一些颜色；而叶子却更见风致了。

月光如流水一般，静静地泻在这一片叶子和花上。薄薄的青雾浮起在荷塘里。叶子和花仿佛在牛乳中洗过一样；又像笼着轻纱的梦。虽然是满月，天上却有一层淡淡的云，所以不能朗照；但我以为这恰是到了好处——酣眠固不可少，小睡也别有风味的。月光是隔了树照过来的，高处丛生的灌木，落下参差的斑驳的黑影，峭楞楞如鬼一般；弯弯的杨柳的稀疏的倩影，却又像是画在荷叶上。塘中的月色并不均匀；但光与影有着和谐的旋律，如梵婀玲上奏着的名曲。

荷塘的四面，远远近近，高高低低都是树，而杨柳最多。这些树将一片荷塘重重围住；只在小路一旁，漏着几段空隙，像是特为月光留下的。树色一例是阴阴的，乍看像一团烟雾；但杨柳的丰姿，便在烟雾里也辨得出。树梢上隐隐约约的是一带远山，只有些大意罢了。树缝里也漏着一两点路灯光，没精打采的，是渴睡人的眼。这时候最热闹的，要数树上的蝉声与水里的蛙声；但热闹是它们的，我什么也没有。

忽然想起采莲的事情来了。采莲是江南的旧俗，似乎很早就有，而六朝时为盛；从诗歌里可以约略知道。采莲的是少年的女子，她们是荡着小船，唱着艳歌去的。采莲人不用说很多，还有看采莲的人。那是一个热闹的季节，也是一个风流的季节。梁元帝《采莲赋》里说得好：

> 于是妖童媛女，荡舟心许；鹢（yì）首徐回，兼传羽杯；棹将移而藻挂，船欲动而萍开。尔其纤腰束素，迁延顾步；夏始春余，叶嫩花初，恐沾裳而浅笑，畏倾船而敛裾。

可见当时嬉游的光景了。这真是有趣的事,可惜我们现在早已无福消受了。

于是又记起《西洲曲》里的句子:

采莲南塘秋,莲花过人头。低头弄莲子,莲子清如水。

今晚若有采莲人,这儿的莲花也算得"过人头"了;只不见一些流水的影子,是不行的。这令我到底惦着江南了。——这样想着,猛一抬头,不觉已是自己的门前;轻轻地推门进去,什么声息也没有,妻已睡熟好久了。

1927 年 7 月,北京清华园

名家点评

《荷塘月色》的结构,是圆形的,外结构、内结构均如此。从外结构看,这篇作品从作者出门经小径到荷塘复又归来,依空间顺序描绘了一次夏夜游。从内结构看,情感思绪从不静、求静、得静到出静,也呈一个圆形。内外结构的一致性,恰到好处地适应了作者展现一段心理历程的需要。结构和内容的紧密联系,使《荷塘月色》读来文气酣畅、浑然天成。　　——金志华

朱自清虽则是一个诗人,可是他的散文,仍能够满贮着那一种诗意,文学研究会的散文作家中,除冰心女士外,文字之美,要算他了。　　——郁达夫

老哥哥

臧克家

 作品导读

  臧克家在 95 岁高龄那年写了一首《看山》:"乡音入耳动我心,故里热土暖我身。五岳看山归来后,还是对门马耳亲。"

  为什么对"马耳"那么亲?原来,"马耳"是臧老故乡的一座山,"老哥哥"就长眠在这座山下。2004 年,享年 99 岁的臧老驾鹤西去,遵照臧老生前遗愿,臧老的儿女们将他的部分骨灰撒在了"老哥哥"的坟头上。

  "老哥哥"是何许人也?为什么会如此受臧克家的崇敬和挚爱呢?让我们走进他的散文《老哥哥》。

 **关于作者**

  臧克家(1905—2004),山东潍坊诸城人,现代诗人。代表作有《烙印》《罪恶的黑手》《运河》《乱莠集》《从军行》《淮上吟》《随枣行》《古树的花朵》《我的诗生活》和《泥土的歌》等。

秋是怀人的季候。深宵里，床头上叫着蟋蟀，凉风吹一缕明光穿过纸窗来。在我没法合紧双眼的当儿，一个意态龙钟的老人的影像便朦胧在我眼前了。

可以说，我的心无论什么时候都给老哥哥牵着的，在青岛住过了五年，可是除了友情没有什么使我在回忆里怅惘，有那便是老哥哥了。青岛离家很近，起早也不过天把的路程呢。记得在中山路左角一家破旧的低级的交易场中常常可以得到老哥哥的消息。前来的乡人多半是贩卖鸡子回头带一点洋货，老哥哥的孙子，也每年无定时地来跑几趟，他来我总能够知道，临走，我提一个小包亲自跑到嘈杂的交易所里，从人丛中从忙乱中唤他出来交到他的手里。

"这是带给老哥哥的一点礼物。"

"这还使得呢！"口在推让着小包却早已接过去了。我知道这点礼物不比鸿毛有分量，然而一想老哥哥用残破的牙齿咀嚼着饼干时的微笑，自己的心又是酸又是甜的。

老哥哥离开我家，算来已经足足十年了。在这个长的期间里，我是一只乱飞的鸟，也偶尔地投奔一下故乡的园林。照例，在未到家以前，心先来一阵怕，怕人家说我变了，更怕有些人我已不认识有些人已见不到了。到了家一定还没坐好，就开始问短问长了。心急急想探一下老哥哥的存亡，可是话头却有些不敢往外吐，早晚用话头的偏锋敲出了老哥哥健在的消息心这才放下了。

前年旧年是在家里过的。正月的日子是无底幽闲，便把老哥哥约到我家来了。见了面我还没来得及看清楚他，他却大声喊着说："你瘦了！小时候那样的又胖又白！"从他刚劲的声音里我听出了他的康健了。

"老哥哥，你拖在背上的小辫也秃尖了。"他没有听见，便在我的扶持下爬到我的炕头上了。

我们开始了短短长长的谈话，话头随意乱摆是没有一定的方向的。他的耳朵重听，说话的声音很高，好似他觉得别人的听觉也和他一样似的。用手势，用高腔，不容易把一句话递进他的耳朵里去，他说，他常常挂念着我，他的身子虽然在家里，可是心还在我的家呢。

语丝还缠在嘴角上，可是他已经呼呼地打起鼾声来了，我心里悲伤地说："老哥哥老了！"

呼吸像拉风箱，一霎又咳嗽醒了，楞挣起来吐一口黄痰。他自己仿佛有点不好意思，要我扶他趔趄地到耳房里去，在那儿也许他觉得舒心一点，五十个年头身下的土炕会印上个血的影子吧？于今用了一把残骨他又重温别过十年的旧梦去了。

傍晚了。来留他住一宿，他一面摇头一面高声说："老了，夜里还得人服侍！日后再见吧！"我用眼泪留他，他像没有看见，起来紧了紧腰跟跄着向外面移步了。我扶着他，走下了西坡，老哥哥的村庄已在炊烟中显出影子来了。

我回步的时候晚霞正灼在西天，回头望望老哥哥，已经有些模糊了，在冷风里只一个黑影在闪。

"日后再见吧！"我一边走着一边味着老哥哥这句话。但是一个熟透了的果子谁料定它刹那会落呢？

回到家来更念着老哥哥了。老哥哥真是老哥哥，他来到我家时曾祖父还不过十几岁呢。祖父是在他背上长大，父亲是在他背上长大的，我呢，还是。他是曾祖父的老哥哥，他是祖父和父亲的老哥哥，他是我的老哥哥。

听老人们讲，他到我家来那不过才二十岁呢。身子铜帮铁底的，一个人可以单拱八百斤重的小车，可是在我记事的时候他已是六十多岁的暮气人了。那时他的活是赶集，喂牲口，农忙了担着饭往坡里送。晒场的时节有时拿一张木叉翻一翻。扬场，他也拾起张锨来扬它几下，别人一面扬一面称赞他说："好手艺，扬出个花来，果真老将出马一个赶俩。"

从我记事以来，祖父没曾叫过他一声老哥哥，都是直呼他老李。曾祖父也是一样。曾祖父的脾气很暴，好骂人"王八蛋"。他老人家一生起气来，老哥哥就变成"王八蛋"了。祖父虽然不大骂人，然而那张不大说话的脸子一望见就得叫人害怕。老哥哥赶集少买了一样东西，或是祖父说话他耳聋听不见，那一张冷脸、半天一句的冷话他便伸着头吃上了。我在一边替老哥哥心跳，替老哥哥不平。心里想："祖父不也是老哥哥手下长大了的吗？"

老哥哥对我没有那么好的。我都是牵着他的小辫玩。他说故事给我听。他说他才到我家来，我家正是旺时；六曾祖父做大京官，门前那迎风要倒的两对旗杆是他亲手加入竖起来的，那时候人口也多，真是热闹。语气间流露着"繁华歇"的感叹。我小时候最是迷赌，到了输得老鼠洞里也挖不出一个铜钱来的困窘时，我便想到老哥哥的那个小破钱袋来了。钱袋放在他枕头底下，顺手就可以偷到的，早晚他用钱时去摸钱袋，才发现里面已经空空了。他知道这个地道的贼，他一点也不生气。我后来向他自首时是这样说的："老哥哥，这时我还小呢，等我大了做了官，一定给你银子养老。"他听了当真的高兴。然而这话曾祖父小时曾说过，祖父小时也曾说过了！

在黄昏，在雨夜，在月明的树下，他的老话便开始了。我侧着耳朵听他说长毛作反，听他说天下掉下彗星来。然而给我印象最深的要数这一次了。那年我八岁，母亲躺在床上，脸上蒙一张白纸，我放声哭了，老哥哥对我说母亲有病，他到吕标去取药吃上就好了。后来给母亲上坟也老是他担着菜盒我跟在后头，一路上他不住地说母亲是叫父亲气死的。"当年大相公，剪了发当革命党，还在外面和别的女人好，你小时穿一件时样的衣裳，姑们问一声'又是外边那个娘做来的'，这话叫你娘听见，你想心里是什么味？而后，皇帝又一劲地杀革命党，你爷戴上假发到处亡命。这两桩事便把你娘致死了。"

老哥哥一天一天地没用了。日夜蜷缩在他那一角炕头上，像吐尽了丝的蚕一样，疲惫抓住了他的心。背屈得像张弓。小辫越显得细了。他的身子简直成了个季候表，一到秋风起来便咯咯地咳嗽起来。

"老李老了！老李老了！"

大家都一齐这么说。年老的人最不易叫人喜欢。于是老哥哥的坏话塞满了祖父的耳朵。大家都讨厌他。讨厌他耳聋，讨厌他咯咯闹得人睡不好觉，讨厌他冬天把炕烧得太热，他一身都是讨厌骨头，好似从来就没有过不讨厌的时候！祖父最会打算，日子太累，废物是得铲除的，于是寻了一点小事便把五十年来的跑里跑外的老哥哥赶走了。我当时的心比老哥哥的还不好过，真想给老哥哥讲讲情，可是望一下祖父的脸，心又冷了。

老哥哥临走泪零零的，口里半诅咒半咕噜着说："不行了，老了。"每年十二吊钱的工价算清了账，肩一个小包（五十年来劳力的代价）走出了我的大门。我牵着他的衣角，不放松地跟在后面。

老哥哥儿花女花是没有一点的。他要去找的是一个嗣子。说家是对自己的一个可怜的安慰罢了。但是，不是自己养的儿子，又没有许多东西带去，人家能好好养他的老吗？我在替他担心着呢！

十年过去了，可喜老哥哥还在人间。暑假在家住了一天，没能够见到他。但从三机匠口里听到了老哥哥的消息，他说在西河树行子里碰到老哥哥在背着手看夕照，见了他还亲亲热热地问这问那，他还说老哥哥一心挂念我庄里的人，还待要鼓鼓劲来耍一趟，因为不过二里地的远近，老哥哥自己说脚力还能来得及呢。

又是秋天了。秋风最能吹倒老年人！我已经能赚银子了，老哥哥可还能等得及接受吗？

名家点评

《老哥哥》是"写人散文"的精品，……在现代散文史上唯有鲁迅先生的《阿长与〈山海经〉》《我的第一个师父》堪可比肩。

——刘锡庆

父亲早期诗作的题材和主题主要是描绘旧社会农民的不幸遭遇，他关心农民、同情农民，为农民的不幸控诉、呐喊！而"老哥哥"则成了他一生的挂念。

——郑苏伊（臧克家的女儿）

雨前

何其芳

作品导读

王国维先生在他的《人间词话》中写道:"昔人论诗,有景语情语之别,不知一切景语皆情语也。"

何其芳的《雨前》是景语,更是情语,对故乡的怀想,写得如诗如画,情思缕缕。对自然景观的描写和作者的心态紧密地结合在一起,造成了一种景中有情、情中有景、情景交融的艺术境界,在优雅的形式中含着深刻的意蕴。

关于作者

何其芳(1912—1977),现代散文家、诗人、文艺评论家。著有诗集《预言》《夜歌》等,散文集《星火集》《画梦录》等,论文集《关于现实主义》《西苑集》《论红楼梦》等。

最后的鸽群带着低弱的笛声在微风里划一个圈子后,也消失了。也许是误认这灰暗的凄冷的天空为夜色的来袭,或是也预感到风雨的将至,遂过早地飞回它们温暖的木舍。

几天的阳光在柳条上撒下的一抹嫩绿,被尘土埋掩得有憔悴色了,是需要一次洗涤。还有干裂的大地和树根也早已期待着雨。雨却迟疑着。

我怀想着故乡的雷声和雨声。那隆隆的有力的搏击,从山谷返响到山谷,仿佛春之芽就从冻土里震动,惊醒,而怒苗出来。细草样柔的雨声又以温存之手抚摩它,使它簇生油绿的枝叶而开出红色的花。这些怀想如乡愁一样萦绕得使我忧郁了。我心里的气候也和这北方大陆一样缺少雨量,一滴温柔的泪在我枯涩的眼里,如迟疑在这阴沉的天空里的雨点,久不落下。

白色的鸭也似有一点烦躁了,有不洁的颜色的都市的河沟里传出它们焦急的叫声。有的还未厌倦那船一样的徐徐地划行。有的却倒插它们的长颈在水里,红色的蹼趾伸在尾后,不停地扑击着水以支持身体的平衡。不知是在寻找沟底的细微的食物,还是贪那深深的水里的寒冷。

有几个已上岸了。在柳树下来回地作绅士的散步,舒息划行的疲劳。然后参差地站着,用嘴细细地抚理它们遍体白色的羽毛,间或又摇动身子或扑展着阔翅,使那缀在羽毛间的水珠坠落。一个已修饰完毕的,弯曲它的颈到背上,长长的红嘴藏没在翅膀里,静静合上它白色的茸毛间的小黑睛,仿佛准备睡眠。可怜的小动物,你就是这样做你的梦吗?

我想起故乡放雏鸭的人了。一大群鹅黄色的雏鸭游牧在溪流间。清浅的水,两岸青青的草,一根长长的竹竿在牧人的手里。

他的小队伍是多么欢欣地发出啁啾声,又多么驯服地随着他的竿头越过一个田野又一个山坡!夜来了,帐幕似的竹篷撑在地上,就是他的家。但这是怎样辽远的想象呵!在这多尘土的国土里,我仅只希望听见一点树叶上的雨声。一点雨声的幽凉滴到我憔悴的梦,也许会长成一树圆圆的绿荫来覆荫我自己。

我仰起头。天空低垂如灰色的雾幕,落下一些寒冷的碎屑到我脸上。一只远来的鹰隼仿佛带着怒愤,对这沉重的天色的怒愤,平张的双翅不动地从天空斜插下,几乎触到河沟对岸的土阜,而又鼓扑着双翅,做出猛烈的声响腾上了。那样巨大的翅使我惊异。我看见了它两肋间斑白的羽毛。

接着听见了它有力的鸣声,如同一个巨大的心的呼号,或是在黑暗里寻找伴侣的叫唤。

然而雨还是没有来。

名家点评

他(指何其芳)用一切来装潢,然而一紫一金,无不带有他情感的图记。这恰似一块浮雕,光彩匀停,凹凸得宜。由他的智慧安排成功一种特殊的境界。

——李健吾

何其芳在《雨前》中完全以作者的主观感情流动作为文章的结构线索,篇中情绪变化相录明显,由"预感"—"期待"—"怀想"—"烦躁"—"回想"—"希望"—"怒愤"—"呼号",直至最后的失望。回环转折的主观情绪缓重地流淌在大自然的河床,自然景物全化作了主观情绪的"客观对应物",极力凸现出在灰暗凄冷的天空覆盖之下的一切生灵，都在企盼一场洗涤自身的"雨"，而"雨却迟疑着"。全篇一波三折，跌宕多姿。

——李树平

何其芳在《我和散文》中自称早期那"不分行的抒情"的散文，"是诗歌写作的继续"……他的《海棠花》《黄昏》《雨前》旨趣集中，意境凝练，想象奇特，诗情洋溢，委实都是诗一样的作品。

何其芳精雕细琢，注重修饰，善于形容，刻意搭配颜色、图案和音韵，造成五彩缤纷的意象和繁复的句式，使人眼花缭乱，应接不暇。

——佘树森

吃瓜子

丰子恺

 **作品导读**

偶尔想起曾经听人说过,在中国,人人具有三种博士资格:拿筷子博士、吹煤头纸博士、嗑瓜子博士。至于吹煤头纸,现在早已销声匿迹了。半个多世纪前,丰子恺先生曾犀利地调侃国人嗑瓜子之劣迹,并把它写成散文《吃瓜子》。

日常生活中吃瓜子谁个不会,但能驾轻就熟地把这一简单的事儿写得如此饶有情致、有声有色、有趣有味者已不多矣,至于能够因寄所托者更属凤毛麟角。

散文作家常常举重若轻,涉笔成趣。丰子恺的《吃瓜子》就是这样一篇上乘之作。

 **关于作者**

丰子恺(1898—1975),浙江崇德(现属桐乡)人,漫画家、作家、翻译家、美术教育家。代表作品有《缘缘堂续笔》《缘缘堂再笔》《车厢社会》《率真集》等多种。

从前听人说，中国人人人具有三种博士的资格：拿筷子博士、吹煤头纸博士、吃瓜子博士。

拿筷子、吹煤头纸、吃瓜子，的确是中国人独得的技术。其纯熟深造，想起了可以使人吃惊。这里精通拿筷子法的人，有了一双筷，可抵刀锯叉瓢一切器具之用，爬罗剔抉，无所不精。这两根毛竹仿佛是身体上的一部分，手指的延长，或者一对取食的触手。用时好像变戏法者的一种演技，熟能生巧，巧极通神。不必说西洋了，就是我们自己看了，也可惊叹。至于精通吹煤头纸法的人，首推几位一天到晚捧水烟筒的老先生和老太太。他们的"要有火"比上帝还容易，只消向煤头纸上轻轻一吹，火便来了。他们不必出数元乃至数十元的代价去买打火机，只要有一张纸，便可临时在膝上卷起煤头纸来，向铜火炉盖的小孔内一插，拔出来一吹，火便来了。我小时候看见我们染坊店里的管账先生，有种种吹煤头纸的特技。我把煤头纸高举在他的额旁边了，他会把下唇伸出来，使风向上吹；我把煤头纸放在他的胸前了，他会把上唇伸出来，使风向下吹；我把煤头纸放在他的耳旁了，他会把嘴歪转来，使风向左右吹；我用手按住了他的嘴，他会用鼻孔吹，都是吹一两下就着火的。中国人对于吹煤头纸技术造诣之深，于此可以窥见。所可惜者，自从卷烟和火柴输入中国而盛行之后，水烟这种"国烟"竟被冷落，吹煤头纸这种"国技"也很不发达了。生长在都会里的小孩子，有的竟不会吹，或者连煤头纸这东西也不曾见过。在努力保存国粹的人看来，这也是一种可虑的现象。近来国内有不少人努力于国粹保存。国医、国药、国术、国乐，都有人在那里提倡。也许水烟和煤头纸这种国粹，将来也有人起来提倡，使之复兴。

但我以为这三种技术中最进步最发达的,要算吃瓜子。近来瓜子大王的畅销,便是其老大的证据。据关心此事的人说,瓜子大王一类的装纸袋的瓜子,最近市上流行的有许多牌子。最初是某大药房"用科学方法"创制的,后来有什么"好吃来公司""顶好吃公司"等种种出品陆续产出。到现在差不多无论哪个穷乡僻处的糖食摊上,都有纸袋装的瓜子陈列而倾销着了。现代中国人的精通吃瓜子术,由此盖可想见。我对于此道,一向非常短拙,说出来有伤于中国人的体面,但对自家人不妨谈谈。我从来不曾自动地找求或买瓜子来吃。但到人家做客,受人劝诱时,或者在酒席上、杭州的茶楼上,看见桌上现成放着瓜子盆时,也便拿起来咬。我必须注意选择,选那较大、较厚而形状平整的瓜子,放进口里,用臼齿"格"地一咬;再吐出来,用手指去剥。幸而咬得恰好,两瓣瓜子壳各向两旁扩张而破裂,瓜仁没有咬碎,剥起来就较为省力。若用力不得其法,两瓣瓜子壳和瓜仁叠在一起而折断了,吐出来的时候我就担忧。那瓜子已纵断为两半,两半瓣的瓜仁紧紧地装塞在两半瓣的瓜子壳中,好像日本版的洋装书,套在很紧的厚纸函中,不容易取它出来。这种洋装书的取出法,现在都已从日本人那里学得,不要把指头塞进厚纸函中去力挖,只要使函口向下,两手扶着函,上下振动数次,洋装书自会脱壳而出。然而半瓣瓜子的形状太小了,不能应用这个方法,我只得用指爪细细地剥取。有时因为练习弹琴,两手的指爪都剪平,和尚头一般的手指对它简直毫无办法。我只得乘人不见把它抛弃了。在痛感困难的时候,我本拟不再吃瓜子了。但抛弃了之后,觉得口中有一种非甜非咸的香味,会引逗我再吃。我便不由地伸起手来,另选一粒,再送交臼齿去咬。不幸而这瓜子太燥，我的用力又太猛，"格"地一响，玉石不分，咬成了无数的碎块，事体就更糟了。我只得把粘着唾液的碎块尽行吐出在手心里，用心挑选，剔去壳的碎块，然后用舌尖舐食瓜仁的碎块。然而这挑选颇不容易，因为壳的碎块的一面也是白色的，与瓜仁无异，我误认为全是瓜仁而舐进口中去嚼，其味虽非嚼蜡，却等于嚼砂。壳的碎片紧紧地嵌进牙齿缝里，找不到牙签就无法取出。碰到这种钉子的时候，我就下个决心，从此戒绝瓜子。戒绝之法，大抵是喝一口茶来漱一漱口，点起一支香烟，或者把瓜子盆推开些，把身体换个方向坐了，以示不再对它发生关系。然而过了几分钟，与别人谈了几句话，不知不觉之间，会跟了别人而伸手向盆中摸瓜子来咬。等到自己觉察破戒的时候，往往是已经咬过好几粒了。这样，吃了非戒不可，戒了非吃不可；吃而复戒，戒而复吃，我为它受尽苦痛。这使我现在想起了瓜子觉得害怕。

但我看别人，精通此技的很多。我以为中国人的三种博士才能中，咬瓜子的才能最可叹佩。常见闲散的少爷们，一只手指间夹着一支香烟，一只手握着一把瓜子，且吸且咬，且咬且吃，且吃且谈，且谈且笑。从容自由，真是"交关写意"！他们不须拣选瓜子，也不须用手指去剥。一粒瓜子塞进了口里，只消"格"地一咬，"呸"地一吐，早已把所有的壳吐出，而在那里嚼食瓜子的肉了。那嘴巴真像一具精巧灵敏的机器，不绝地塞进瓜子去，不绝地"格""呸""格""呸"……全不费力，可以永无罢休。女人们、小姐们的咬瓜子，态度尤加来得美妙；她们用兰花似的手指摘住瓜子的圆端，把瓜子垂直地塞在门牙中间，而用门牙去咬它的尖端。"的，的"两响，两瓣壳的尖头便向左右绽裂。然后那手敏捷地转个方向，同时头也帮着了微微地一侧，使瓜子水平地放在门牙口，用上下两门牙把两瓣壳分别拨开，咬住了瓜子肉的尖端而抽它出来吃。这吃法不但"的，的"的声音清脆可听，那手和头的转侧的姿势窈窕得很，有些儿妩媚动人。连丢去的瓜子壳也模样姣好，有如朵朵兰花。由此看来，咬瓜子是中国少爷们的专长，而尤其是中国小姐、太太们的拿手戏。

在酒席上、茶楼上，我看见过无数咬瓜子的圣手。近来瓜子大王畅销，我国的小孩子们也都学会了咬瓜子的绝技。我的技术，在国内不如小孩子们远甚，只能在外国人面前占胜。记得从前我在赴横滨的轮船中，与一个日本人同舱。偶检行箧，发现亲友所赠的一罐瓜子。旅途寂寥，我就打开来和日本人共吃。这是他平生没有吃过的东西，他觉得非常珍奇。在这时候，我便老实不客气地装出内行的模样，把吃法教导他，并且示范地吃给他看。托祖国的福，这示范没有失败。但看那日本人的练习，真是可怜得很！他如法将瓜子塞进口中，"格"地一咬，然而咬时不得其法，将唾液把瓜子的外壳全部浸湿，拿在手里剥的时候，滑来滑去，无从下手，终于滑落在地上，无处寻找了。他空咽一口唾液，再选一粒来咬。这回他剥时非常小心，把咬碎了的瓜子陈列在舱中的食桌上，俯伏了头，细细地剥，好像修理钟表的样子。约莫一二分钟之后，好容易剥得了些瓜仁的碎片，郑重地塞进口里去吃。我问他滋味如何，他点点头连称 umai，umai（好吃，好吃）！我不禁笑了出来。我看他那阔大的嘴里放进一些瓜仁的碎屑，犹如沧海中投以一粟，亏他辨出 umai 的滋味来。但我的笑不仅为这点滑稽，本由于骄矜自夸的心理。我想，这毕竟是中国人独得的技术，像我这样对于此道最拙劣的人，也能在外国人面前占胜，何况国内无数精通此道的少爷、小姐们呢？

发明吃瓜子的人，真是一个了不起的天才！这是一种最有效的"消闲"法。要"消磨岁月"，除了抽鸦片以外，没有比吃瓜子更好的方法了。其所以最有效者，为了它具备三个条件：一、吃不厌；二、吃不饱；三、要剥壳。

俗语形容瓜子吃不厌，叫作"勿完勿歇"。为了它有一种非甜非咸的香味，能引逗人不断地要吃。想再吃一粒不吃了，但是嚼完吞下之后，口中余香不绝，不由你不再伸手向盆中或纸包里去摸。我们吃东西，凡一味甜的，或一味咸的，往往易于吃厌。只有非甜非咸的，可以久吃不厌。瓜子的百吃不厌，便是为此。有一位老于应酬的朋友告诉我一段吃瓜子的趣话：说他已养成了见瓜子就吃的习惯。有一次同了朋友到戏馆里看戏，坐定之后，看见茶壶的旁边放着一包打开的瓜子，便随手向包里掏取几粒，一面咬着，一面看戏。咬完了再取，取了再咬。如是数次，发见邻席的不相识的观剧者也来掏取，方才想起了这包瓜子的所有权。低声问他的朋友："这包瓜子是你买来的么？"那朋友说"不"，他才知道刚才是擅吃了人家的东西，便向邻座的人道歉。邻座的人很漂亮，付之一笑，索性正式地把瓜子请客了。由此可知瓜子这样东西，对中国人有非常的吸引力，不管三七二十一，见了瓜子就吃。

俗语形容瓜子吃不饱，叫作"吃三日三夜，长个屎尖头"。因为这东西分量微小，无论如何也吃不饱，连吃三日三夜，也不过多排泄一粒屎尖头。为消闲计，这是很重要的一个条件。倘分量大了，一吃就饱，时间就无法消磨。这与赈饥的粮食目的完全相反。赈饥的粮食求其吃得饱，消闲的粮食求其吃不饱。最好只尝滋味而不吞物质。最好越吃越饿，像罗马亡国之前所流行的

"吐剂"一样,则开筵大嚼,醉饱之后,咬一下瓜子可以再来开筵大嚼,一直把时间消磨下去。

要剥壳也是消闲食品的一个必要条件。倘没有壳,吃起来太便当,容易饱,时间就不能多多消磨了。一定要剥,而且剥的技术要有声有色,使它不像一种苦工,而像一种游戏,方才适合于有闲阶级的生活,可让他们愉快地把时间消磨下去。

具足以上三个利于消磨时间的条件的,在世间一切食物之中,想来想去,只有瓜子。所以我说发明吃瓜子的人是了不起的天才。而能尽量地享用瓜子的中国人,在消闲一道上,真是了不起的积极的实行家!试看粮食店、南货店里的瓜子的畅销,试看茶楼、酒店、家庭中满地的瓜子壳,便可想见中国人在"格,呸""的、的"的声音中消磨去的时间,每年统计起来为数一定可惊。将来此道发展起来,恐怕是全中国也可消灭在"格,呸""的、的"的声音中呢。

我本来见瓜子害怕,写到这里,觉得更加害怕了。

1934 年 4 月 20 日

 **名家点评**

丰子恺的随笔以率真幽默、明白如话的文风见长。他总是超越实利或成见的束缚,以浓厚兴趣体察一切,从平凡琐屑中写出独到自得的感兴,嚼出耐人寻思的人生味,确有他自称的特点:"泥龙竹马眼前情,琐屑平凡总不论。最喜小中能见大,还求弦外有余音。"丰子恺的随笔大多采用娓语体,总是从容下笔,以

笔代口，吞吐自如，得心应手，如行云流水，似家常闲谈，独具一种亲切感和自然美，时露灵性的妙悟和蔼然的谐趣，在提高随笔的表现力和建设活泼风趣的新文风上也做出独到而突出的贡献。

——佘树森

从吃瓜子这一特定的小情景中，表现少爷、小姐们的醉生梦死，反映世俗社会的虚伪污浊。对当时世风日下的社会，给予侧面的揭露和委婉巧妙的嘲讽。

——李敏孝

作品以诙谐、调侃的笔调，或揭示这种文化的产生根源，或指出其对民族、人性的危害，读来令人拍案叫绝，忍俊不禁中给人以诸多思考。

——姜新宇

故都的秋

郁达夫

作品导读

"自古逢秋悲寂寥",但是郁达夫却说:"秋天,这北国的秋天,若留得住的话,我愿把寿命的三分之二折去,换得一个三分之一的零头。"

这是怎样的热爱,怎样的眷恋啊!

租一椽老屋,泡一碗浓茶,然后坐看青天流云,倾听驯鸽的飞声,感受那槐树叶漏下来的细碎光阴。

这种细腻而独特的感受、忧郁而优美的情怀,不是每个人都有,亦非人人都可领悟的。恐怕只有郁达夫这样一个具有平民倾向又富含审美"雅趣"的读书人才能体验得到,才能表现得细腻而深刻。

关于作者

郁达夫(1896—1945),原名郁文,字达夫,浙江富阳人,中国现代著名小说家、散文家、诗人。代表作有《沉沦》《春风沉醉的晚上》等。

秋天，无论在什么地方的秋天，总是好的；可是啊，北国的秋，却特别地来得清，来得静，来得悲凉。我的不远千里，要从杭州赶上青岛，更要从青岛赶上北平来的理由，也不过想饱尝一尝这"秋"，这故都的秋味。

江南，秋当然也是有的；但草木凋得慢，空气来得润，天的颜色显得淡，并且又时常多雨而少风；一个人夹在苏州上海杭州，或厦门香港广州的市民中间，混混沌沌地过去，只能感到一点点清凉，秋的味，秋的色，秋的意境与姿态，总看不饱，尝不透，赏玩不到十足。秋并不是名花，也并不是美酒，那一种半开、半醉的状态，在领略秋的过程上，是不合适的。

不逢北国之秋，已将近十余年了。在南方每年到了秋天，总要想起陶然亭的芦花，钓鱼台的柳影，西山的虫唱，玉泉的夜月，潭柘寺的钟声。在北平即使不出门去吧，就是在皇城人海之中，租人家一椽破屋来住着，早晨起来，泡一碗浓茶，向院子一坐，你也能看得到很高很高的碧绿的天色，听得到青天下驯鸽的飞声。从槐树叶底，朝东细数着一丝一丝漏下来的日光，或在破壁腰中，静对着像喇叭似的牵牛花（朝荣）的蓝朵，自然而然地也能够感觉到十分的秋意。说到了牵牛花，我以为以蓝色或白色者为佳，紫黑色次之，淡红色最下。最好，还要在牵牛花底，叫长着几根疏疏落落的尖细且长的秋草，使作陪衬。

北国的槐树，也是一种能使人联想起秋来的点缀。像花而又不是花的那一种落蕊，早晨起来，会铺得满地。脚踏上去，声音也没有，气味也没有，只能感出一点点极微细极柔软的触觉。扫街的在树影下一阵扫后，灰土上留下来的一条条扫帚的丝纹，看起来既觉得细腻，又觉得清闲，潜意识下并且还觉得有点儿落寞，古人所说的梧桐一叶而天下知秋的遥想，大约也就在这些深沉的地方。

秋蝉的衰弱的残声，更是北国的特产；因为北平处处全长着树，屋子又低，所以无论在什么地方，都听得见它们的啼唱。在南方是非要上郊外或山上去才听得到的。这秋蝉的嘶叫，在北平可和蟋蟀耗子一样，简直像是家家户户都养在家里的家虫。

还有秋雨哩，北方的秋雨，也似乎比南方的下得奇，下得有味，下得更像样。

在灰沉沉的天底下，忽而来一阵凉风，便息列索落地下起雨来了。一层雨过，云渐渐地卷向了西去，天又青了，太阳又露出脸来了；着着很厚的青布单衣或夹袄的都市闲人，咬着烟管，在雨后的斜桥影里，上桥头树底下去一立，遇见熟人，便会用了缓慢悠闲的声调，微叹着互答着地说：

"唉，天可真凉了——"（这了字念得很高，拖得很长。）

"可不是么？一层秋雨一层凉啦！"

北方人念阵字，总老像是层字，平平仄仄起来，这念错的歧韵，倒来得正好。

北方的果树，到秋来，也是一种奇景。第一是枣子树；屋角，墙头，茅房边上，灶房门口，它都会一株株地长大起来。像橄榄又像鸽蛋似的这枣子颗儿，在小椭圆形的细叶中间，显出淡绿微黄的颜色的时候，正是秋的全盛时期；等枣树叶落，枣子红完，西北风就要起来了，北方便是尘沙灰土的世界，只有这枣子、柿子、葡萄，成熟到八九分的七八月之交，是北国的清秋的佳日，是一年之中最好也没有的 Golden Days。

有些批评家说，中国的文人学士，尤其是诗人，都带着很浓厚的颓废色彩，所以中国的诗文里，颂赞秋的文字特别的多。但外国的诗人，又何尝不然？我虽则外国诗文念得不多，也不想开出账来，做一篇秋的诗歌散文抄，但你若去一翻英德法意等诗人的集子，或各国的诗文的 Anthology 来，总能够看到许多关于秋的歌颂与悲啼。各著名的大诗人的长篇田园诗或四季诗里，也总以关于秋的部分，写得最出色而最有味。足见有感觉的动物，有情趣的人类，对于秋，总是一样的能特别引起深沉，幽远，严厉，萧索的感触来的。不单是诗人，就是被关闭在牢狱里的囚犯，到了秋天，我想也一定会感到一种不能自已的深情；秋之于人，何尝有国别，更何尝有人种阶级的区别呢？不过在中国，文字里有一个"秋士"的成语，读本里又有着很普遍的欧阳子的《秋声》与苏东坡的《赤壁赋》等，就觉得中国的文人，与秋的关系特别深了。可是这秋的深味，尤其是中国的秋的深味，非要在北方，才感受得到的。

　　南国之秋，当然是也有它的特异的地方的，比如廿四桥的明月，钱塘江的秋潮，普陀山的凉雾，荔枝湾的残荷等等，可是色彩不浓，回味不永。比起北国的秋来，正像是黄酒之与白干，稀饭之与馍馍，鲈鱼之与大蟹，黄犬之与骆驼。

　　秋天，这北国的秋天，若留得住的话，我愿把寿命的三分之二折去，换得一个三分之一的零头。

1934 年 8 月，在北平

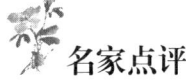 **名家点评**

郁达夫所追求的趣味就是文化水平较高的人士的"雅趣"。

雅趣的特点是,不像俗趣那样偏重于外在的色彩和形状,而是侧重于内在的意味,这种趣味是不能自发地生成的,而是与古典文化的修养联系在一起的。没有一定的文化修养,没有高雅的心灵,可能是视而不见,感而不觉的。故郁达夫要欣赏出雅趣来,就得有一份超脱世俗的、恬淡的心情。超脱世俗表现在哪里?"租人家一椽破屋"欣赏风景,为什么要破屋?漂亮的新屋不是更舒适吗?但是,太舒适了,就只有实用价值,没有多少历史的回味。破屋才有沧桑之感。因为这是故都,历史漫长,文化积淀不在表面上。郁达夫觉得这种积淀,不一定在众所周知的名胜古迹中,要在破旧的民居中体悟出来,才有水平。为什么要泡一壶浓茶?浓茶是苦的,但是有回味之甘。这就是说,要细细体会才有味道,越体会越有味道。

要悠闲,姿态才雅得起来,才有趣味。

更关键的是,雅趣的内涵是深沉的。

——孙绍振

在《故都的秋》整篇文章之中,蕴含着一种孤独、忧郁的心态。这种心态的描写与作者的人生经历有着十分密切的关系,作者向往的是一种"深刻厚重"的生命形态,而"故都的秋"正是这种生命形态的象征,这种生命虽然形态悲凉,但是富有内涵。

——曾国繁

雅舍

梁实秋

作品导读

"山不在高,有仙则名。水不在深,有龙则灵。"

历代文人写自己居住的楼、室、斋、园的文章很多,人尽皆知的刘禹锡的《陋室铭》就是其中的代表,而梁实秋先生的《雅舍》可以说是现代的《陋室铭》。

抗战期间,国民政府迁往重庆。1939年5月,梁实秋随教育部中小学教科书编委会迁至重庆北碚,并购置平房一栋,命名为"雅舍"。所谓"雅舍",实际上是半山腰的一间陋室。明明是"陋",却偏要称"雅",这表现了作者对所处战争年代的无奈,对自己生活环境的自嘲、自讽,同时也表现了作者随遇而安的情致和心态。

关于作者

梁实秋(1903—1987),北京人,中国现代文学史上著名的学者、文学家和翻译家。一生著作甚丰,散文集有《雅舍小品》《看云集》《槐园梦记》等,文学批评论文集多种,并用近40年的时间独力翻译完成《莎士比亚全集》。

到四川来，觉得此地人建造房屋最是经济。火烧过的砖，常常用来做柱子，孤零零的砌起四根砖柱，上面盖上一个木头架子，看上去瘦骨嶙嶙，单薄得可怜；但是顶上铺了瓦，四面编了竹篦墙，墙上敷了泥灰，远远地看过去，没有人能说不像是座房子。我现在住的"雅舍"正是这样一座典型的房子。不消说，这房子有砖柱，有竹篦墙，一切特点都应有尽有。讲到住房，我的经验不算少，什么"上支下摘""前廊后厦""一楼一底""三上三下""亭子间""茆草棚""琼楼玉宇"和"摩天大厦"，各式各样，我都尝试过。我不论住在哪里，只要住得稍久，对那房子便发生感情，非不得已我还舍不得搬。这"雅舍"，我初来时仅求其能蔽风雨，并不敢存奢望，现在住了两个多月，我的好感油然而生。虽然我已渐渐感觉它并不能蔽风雨，因为有窗而无玻璃，风来则洞若凉亭，有瓦而空隙不少，雨来则渗如滴漏。纵然不能蔽风雨，"雅舍"还是自有它的个性。有个性就可爱。

"雅舍"的位置在半山腰，下距马路有七八十层的土阶。前面是阡陌螺旋的稻田。再远望过去是几抹葱翠的远山，旁边有高粱地，有竹林，有水池，有粪坑，后面是荒僻的榛莽未除的土山坡。若说地点荒凉，则月明之夕，或风雨之日，亦常有客到，大抵好友不嫌路远，路远乃见情谊。客来则先爬几十级的土阶，进得屋来仍须上坡，因为屋内地板乃依山势而铺，一面高，一面低，坡度甚大，客来无不惊叹，我则久而安之，每日由书房走到饭厅是上坡，饭后鼓腹而出是下坡，亦不觉有大不便处。

"雅舍"共是六间，我居其二。篦墙不固，门窗不严，故我与邻人彼此均可互通声息。邻人轰饮作乐，咿唔诗章，喁喁细语，以及鼾声、喷嚏声、吮汤声、撕纸声、脱皮鞋声，均随时由门窗户壁的隙处荡漾而来，破我岑寂。入夜则鼠子瞰灯，才一合眼，鼠子便自由行动，或搬核桃在地板上顺坡而下，或吸灯油而推翻烛台，或攀援而上帐顶，或在门框桌脚上磨牙，使得人不得安枕。但是对于鼠子，我很惭愧地承认，我"没有法子"。"没有法子"一语是被外国人常常引用着的，以为这话最足代表中国人的懒惰隐忍的态度。其实我的对付鼠子并不懒惰。窗上糊纸，纸一戳就破；门户关紧，而相鼠有牙，一阵咬便是一个洞洞。试问还有什么法子？洋鬼子住到"雅舍"里，不也是"没有法子"？比鼠子更骚扰的是蚊子。"雅舍"的蚊风之盛，是我前所未见的。"聚蚊成雷"真有其事！每当黄昏时候，满屋里磕头碰脑的全是蚊子，又黑又大，骨骼都像是硬的。在别处蚊子早已肃清的时候，在"雅舍"则格外猖獗，来客偶不留心，则两腿伤处累累隆起如玉蜀黍，但是我仍安之。冬天一到，蚊子自然绝迹，明年夏天——谁知道我还是否住在"雅舍"！

"雅舍"最宜月夜——地势较高，得月较先。看山头吐月，红盘乍涌，一霎间，清光四射，天空皎洁，四野无声，微闻犬吠，坐客无不悄然！舍前有两株梨树，等到月升中天，清光从树间筛洒而下，地上阴影斑斓，此时尤为幽绝。直到兴阑人散，归房就寝，月光仍然逼进窗来，助我凄凉。细雨蒙蒙之际，"雅舍"亦复有趣。推窗展望，俨然米氏章法，若云若雾，一片弥漫。但若大雨滂沱，我就又惶悚不安了，屋顶湿印到处都有，起初如碗大，俄而扩大如盆，继则滴水乃不绝，终乃屋顶灰泥突然崩裂，如奇葩初绽，砉然一声而泥水下注，此刻满室狼藉，抢救无及。此种经验，已数见不鲜。

"雅舍"之陈设，只当得简朴二字，但洒扫拂拭，不使有纤尘。我非显要，故名公巨卿之照片不得入我室；我非牙医，故无博士文凭张挂壁间；我不业理发，故丝织西湖十景以及电影明星之照片亦均不能张我四壁。我有一几一椅一榻，酣睡写读，均已有着，我亦不复他求。但是陈设虽简，我却喜欢翻新布置。西人常常讥笑妇人喜欢变更桌椅位置，以为这是妇人天性喜变之一证。诬否且不论，我是喜欢改变的。中国旧式家庭，陈设千篇一律，正厅上是一条案，前面一张八仙桌，一边一把靠椅，两旁是两把靠椅夹一只茶几。我以为陈设宜求疏落参差之致，最忌排偶。"雅舍"所有，毫无新奇，但一物一事之安排布置俱不从俗。人入我室，即知此是我室。笠翁《闲情偶寄》之所论，正合我意。

"雅舍"非我所有，我仅是房客之一。但思"天地者万物之逆旅"，人生本来如寄，我住"雅舍"一日，"雅舍"即一日为我所有。即使此一日亦不能算是我有，至少此一日"雅舍"所能给予之苦辣酸甜，我实躬受亲尝。刘克庄词："客里似家家似寄。"我此时此刻卜居"雅舍"，"雅舍"即似我家。其实似家似寄，我亦分辨不清。

长日无俚，写作自遣，随想随写，不拘篇章，冠以"雅舍小品"四字，以示写作所在，且志因缘。

名家点评

实秋不但能说会道，写起或译起文章来，也是下笔千言，尤其是小品文字，更是信手拈来，谐而不俗。
——冰 心

在梁实秋笔下，不仅雅舍的月夜清幽、细雨迷蒙、远离尘嚣令人心旷神怡，就是鼠子瞰灯、聚蚊成雷、风来则洞若凉亭、雨来则渗如滴漏之类景观也别有风味，甚至连暴风雨中"屋顶灰泥突然崩裂"的情景也如"奇葩初绽"一样可观可叹。总之，"雅舍"所给予的苦辣酸甜，在作者看来，都是人生应得而又难得的情味，足供玩索，何复他求？这里，生活的体验已升华为审美的玩味，困苦的境遇已转化为观赏的对象，从中表现出来的是一种审美体味对实用功利的克服和超越，是一种随缘赏玩、豁达自由的审美心态，是一种常人难以抵达的安时处顺、优游自得的人生境界，颇有刘禹锡《陋室铭》之风韵。

——佘树森

囚绿记

陆蠡

作品导读

绿,是生命的舞蹈者,是大自然的天使,是濒临绝境的希望。它是多么使人迷醉,让人向往!中国现代散文家陆蠡,他痴心地想把绿"囚禁"起来。不曾想,这绿却带给他生命的强烈震撼。

1939年夏天,陆蠡在北平的一家公寓外发现了一株常春藤,异常惊喜,就将它的柔条牵进屋里。常春藤尽管被"幽囚"在黑暗的小屋里,却固执地向窗外迎着阳光生长。作者去上海前,又将常春藤的柔条移回原来的位置,并祝福它永葆青春。作品借物抒情,表达了对自由的渴望。

关于作者

陆蠡(1908—1942),浙江天台人,现代散文家、翻译家,抗日烈士。著有散文集《海星》《竹刀》《囚绿记》等。

这是去年夏间的事情。

我住在北平的一家公寓里。我占据着高广不过一丈的小房间，砖铺的潮湿的地面，纸糊的墙壁和天花板，两扇木格子嵌玻璃的窗，窗上有很灵巧的纸卷帘，这在南方是少见的。

窗是朝东的。北方的夏季天亮得快，早晨五点钟左右太阳便照进我的小屋，把可畏的光线射个满室，直到十一点半才退出，令人感到炎热。这公寓里还有几间空房子，我原有选择的自由的，但我终于选定了这朝东房间，我怀着喜悦而满足的心情占有它，那是有一个小小理由。

这房间靠南的墙壁上，有一个小圆窗，直径一尺左右。窗是圆的，却嵌着一块六角形的玻璃，并且左下角是打碎了，留下一个大孔隙，手可以随意伸进伸出。圆窗外面长着常春藤。当太阳照过它繁密的枝叶，透到我房里来的时候，便有一片绿影。我便是欢喜这片绿影才选定这房间的。当公寓里的伙计替我提了随身小提箱，领我到这房间来的时候，我瞥见这绿影，感觉到一种喜悦，便毫不犹疑地决定下来，这样了截爽直使公寓里伙计都惊奇。

绿色是多宝贵的啊！它是生命，它是希望，它是慰安，它是快乐。我怀念着绿色把我的心等焦了。我欢喜看水白，我欢喜看草绿。我疲累于灰暗的都市的天空和黄漠的平原，我怀念着绿色，如同涸辙的鱼盼等着雨水！我急不暇择的心情即使一枝之绿也视同至宝。当我在这小房中安顿下来，我移徙小台子到圆窗下，让我的面朝墙壁和小窗。门虽是常开着，可没人来打扰我，因为在这古城中我是孤独而陌生。但我并不感到孤独。我忘记了困倦的旅程和已往的许多不快的记忆。我望着这小圆洞，绿叶和我对语。我了解自然无声的语言，正如它了解我的语言一样。

我快活地坐在我的窗前。度过了一个月,两个月,我留恋于这片绿色。我开始了解渡越沙漠者望见绿洲的欢喜,我开始了解航海的冒险家望见海面漂来花草的茎叶的欢喜。人是在自然中生长的,绿是自然的颜色。

我天天望着窗口常春藤的生长。看它怎样伸开柔软的卷须,攀住一根缘引它的绳索,或一茎枯枝;看它怎样舒开折叠着的嫩叶,渐渐变青,渐渐变老,我细细观赏它纤细的脉络、嫩芽,我以揠苗助长的心情,巴不得它长得快,长得茂绿。下雨的时候,我爱它淅沥的声音,婆娑的摆舞。

忽然有一种自私的念头触动了我。我从破碎的窗口伸出手去,把两枝浆液丰富的柔条牵进我的屋子里来,教它伸长到我的书案上,让绿色和我更接近,更亲密。我拿绿色来装饰我这简陋的房间,装饰我过于抑郁的心情。我要借绿色来比喻葱茏的爱和幸福,我要借绿色来比喻猗郁的年华。我囚住这绿色如同幽囚一只小鸟,要它为我作无声的歌唱。

绿的枝条悬垂在我的案前了,它依旧伸长,依旧攀缘,依旧舒放,并且比在外边长得更快。我好像发现了一种"生的欢喜",超过了任何种的喜悦。从前我有个时候,住在乡间的一所草屋里,地面是新铺的泥土,未除净的草根在我的床下茁出嫩绿的芽苗,蕈菌在地角上生长,我不忍加以剪除。后来一个友人一边说一边笑,替我拔去这些野草,我心里还引为可惜,倒怪他多事似的。

可是每天在早晨,我起来观看这被幽囚的"绿友"时,它的尖端总朝着窗外的方向。甚至于一枚细叶,一茎卷须,都朝原来的方向。植物是多固执啊!它不了解我对它的爱抚,我对它的善意。我为了这永远向着阳光生长的植物不快,因为它损害了我的自尊心。可是我囚系住它,仍旧让柔弱的枝叶垂在我的案前。

它渐渐失去了青苍的颜色,变成柔绿,变成嫩黄,枝条变成细瘦,变成娇弱,好像病了的孩子。我渐渐不能原谅我自己的过失,把天空底下的植物移锁到暗黑的室内;我渐渐为这病损的枝叶可怜,虽则我恼怒它的固执,无亲热,我仍旧不放走它。魔念在我心中生长了。

我原是打算七月尾就回南去的。我计算着我的归期,计算这"绿囚"出牢的日子。在我离开的时候,便是它恢复自由的时候。

卢沟桥事件发生了。担心我的朋友电催我赶速南归。我不得不变更我的计划,在七月中旬,不能再流连于烽烟四逼中的旧都,火车已经断了数天,我每日须得留心开车的消息。终于在一天早晨候到了。临行时我珍重地开释了这永不屈服于黑暗的囚人。我把瘦黄的枝叶放在原来的位置上,向它致诚意的祝福,愿它繁茂苍绿。

离开北平一年了。我怀念着我的圆窗和绿友。有一天,得重和它们见面的时候,会和我面生么?

名家点评

感性散文写得最好的恐怕就是陆蠡了。

他的散文独创在于断然割舍繁文杂念,而全然投入单纯的情感,务求饱满的美感。《贝舟》《囚绿记》《谶》等只从一丝萦念的线头,便会抽出一篇美丽而多情的绝妙小品来。

陆蠡是散文家中的纯艺术家。

——余光中

回忆鲁迅先生（节选）

萧红

作品导读

1936年，鲁迅先生去世以后，文坛曾经出现了怀念和回忆鲁迅先生的"四大名篇"：一位电车工人在《一面》中回忆了四年前和鲁迅先生的一面之缘，北大教授马裕藻的爱女、北大校花马珏的《初次见鲁迅先生》，郁达夫的《回忆鲁迅》，以及萧红长达两万字的《回忆鲁迅先生》。而在这四大名篇中，萧红这篇《回忆鲁迅先生》又因其视角细腻、感性，融入大量与鲁迅一家相关的日常生活细节，把一个伟大的人物描写得有血有肉、可知可感而成为经典中的经典。

关于作者

萧红（1911—1942），黑龙江呼兰人，20世纪30年代中国文坛上活跃的女作家。代表作品有中篇小说《生死场》《马伯乐》，长篇小说《呼兰河传》，短篇小说集《牛车上》《旷野的呼唤》，散文集《商市街》《桥》《回忆鲁迅先生》等。

鲁迅先生的笑声是明朗的，是从心里的欢喜。若有人说了什么可笑的话，鲁迅先生笑得连烟卷都拿不住了，常常是笑得咳嗽起来。

鲁迅先生走路很轻捷，尤其使人记得清楚的，是他刚抓起帽子来往头上一扣，同时左腿就伸出去了，仿佛不顾一切地走去。

鲁迅先生不大注意人的衣裳，他说："谁穿什么衣裳我看不见的……"

鲁迅先生生病，刚好了一点，窗子开着，他坐在躺椅上，抽着烟，那天我穿着新奇的大红的上衣，很宽的袖子。

鲁迅先生说："这天气闷热起来，这就是梅雨天。"他把他装在象牙烟嘴上的香烟，又用手装得紧一点，往下又说了别的。

许先生忙着家务跑来跑去，也没有对我的衣裳加以鉴赏。

于是我说："周先生，我的衣裳漂亮不漂亮？"

鲁迅先生从上往下看了一眼："不大漂亮。"

过了一会又接着说："你的裙子配的颜色不对，并不是红上衣不好看，各种颜色都是好看的，红上衣要配红裙子，不然就是黑裙子，咖啡色的就不行了；这两种颜色放在一起很浑浊……你没看到外国人在街上走的吗？绝没有下边穿一件绿裙子，上边穿一件紫上衣，也没有穿一件红裙子而后穿一件白上衣的……"

鲁迅先生就在躺椅上看着我："你这裙子是咖啡色的，还带格子，颜色浑浊得很，所以把红衣裳也弄得不漂亮了。"

"……人瘦不要穿黑衣裳，人胖不要穿白衣裳；脚长的女人一定要穿黑鞋子，脚短就一定要穿白鞋子；方格子的衣裳胖人不能穿，但比横格子的还好；横格子的，胖人穿上，就把胖子更往两边裂着，更横宽了，胖子要穿竖条子的，竖的把人显得长，横的把人显得宽……"

那天鲁迅先生很有兴致，把我一双短统靴子也略略批评一下，说我的短靴是军人穿的，因为靴子的前后都有一条线织的拉手，这拉手据鲁迅先生说是放在裤子下边的……

我说："周先生，为什么那靴子我穿了多久了而不告诉我，怎么现在才想起来呢？现在不是不穿了吗？我穿的这不是另外的鞋吗？"

"你不穿我才说的，你穿的时候，一说你该不穿了。"

那天下午要赴一个筵会去，我要许先生给我找一点布条或绸条束一束头发。许先生拿了来米色的绿色的还有桃红色的。经我和许先生共同选定的是米色的。为着取笑，把那桃红色的，许先生举起来放在我的头发上，并且许先生很开心地说着：

"好看吧！多漂亮！"

我也非常得意，很规矩又顽皮地在等着鲁迅先生往这边看我们。

鲁迅先生这一看，脸是严肃的，他的眼皮往下一放向我们这边看着：

"不要那样装饰她……"

许先生有点窘了。

我也安静下来。

鲁迅先生在北平教书时，从不发脾气，但常常好用这种眼光看人，许先生常跟我讲。她在女师大读书时，周先生在课堂上，一生气就用眼睛往下一掠，看着她们，这种眼光鲁迅先生在记范爱农先生的文字里曾自己述说过，而谁曾接触过这种眼光的人就会感到一个旷代的全智者的催逼。

我开始问："周先生怎么也晓得女人穿衣裳的这些事情呢？"

"看过书的,关于美学的。"

"什么时候看的……"

"大概是在日本读书的时候……"

"买的书吗?"

"不一定是买的,也许是从什么地方抓到就看的……"

"看了有趣味吗?"

"随便看看……"

"周先生看这书做什么?"

"……"没有回答,好像很难以回答。

许先生在旁说:"周先生什么书都看的。"

青年人写信,写得太草率,鲁迅先生是深恶痛绝之的。

"字不一定要写得好,但必须得使人一看了就认识,青年人现在都太忙了……他自己赶快胡乱写完了事,别人看了三遍五遍看不明白,这费了多少工夫,他不管。反正这费的工夫不是他的。这存心是不太好的。"

但他还是展读着每封由不同角落里投来的青年的信,眼睛不济时,便戴起眼镜来看,常常看到夜里很深的时光。

鬼到底是有的是没有的?传说上有人见过,还跟鬼说过话,还有人被鬼在后边追赶过,吊死鬼一见了人就贴在墙上。但没有一个人捉住一个鬼给大家看看。

鲁迅先生讲了他看见过鬼的故事给大家听:

"是在绍头……"鲁迅先生说,"三十年前……"

那时鲁迅先生从日本读书回来,在一个师范学堂里也不知是什么学堂里教书，晚上没有事时，鲁迅先生总是到朋友家去谈天。这朋友住得离学堂几里路，几里路不算远，但必得经过一片坟地。谈天有的时候就谈得晚了，十一二点钟才回学堂的事也常有。有一天鲁迅先生就回去得很晚，天空有很大的月亮。

鲁迅先生向着归路走得很起劲时，往远处一看，远远有一个白影。

鲁迅先生不相信鬼的，在日本留学时是学的医，常常把死人抬来解剖的，鲁迅先生解剖过二十几个，不但不怕鬼，对死人也不怕，所以对于坟地也就根本不怕，仍旧是向前走的。

走了不几步，那远处的白影没有了，再看突然又有了。并且时小时大，时高时低，正和鬼一样。鬼不就是变幻无常的吗？

鲁迅先生有点踌躇了，到底向前走呢，还是回过头来走？本来回学堂不止这一条路，这不过是最近的一条就是了。

鲁迅先生仍是向前走，到底要看一看鬼是什么样，虽然那时候也怕了。

鲁迅先生那时从日本回来不久，所以还穿着硬底皮鞋，鲁迅先生决心要给那鬼一个致命的打击。等走到那白影的旁边时，那白影缩小了，蹲下了，一声不响地靠住了一个坟堆。

鲁迅先生就用了他的硬皮鞋踢出去。

那白影"噢"的一声叫起来，随着就站起来，鲁迅先生定眼看去，他却是个人。

鲁迅先生说在他踢的时候，他是很害怕的，好像若一下不把那东西踢死，自己反而会遭殃的，所以用了全力踢出去。

原来是个盗墓子的人在坟场上半夜做着工作。

鲁迅先生说到这里就笑了起来。

"鬼也是怕踢的,踢他一脚就立刻变成人了。"

我想,倘若是鬼常常让鲁迅先生踢踢倒是好的,因为给了他一个做人的机会。

从福建菜馆叫的菜,有一碗鱼做的丸子。

海婴一吃就说不新鲜,许先生不信,别的人也都不信。因为那丸子有的新鲜,有的不新鲜,别人吃到嘴里的恰好都是没有改味的。

许先生又给海婴一个,海婴一吃,又是不好的,他又嚷嚷着。别人都不注意,鲁迅先生把海婴碟里的拿来尝尝,果然不是新鲜的。鲁迅先生说:"他说不新鲜,一定也有他的道理,不加以查看就抹杀是不对的。"

以后我想起这件事来,私下和许先生谈过,许先生说:"周先生的做人,真是我们学不了的。哪怕一点点小事。"

鲁迅先生包一个纸包也要包到整整齐齐,常常把要寄出的书,鲁迅先生从许先生手里拿过来自己包。许先生本来包得多么好,而鲁迅先生还要亲自动手。

鲁迅先生把书包好了,用细绳捆上,那包方方正正的,连一个角也不准歪一点或扁一点,而后拿起剪刀,把捆书的那绳头都剪得整整齐齐。

就是包这书的纸都不是新的,都是从街上买东西回来留下来的。许先生上街回来把买来的东西一打开随手就把包东西的牛皮纸折起来,随手把小细绳卷了一个卷,若小细绳上有一个疙瘩,也要随手把它解开的,准备着随时用随时方便。

一九三六年三月里鲁迅先生病了,靠在二楼的躺椅上,心脏跳动得比平日厉害，脸色略微灰了一点。

许先生正相反的，脸色是红的，眼睛显得大了，讲话的声音是平静的，态度并没有比平日慌张。在楼下，一走进客厅来许先生就告诉说："周先生病了，气喘……喘得厉害，在楼上靠在躺椅上。"

鲁迅先生呼喘的声音，不用走到他的旁边，一进了卧室就听得到的。鼻子和胡须在扇着，胸部一起一落。眼睛闭着，差不多永久不离开手的纸烟，也放弃了。藤躺椅后边靠着枕头，鲁迅先生的头有些向后，两只手空闲地垂着。眉头仍和平日一样没有聚皱，脸上是平静的，舒展的，似乎并没有任何痛苦加在身上。

"来了吗？"鲁迅先生睁一睁眼睛，"不小心，着了凉……呼吸困难……到藏书的房子去翻一翻书……那房子因为没有人住，特别凉……回来就……"

许先生看周先生说话吃力，赶快接着说周先生是怎样气喘的。

医生看过了，吃了药，但喘并未停。下午医生又来过，刚刚走。

卧室在黄昏里边一点一点地暗下去，外边起了一点小风，隔院的树被风摇着发响。

别人家的窗子有的被风打着发出自动关开的响声，家家的流水道都是哗啦哗啦地响着水声，一定是晚餐之后洗着杯盘的剩水。晚餐后该散步的散步去了，该会朋友的会友去了，弄堂里来去的稀疏不断地走着人，而娘姨们还没有解掉围裙呢，就依着后门彼此搭讪起来。小孩子们三五一伙前门后门地跑着，弄堂外汽车穿来穿去。

鲁迅先生坐在躺椅上，沉静的，不动地阖着眼睛，略微灰了的脸色被炉里的火光染红了一点。纸烟听子蹲在书桌上,盖着盖子,茶杯也蹲在桌子上。

许先生轻轻地在楼梯上走着,许先生一到楼下去,二楼就只剩了鲁迅先生一个人坐在椅子上,呼喘把鲁迅先生的胸部有规律性地抬得高高的。

海婴在玩着一大堆黄色的小药瓶,用一个纸盒子盛着,端起来楼上楼下地跑。向着阳光照是金色的,平放着是咖啡色的,他招集了小朋友来,他向他们展览,向他们夸耀,这种玩意只有他有而别人不能有。他说:"这是爸爸打药针的药瓶,你们有吗?"

别人不能有,于是他拍着手骄傲地呼叫起来。

许先生一边招呼着他,不叫他喊,一边下楼来了。

"周先生好了些?"

见了许先生大家都是这样问的。

"还是那样子,"许先生说,随手抓起一个海婴的药瓶来,"这不是么,这许多瓶子,每天打针,药瓶也积了一大堆。"

许先生一拿起那药瓶,海婴上来就要过去,很宝贵地赶快把那小瓶摆到纸盒里。

在长桌上摆着许先生自己亲手做的蒙着茶壶的棉罩子,从那蓝缎子的花罩下拿着茶壶倒着茶。

楼上楼下都是静的了,只有海婴快活地和小朋友们的吵嚷躲在太阳里跳荡。

海婴每晚临睡时必向爸爸妈妈说:"明朝会!"

有一天他站在上三楼去的楼梯口上喊着:"爸爸,明朝会!"

鲁迅先生那时正病得沉重,喉咙里边似乎有痰,那回答的声音很小，海婴没有听到，于是他又喊："爸爸，明朝会！"他等一等，听不到回答的声音，他就大声地连串地喊起来："爸爸，明朝会，爸爸，明朝会……爸爸，明朝会……"

他的保姆在前边往楼上拖他，说是爸爸睡下了，不要喊了。可是他怎么能够听呢，仍旧喊。

这时鲁迅先生说"明朝会"，还没有说出来喉咙里边就像有东西在那里堵塞着，声音无论如何放不大。到后来，鲁迅先生挣扎着把头抬起来才很大声地说出："明朝会，明朝会。"说完了就咳嗽起来。

许先生被惊动得从楼下跑来了，不住地训斥着海婴。

海婴一边哭着一边上楼去了，嘴里唠叨着："爸爸是个聋人哪！"

鲁迅先生没有听到海婴的话，还在那里咳嗽着。

鲁迅先生在四月里，曾经好了一点，有一天下楼去赴一个约会，把衣裳穿得整整齐齐，腋下挟着黑花包袱，戴起帽子来，出门就走。

许先生在楼下正陪客人，看鲁迅先生下来了，赶快说："走不得吧，还是坐车子去吧。"

鲁迅先生说："不要紧，走得动的。"

许先生再加以劝说，又去拿零钱给鲁迅先生带着。

鲁迅先生说不要不要，坚决地就走了。

"鲁迅先生的脾气很刚强。"许先生无可奈何地，只说了这一句。

鲁迅先生晚上回来，热度增高了。

鲁迅先生说："坐车子实在麻烦，没有几步路，一走就到。

还有，好久不出去，愿意走走……动一动就出毛病……还是动不得……"

病压服着鲁迅先生又躺下了。

七月里，鲁迅先生又好些。

药每天吃，记温度的表格照例每天好几次在那里画，老医生还是照常地来，说鲁迅先生就要好起来了，说肺部的菌已停止了一大半，肋膜也好了。

客人来差不多都要到楼上来拜望拜望。鲁迅先生带着久病初愈的心情，又谈起话来，披了一张毛巾子坐在躺椅上，纸烟又拿在手里了，又谈翻译，又谈某刊物。

一个月没有上楼去，忽然上楼还有些心不安，我一进卧室的门，觉得站也没有地方站，坐也不知坐在哪里。

许先生让我吃茶，我就倚着桌子边站着，好像没有看见那茶杯似的。

鲁迅先生大概看出我的不安来了，便说："人瘦了，这样瘦是不成的，要多吃点。"

鲁迅先生又在说玩笑话了。

"多吃就胖了，那么周先生为什么不多吃点？"

鲁迅先生听了这话就笑了，笑声是明朗的。

从七月以后鲁迅先生一天天地好起来了，牛奶、鸡汤之类，为了医生所嘱也隔三岔五地吃着，人虽是瘦了，但精神是好的。

鲁迅先生说自己体质的本质是好的，若差一点的，就让病打倒了。

又过了三个月。

一九三六年十月十七日，鲁迅先生病又发了，又是气喘。

十七日,一夜未眠。

十八日,终日喘着。

十九日,夜的下半夜,人衰弱到极点了。天将发白时,鲁迅先生就像他平日一样,工作完了,他休息了。

名家点评

萧红在接近鲁迅先生的过程中,以她敏锐的观察力和真挚的情感,从一些平凡小事,多半为旁人所忽略的地方,看到别人所见不到的鲁迅先生。可能,也许是萧红是女人的缘故,所以,才有这样细微、敏感的笔触。

比如:鲁迅先生在夜归的路上,发现在不远的坟墓前有个人影闪动,鲁迅坚决走上前去,揭露了那个盗墓的人的伎俩。

萧红概括事物,以透露它的本色为重。她做人,也是以本色示人。这篇作品本色,着墨不多,却使人感到鲁迅先生向我们缓步走来。同时也感到当年充满青春活力而外表文静、略显瘦弱的萧红也款步走来。

——端木蕻(hòng)良

《回忆鲁迅先生》的四十五个片断在内容上没有严格的逻辑顺序,材料与材料之间互不关联,形成某种断裂,有些片断即使倒置似乎也无碍于文章的连贯。这就表明,这是一篇非常情绪化的文章。作者动笔之前对于全篇的布局似乎漫不经心,全无预设。动笔之后,作者心底的感情如喷涌的泉水,飞湍的激流,尽情倾泻挥洒,形诸笔墨而成为艺术结晶。凡属作者感到有诗意潜质和倾诉冲动的内容她就断断续续写出,用感情的红线将素材的珍珠逐渐织成一幅清晰的画面。这是一种罕见的火一样的体验文字，是一种任凭心绪召唤的诗性文字，是一种理性中夹杂着情绪性的文字，是一种打破了男性叙事结构的独具女性表达风格的文字。

——林敏洁

在中国现代作家的创作中，以诗歌、散文、戏剧等多种文学形式，多角度、多层面书写鲁迅，对鲁迅"横眉冷对千夫指，俯首甘为孺子牛"的精神内核做出形象阐释的，萧红即使不是第一人，也是最传神、最深刻的一位。穿越历史的隧道，他们思想精神交会碰撞的火光，今天依然熠熠生辉，启迪后人。

——郭剑卿

四位先生

老舍

作品导读

我们非常熟悉老舍先生的《济南的冬天》《想北平》《养花》等一系列散文,也了解他的质朴、平实的散文风格,但是老舍先生的散文中也有另一类很有特色的文章,这类文章的特点是幽默诙谐、格调轻松、生动有趣。在他的笔下,嬉笑怒骂皆成文章。《四位先生》就是这样的一篇。

关于作者

老舍(1899—1966),满族,原名舒庆春,字舍予,生于北京,著名的小说家、剧作家。主要作品有小说《骆驼祥子》《四世同堂》《离婚》《月牙儿》《我这一辈子》《正红旗下》,话剧《龙须沟》《茶馆》等。

吴组缃先生的猪

从青木关到歌乐山一带，在我所认识的文友中要算吴组缃先生最为阔绰。他养着一口小花猪。据说，这小动物的身价，值六百元。

每次我去访组缃先生，必附带地向小花猪致敬，因为我与组缃先生核计过了：假若他与我共同登广告卖身，大概也不会有人出六百元来买！

有一天，我又到吴宅去。给小江——组缃先生的少爷——买了几个比醋还酸的桃子。拿着点东西，好搭讪着骗顿饭吃，否则就太不好意思了。一进门，我看见吴太太的脸比晚日还红。我心里一想，便想到了小花猪。假若小花猪丢了，或是出了别的毛病，组缃先生的阔绰便马上不存在了！一打听，果然是为了小花猪：它已绝食一天了。我很着急，急中生智，主张给它点奎宁吃，恐怕是打摆子。大家都不赞同我的主张。我又建议把它抱到床上盖上被子睡一觉，出点汗也许就好了：焉知道不是感冒呢？这年月的猪比人还娇贵呀！大家还是不赞成。后来，把猪医生请来了。我颇兴奋，要看看猪怎么吃药。猪医生把一些草药包在竹筒的大厚皮儿里，使小猪横衔着，两头向后束在脖子上：这样，药味与药汁便慢慢走入里边去。把药包束好，小花猪的口中好像生了两个翅膀，倒并不难看。

虽然吴宅有此骚动，我还是在那里吃了午饭——自然稍微有点不得劲儿！

过了两天，我又去看小花猪——这回是专程探病，绝不为看别人；我知道现在的猪的价值有多大——小花猪口中已无那个药包，而且也吃点东西了。大家都很高兴，我就又棍打腿地骗了顿饭吃，并且提出声明：到冬天，得分给我几斤腊肉；组缃先生与太太没加任何考虑便答应了。吴太太说："几斤？十斤也行！想想看，那天它要是一病不起……"大家听罢，都出了冷汗！

马宗融先生的时间观念

马宗融先生的表大概是、我想是一个装饰品。无论约他开会，还是吃饭，他总迟到一个多钟头，他的表并不慢。

来重庆，他多半是住在白象街的作家书屋。有的说也罢，没的说也罢，他总要谈到夜里两三点钟。假若不是别人都困得不出一声了，他还想不起上床去。有人陪着他谈，他能一直坐到第二天夜里两点钟。表、月亮、太阳，都不能引起他注意到时间。

比如说吧，下午三点他须到观音岩去开会，到两点半他还毫无动静。"宗融兄，不是三点有会吗？该走了吧？"有人这样提醒他，他马上去戴上帽子，提起那根有茶碗口粗的木棒，向外走去。"七点吃饭，早点回来呀！"大家告诉他。他回答声"一定回来"，便匆匆地走出去。

到三点的时候，你若出去，你会看见马宗融先生在门口与一位老太婆，或是两个小学生，在谈话儿呢！即使不是这样，他在五点以前也走不到观音岩。路上每遇到一位熟人，便要谈至少有十分钟的话。若遇上打架吵嘴的，他得过去劝架，还须把别人劝开，而他与另一位劝架的打起来！遇上某处起火，他得帮着去救。有人追赶扒手，他必然得加入，非捉到不可。看见某种新东西，他得过去问问价钱，不管买与不买。看到戏报子，他马上去借电话，问还有票没有……就这样，他从白象街到观音岩，可以走一天。幸而他还记得开会那件事，所以只走两三个钟头，到了开会的地方，即使大家已经散了会，他也得坐两点钟，他跟谁都谈得来，都谈得有趣，很亲切，很细腻。有人刚买一条绳子，他马上过来练习跳绳——五十岁了啊！

七点，他想起来回白象街吃饭，归路上，又照样地劝架，救火，追贼，问物价，打电话……至早，他在八点半左右走到目的地。满头大汗，三步当作两步走的。他走了进来，饭早已开过了。

所以，我们与友人定约会的时候，若说随便什么时间，早晨也好，晚上也好，反正我一天不出门，你哪时来也可以，我们便说"马宗融的时间吧"！

姚蓬子先生的砚台

作家书屋是个神秘的地方，不信你交到那里一份文稿，而三五日后再亲自去索回，你就必定不说我扯谎了。

进到书屋，十之八九你找不到书屋的主人——姚蓬子先生。他不定在哪里藏着呢。他的被褥是稿子，他的枕头是稿子，他的桌上、椅上、窗台上……全是稿子。简单地说吧，他被稿子埋起来了，当你要稿子的时候，你可以看见一个奇迹。假如说尊稿是十张纸写的吧，书屋主人会由枕头底下翻出两张，由裤带里掏出三张，书架里找出两张，窗子上揭下一张，还欠两张。你别忙。他会由老鼠洞里拉出那两张，一点也不少。

单说姚蓬子先生的那块砚台，也足够惊人了！那是块无法形容的石砚。不圆不方，有许多角儿，有任何角度。有一点沿儿，豁口甚多，底子最奇，四围翘起，中间的一点凸出，如元宝之背，它会像陀螺似的在桌子乱转，还会一头高一头低地倾斜，如浪中之船。我老以为孙悟空就是由这块石头跳出去的！

到磨墨的时候，它会由桌子这一端滚到那一端，而且响如快跑的马车。我每晚十时必就寝，而对门书屋的主人要办事办到天亮。从十时到天亮，他至少有十次，一次比一次响——到夜最静的时候，大概连南岸都感到一点震动。从我到白象街起，我没做过一个好梦，刚一入梦，砚台来了一阵雷雨，梦为之断。在夏天，砚一响，我就起来拿臭虫。冬天可就不好办，只好咳嗽几声，使之闻之。

现在，我已交作家书屋一本书，等到出版，我必定破费几十元。送给书屋主人一块平底的，不出声的砚台！

何容先生的戒烟

首先要声明：这里所说的是香烟，不是鸦片。

从武汉到重庆，我老同何容先生在一间屋子里，一直到前年八月间。在武汉的时候，我们都吸"大前门"或"使馆"牌；小大"英"似乎都不够味儿。到了重庆，小大"英"似乎变了质，越来越"够味了"，"前门"与"使馆"倒仿佛没了什么意思。慢慢地，"刀"牌与"哈德门"又变成我们的朋友，而与小大"英"，不管谁的主动吧，好像冷淡得日甚一日，不久，"刀"牌与"哈德门"又与我们发生了意见，差不多要绝交的样子。何容先生就决心戒烟!

在他戒烟之前,我已声明过:"先上吊,后戒烟!"本来嘛,"弃妇抛雏"地流亡在外,吃不敢进大三元,喝也不过是清一色(黄酒贵,只好吃点白干),女友不敢去交,男友一律是穷光蛋,住是二人一室,睡是臭虫满床,再不吸两支香烟,还活着干吗?可是,一看何容先生戒烟,我到底受了感动,既觉得自己无勇,又钦佩他的伟大;所以,他在屋里,我几乎不敢动手取烟,以免动摇他的坚决!

何容先生那天睡了十六个钟头,一支烟没吸!醒来,已是黄昏,他便独自出去。我没敢陪他出去,怕不留神递给他一支烟,破了戒!掌灯之后,他回来了,满面红光,含着笑从口袋中掏出一包土产卷烟来。"你尝尝这个。"他客气地让我,"才一个铜板一支!有这个,似乎就不必戒烟了!没有必要!"把烟接过来,我没敢说什么,怕伤了他的尊严。面对面地,把烟燃上,我俩细细地欣赏。头一口就惊人,冒的是黄烟,我以为他误把爆竹买来了!听了一会儿,还好,并没有爆炸,就放胆继续地吸。吸了不到四五口,我看见蚊子都争着向外边飞,我很高兴。既吸烟,又驱蚊,太可贵了!再吸几口之后,墙上又发现了臭虫,大概也要搬家,我更高兴了!吸到半支,何容先生与我也都跑出去了,他低声地说:"看样子,还得戒烟!"

何容先生二次戒烟,有半天之久。当天的下午,他买来了烟斗与烟叶。"几毛钱的烟叶,够吃三四天的,何必一定戒烟呢!"他说。吸了几天的烟斗,他发现了:(一)不便携带;(二)不用力,抽不到,用力,烟油射到舌头上;(三)费洋火;(四)须天天收拾,麻烦!有此四弊,他就戒烟斗,而又吸上香烟了。"始作卷烟者。其无后乎!"他说。

最近二年,何容先生不知戒了多少次烟了,而指头上始终是黄的。

名家点评

老舍把这四位朋友都写到文章里去,用真名真姓,写出他们性格上的缺欠,或生活上的无可奈何,都挺可笑,又都挺沉重。马宗融先生总是忘了时间,劝架、救火、追贼、问物价、打电话……善良得有点痴。姚蓬子的砚台满桌子乱滚,又吵又烦,他自己就不想换一个?想换也不行,钱紧张。何容先生戒烟,戒了两年,"指头上始终是黄的"。抽烟是个嗜好,是苦日子里的一点儿安慰,干吗要戒!可烟价天天往上涨,抽不起……买不起烟,就得狠心戒,戒又戒不掉,于是就出来老舍的幽默——笑过之后,又去买两包烟送给他。写吴组缃的一段,吴组缃先生在《〈老舍幽默文集〉序》里谈到了,说:"他有一篇写过我的小文,说他常带几个酸得不能进嘴的桃子给我家小孩,骗一顿饭吃。实际是,他每次来我家,因熟知当时我们手头困难,又多病,他多是买了丰富的肉、菜带了来,让我们全家趁此打一次'牙祭'。这就是老舍的幽默。"这就是知根知底、知人知心的话。老舍用宽大的心怀、兄弟的态度,写出他们可笑的事,笑冷心热。

——李景强

《四位先生》的幽默恰到好处,节奏明快,一步紧似一步。比如《吴组缃先生的猪》,目的是写吴组缃其人,但通篇都在写他养的一口小猪,写因猪生病在这位作家兼教授的家里引起的骚动,直到最后猪的病好了。

（尤其是结尾）效果就好像喧天的锣鼓戛然而止,演员在静穆中的一个亮相,干净利落,不言而喻。真的是"此处无声胜有声"。

——严晓文

草虫的村落

郭枫

作品导读

清代诗人龚自珍曾有"倒颜十丈,不如童心一车"之句,让我们记着:大人者,不失其赤子之心者也。而赤子之心,就是一颗率直纯真、善良美好、热爱生命、好奇而富想象力、生命力旺盛的"心"。童心似纯洁无瑕的美玉,因为不易得而愈显得弥足珍贵,拥有童心会有许多物外之趣,这也许就是郭枫《草虫的村落》带给我们的一方面启示。

关于作者

郭枫(1933—2006),江苏徐州人,1950年到台湾就读台北师大附中,是台湾著名诗人、文学评论家、出版家,也是一位民族意识和传统意识强烈的作家。代表作品有《早春花束》《老家的树》《蝉声》《寻求一窗灯火》等。

你生长在城市里的人们，忘却了田野的妩媚了么？当你还是孩子的时候，当春秋佳日大自然把乡村盛装起来的时候，你也曾有过愉快的郊游吧？请闭一下眼睛，记不记得那时你是如何的伸开手臂，用喜悦的姿态，奔向田野的？

我总爱怀着一分稚气，把城市遗在身后跑到田野里来，来呼吸一下弥漫着草香和泥土香的空气，来听一听森林和小草的密语，甚至，我有时候，放纵得像孩子一样，在旷野脱了衣服躺下来，躺在阳光里，躺在上帝制作的绿茵上……

今天，我又躺在田野里，在无限的静谧中，恬然的幸福之感渗透在我灵魂深处，我变成一只空灵的贝壳；再也不去想忙碌的众生在做些什么。我忘了世界也忘了自己，我的目光跟踪着爬行的小虫，做一次奇异的游历。

我看到的：空间扩大了，细小的草茎变为粗大的森林。一只小虫，生着一副坚硬黑甲的小虫，迷失在这座森林里。我想它一定是游侠之流吧！虽然，它迷失了路，但仍有着傲然的气势。它不断地左冲右撞，终于走出一条路。我跟着它的脚步，走着，走着，一路上，遇到不少的虫子，它们都互相地打着招呼。我真想也道一两声寒暄，如果我能懂得它们的语言。

它们的村子散布在森林边缘的小丘。我知道这是虫子们艰巨的工程。英勇的黑甲虫，走进村子，这里很多的黑甲虫，熙熙攘攘地往来，我敢夸口，要不是凭着我心灵的眼睛察看，决不会认出这只黑甲虫的爱人。在许多同类虫子之间，我看见一只娇小的虫子从小洞里跑出来，迎接远归者，意味深长地看着，对看了良久，一齐欢跃地走回洞穴里去。

这是街道，这是小巷。街道和小巷大部分的行客都是黑甲虫，但也有不少别的虫子。有花色斑斓的小圆虫，在这些粗壮的黑甲虫之间，好像是南国的少女，轻俏地披着彩衣，逗得多少虫子驻足痴望。有庞然大物的蜥蜴，在它面前，围拢了一群黑甲虫，纷纷投以好奇的眼光，攀谈得好像很投机似的，交流着和善的友谊。看呵！蜥蜴好像忘记了旅途的劳倦了，它背着几个小黑甲虫，到处参观这房远亲的住宅。

耸立在两条大道路口的，是不是教堂呢？一大队黑甲虫打从里面出来，每一个脸上都带着虔诚的光辉。我想，它们是做感谢的晚祷吧？在这些善男信女的脸上，我找到了对于上帝的感激和生活着的喜悦。

我的目光为一群音乐演奏者所吸引了，它们差不多有十几个吧，散聚在两棵大树下面，这是两簇野灌丛，紫红的小果实，已经让阳光烘灼得熟透了。可是，甲虫的音乐家们，全不注意这些，它们全神贯注地振着翅子。于是，优美的音韵，便像灵泉一般地流了出来。我敢说它们的音乐优于人间一切的音乐，这是只有虫子们的智慧才能演奏出来的！

我的目光离开这些欢乐的地方，顺着僻静的小路探索，我看到虫子劳动生活的形态。一队队虫子，不知道从什么地方来的，一定是很远很远的地方，以致我不能发现它们工作的地区，现在它们归来了，每一个都用前肢推着大过自己身体两三倍的食物，行色匆匆地赶着路。它们的担子是沉重的，更重的是它们对于家庭的责任吧？要不，是什么力量使它们如此勤勉地奔忙呢？

我完全迷惑了，我不知道在小虫子的脑海中，究竟蕴藏着多少智慧？我看见测候者在忙于预察气象；工程师在忙于建筑设计；各种不同的工作，有各个专门的虫子担任。我还看见了许多许多……

我悠悠忽忽地漫游了整个下午，直至夕阳亲吻着西山的时候，红鸠鸟才把我的心灵唤回来。我多么得意呵！得意我竟然发现了草丛中小虫子的快乐天地。也许，还有人会笑我仍然像孩子一样幼稚。我不愿加以辩白，我愿意牵着你的手，一起到草虫的村落里去散散步。别说这是渺不足道的事情吧！

你懂不懂得？一只小黑甲虫的翅膀上，也闪耀着生命的光彩。

别笑我傻，我爱在草虫的村落里散步。

1953年3月，在台南叶氏竹屋

名家点评

郭枫是以唐·吉诃德的热情拥抱文学，以清教徒的信仰面对人生。他的作品风格灵秀而飘逸，创作的散文就像一首怀乡的赋，有诗情之美。

——叶　笛

质朴描述自然，热忱采访人间，冷静分析时代，真挚批判社会。

——许达然

一个少年的笔记

叶圣陶

 **作品导读**

叶圣陶先生的这篇文章实际上是在教给中学生朋友如何作文,他以"一个少年的笔记"为题,以一个少年的视角观察景物、描写景物,再加上体验和升华,实际上是在教给我们怎样观察、怎样体验、怎样联想、怎样移情、怎样提炼材料……总而言之,教给我们怎样作文。叶老的用心可谓良苦,不知读了这篇文章的朋友你体会出来了吗?

 **关于作者**

叶圣陶(1894—1988),原名叶绍钧,字秉臣、圣陶,苏州人,现代作家、教育家、文学出版家和社会活动家。著有长篇小说《倪焕之》,童话集《稻草人》,诗集《箧存集》,散文集《小记十篇》,论文集《文心》等。

诗的材料

今天清早进公园,闻到一阵清香,就往荷花池边跑。荷花已经开了不少了。荷叶挨挨挤挤的,像一个个大圆盘,碧绿的面,淡绿的底。白荷花在这些大圆盘之间冒出来。有的才展开两三片花瓣儿。有的花瓣儿全都展开了,露出嫩黄色的小莲蓬。有的还是花骨朵儿,看起来饱胀得马上要破裂似的。

这么多的白荷花,有姿势完全相同的吗?没有,一朵有一朵的姿势。看看这一朵,很美,看看那一朵,也很美,都可以画写生画。我家隔壁张家挂着四条齐白石老先生的画,全是荷花,墨笔画的。我数过,四条总共画了十五朵,朵朵不一样,朵朵都好看,如果把眼前这一池的荷叶荷花看作一大幅活的画,那画家的本领比齐白石老先生更大了。那画家是谁呢……

我忽然觉得自己仿佛就是一朵荷花。一身雪白的衣裳,透着清香。阳光照着我,我解开衣裳,敞着胸膛,舒坦极了。一阵风吹来,我就迎风舞蹈,雪白的衣裳随风飘动。不光是我一朵,一池的荷花都在舞蹈呢,这不就像电影《天鹅湖》里许多天鹅齐舞蹈的场面吗?风过了,我停止舞蹈,静静地站在那儿。蜻蜓飞过来,告诉我清早飞行的快乐。小鱼在下边游过,告诉我昨夜做的好梦……

周行、李平他们在池对岸喊我,我才记起我是我,我不是荷花。

忽然觉得自己仿佛是另外一种东西,这种情形以前也有过。有一天早上,在学校里看牵牛花,朵朵都有饭碗大,那紫色鲜明极了，镶上一道白边儿，更显得好看。我看得出了神，觉得自己仿佛就是一朵牵牛花，朝着可爱的阳光，仰起圆圆的笑脸。还有一回，在公园里看金鱼，看得出了神，觉得自己仿佛就是一条金鱼。胸鳍像小扇子，轻轻地扇着，大尾巴比绸子还要柔软，慢慢地摆动。水里没有一点儿声音，静极了，静极了……

我觉得这种情形是诗的材料，可以拿来作诗。作诗，我要试试看——当然还要好好地想。

三棵老银杏

舅妈带表哥进城，要在我家住三天。今天早晨，我跟表哥聊天，谈起我想作诗，谈起我认为可以作诗的材料。我说："要是问我什么叫诗，我一点儿也说不上来。可是我要试作诗。作成以后，看它像诗不像诗。"

表哥高兴地说："你也这么想，真是不约而同。这几天我也在想呢。诗不一定要诗人作，咱们学生也不妨试作。不懂得什么叫诗，没关系，作几回就懂得了。我已经动手作了，还没完成，只作了四行。要不要念给你听听？"

我说："我要听，你念吧。"

表哥就念了：

村子里三棵老银杏，
年纪比我爷爷的爷爷还大。
我没见过爷爷的爷爷，
只看见老银杏年年发新芽。

我问:"你说的是娘娘庙里的那三棵?"

表哥说:"除了那三棵,还有哪三棵?"

我问:"年纪比外公的爷爷还大,多大岁数呢?"

表哥说:"我也说不清楚。只听我爷爷说,他爷爷小时候,那三棵银杏已经是大树了,他爷爷还常常跟小朋友拿叶子当小扇子玩呢。"

我问:"那三棵老银杏怎么样?你的诗预备怎么样作下去呢?"

表哥说:"还没想停当呢,不妨给你说一说大意。我的诗不光是说那三棵老银杏。"

我问:"还要说些什么呢?"

表哥说:"我们村子里种了千把棵小树,你是看见了的,村子四周围,家家的门前和院子里,差不多全种遍了。那些小树长得真快,去年清明节前后种的,到现在才十几个月,都高过房檐七八尺了。再过三四年,我们那村子会成什么景象,想也想得出。除了深秋和冬天,整个村子就是个密密丛丛的树林子,房子全藏在里头。晴朗的日子,村子里随时随地都有树荫,就是射下来的阳光,也像带点儿绿色似的,叫人感觉舒畅。"

我想着些什么,正要开口,表哥拍拍我的肩膀,抢着说:"不光是我们那村子,别的村子也像我们村子一样,去年都种了许多树呢。你想想看,三四年以后,人在道上走,只见近处远处,这边那边,一个个全是密密丛丛的树林子,怎么认得清哪个是哪村?"

我说:"尽管一个个村子都成树林子,我一望就能认出你们集庆村,保证错不了。你们村子有特别的标记,老高的三棵银杏树。"

表哥又重重地拍一下我的肩膀,笑着说:"你说的正是我的意思!所以我的诗一开头就说三棵老银杏。"

爬山虎的脚

学校操场北边墙上满是爬山虎。我家也有爬山虎,从小院的西墙爬上去,在房顶上占了一大片地方。

爬山虎刚长出来的叶子是嫩红色。不几天叶子长大,就变成嫩绿色。爬山虎在10月以前老是长茎长叶子。新叶子很小,嫩红色,不几天就变绿,不大引人注意。引人注意的是长大了的叶子,那些叶子绿得那么新鲜,看着非常舒服。那些叶子铺在墙上那么均匀,没有重叠起来的,也不留一点儿空隙。叶子一顺儿朝下,齐齐整整的,一阵风拂过,一墙的叶子就漾起波纹,好看得很。

以前我只知道这种植物叫爬山虎,可不知道它怎么能爬。今年我注意了,原来爬山虎有脚的,植物学上大概有另外的名字。动物才有脚,植物怎么会长脚呢?可是用处跟脚一样,管它叫脚想也无妨。

爬山虎的脚长在茎上。茎上长叶柄儿的地方,反面伸出枝状的六七根细丝,每根细丝像蜗牛的触角。细丝跟新叶子一样,也是嫩红色。这就是爬山虎的脚。

爬山虎的脚触着墙的时候,六七根细丝的头上就变成小圆片儿,巴住墙。细丝原先是直的,现在弯曲了,把爬山虎的嫩茎拉一把,使它紧贴在墙上。爬山虎就是这样一脚一脚地往上爬。如果你仔细看那些细小的脚,你会想起图画上蛟龙的爪子。

爬山虎的脚要是没触着墙,不几天就萎了,后来连痕迹也没有了。触着墙的,细丝和小圆片儿逐渐变成灰色。不要瞧不起那些灰色的脚,那些脚巴在墙上相当牢固,要是你的手指不费一点劲儿,休想拉下爬山虎的一根茎。

名家点评

(叶圣陶的)每一篇小品,真不啻是一首非常成功的、优美的人生之诗。

——钱杏村

叶绍钧风格谨严,思想每把握得住现实,所以他所写的,不问是小说是散文,都令人有脚踏实地、造次不苟的感触。所作的散文虽则不多,而他所特有的风致,却早在短短的几篇文字里具备了:我以为一般的高中学生,要取作散文的模范,当以叶绍钧氏的作品最为适当。

——郁达夫

叶氏自己的文字,结构谨严,针缕绵密,无一懈笔,无一冗词,沉着痛快,惬心贵当,既不是旧有白话文的调子,也不是欧化文学的调子,却是一种特创的风格,一见便知道是由一个斫轮老手笔下写出来的。这实在是散文中最高的典型,创作中最正当的轨范……

——苏雪林

一只特立独行的猪

王小波

 作品导读

卢梭说:"上帝造了我,然后把模子打破。"

然而生活多诱惑,人生多歧路。有些人在成长中逐渐丢掉了自我:或落入了被人设置的生活而安之若素,或在设置别人的生活。王小波却不甘心心灵的迷失,他说:"千里之行始于足下,中国要有自由派,就从我辈开始。"作为当代一个特立独行的知识分子,"自由之思想、独立之精神"的血脉在他的身上得到延续。他用自己短短的一生领着我们在找寻,找寻那个独一无二的我,那个特立独行的我。

关于作者

王小波(1952—1997),当代著名作家,代表作品有《黄金时代》《白银时代》《青铜时代》《黑铁时代》等,被誉为中国的乔伊斯兼卡夫卡。他唯一的一部电影剧本《东宫西宫》获阿根廷国际电影节最佳编剧奖,并且该电影入围1997年的戛纳国际电影节。

插队的时候,我喂过猪、也放过牛。假如没有人来管,这两种动物也完全知道该怎样生活。它们会自由自在地闲逛,饥则食渴则饮,春天来临时还要谈谈爱情;这样一来,它们的生活层次很低,完全乏善可陈。人来了以后,给它们的生活做出了安排:每一头牛和每一口猪的生活都有了主题。就它们中的大多数而言,这种生活主题是很悲惨的:前者的主题是干活,后者的主题是长肉。我不认为这有什么可抱怨的,因为我当时的生活也不见得丰富了多少,除了八个样板戏,也没有什么消遣。有极少数的猪和牛,它们的生活另有安排。以猪为例,种猪和母猪除了吃,还有别的事可干。就我所见,它们对这些安排也不大喜欢。种猪的任务是交配,换言之,我们的政策准许它当个花花公子。但是疲惫的种猪往往摆出一种肉猪(肉猪是阉过的)才有的正人君子架势,死活不肯跳到母猪背上去。母猪的任务是生崽儿,但有些母猪却要把猪崽儿吃掉。总的来说,人的安排使猪痛苦不堪。但它们还是接受了:猪总是猪啊。

　　对生活做种种设置是人特有的品性。不光是设置动物,也设置自己。我们知道,在古希腊有个斯巴达,那里的生活被设置得了无生趣,其目的就是要使男人成为亡命战士,使女人成为生育机器,前者像些斗鸡,后者像些母猪。这两类动物是很特别的,但我以为,它们肯定不喜欢自己的生活。但不喜欢又能怎么样?人也好,动物也罢,都很难改变自己的命运。

　　以下谈到的一只猪有些与众不同。我喂猪时,它已经有四五岁了,从名分上说,它是肉猪,但长得又黑又瘦,两眼炯炯有光。这家伙像山羊一样敏捷,一米高的猪栏一跳就过;它还能跳上猪圈的房顶,这一点又像是猫——所以它总是到处游逛,根本就不在圈里待着。所有喂过猪的知青都把它当宠儿来对待，它也是我的宠儿——因为它只对知青好，容许他们走到三米之内，要是别的人，它早就跑了。它是公的，原本该敲掉。不过你去试试看，哪怕你把劁猪刀藏在身后，它也能嗅出来，朝你瞪大眼睛，嗷嗷地吼起来。我总是用细米糠熬的粥喂它，等它吃够了以后，才把糠兑到野草里喂别的猪。其他猪看了嫉妒，一起嚷起来。这时候整个猪场一片鬼哭狼嚎，但我和它都不在乎。吃饱了以后，它就跳上房顶去晒太阳，或者模仿各种声音。它会学汽车响、拖拉机响，学得都很像；有时整天不见踪影，我估计它到附近的村寨里找母猪去了。我们这里也有母猪，都关在圈里，被过度的生育搞得走了形，又脏又臭，它对它们不感兴趣；村寨里的母猪好看一些。它有很多精彩的事迹，但我喂猪的时间短，知道得有限，索性就不写了。总而言之，所有喂过猪的知青都喜欢它，喜欢它特立独行的派头儿，还说它活得潇洒。但老乡们就不这么浪漫，他们说，这猪不正经。领导则痛恨它，这一点以后还要谈到。我对它则不只是喜欢——我尊敬它，常常不顾自己虚长十几岁这一现实，把它叫作"猪兄"。如前所述，这位猪兄会模仿各种声音。我想它也学过人说话，但没有学会——假如学会了，我们就可以做倾心之谈。但这不能怪它。人和猪的音色差得太远了。

后来，猪兄学会了汽笛叫，这个本领给它招来了麻烦。我们那里有座糖厂，中午要鸣一次汽笛，让工人换班。我们队下地干活时，听见这次汽笛响就收工回来。我的猪兄每天上午十点钟总要跳到房上学汽笛，地里的人听见它叫就回来——这可比糖厂鸣笛早了一个半小时。坦白地说，这不能全怪猪兄，它毕竟不是锅炉，叫起来和汽笛还有些区别，但老乡们却硬说听不出来。领导上因此开了一个会，把它定成了破坏春耕的坏分子，要对它采取专政手段——会议的精神我已经知道了，但我不为它担忧——因为假如专政是指绳索和杀猪刀的话，那是一点门都没有的。以前的领导也不是没试过，一百人也逮不住它。狗也没用：猪兄跑起来像颗鱼雷，能把狗撞出一丈开外。谁知这回是动了真格的，指导员带了二十几个人，手拿五四式手枪；副指导员带了十几人，手持看青的火枪，分两路在猪场外的空地上兜捕它。这就使我陷入了内心的矛盾：按我和它的交情，我该舞起两把杀猪刀冲出去，和它并肩战斗，但我又觉得这样做太过惊世骇俗——它毕竟是只猪啊；还有一个理由，我不敢对抗领导，我怀疑这才是问题之所在。总之，我在一边看着。猪兄的镇定使我佩服之极：它很冷静地躲在手枪和火枪的连线之内，任凭人喊狗咬，不离那条线。这样，拿手枪的人开火就会把拿火枪的打死，反之亦然；两头同时开火，两头都会被打死。至于它，因为目标小，多半没事。就这样连兜了几个圈子，它找到了一个空子，一头撞出去了；跑得潇洒之极。以后我在甘蔗地里还见过它一次，它长出了獠牙，还认识我，但已不容我走近了。这种冷淡使我痛心，但我也赞成它对心怀叵测的人保持距离。

我已经四十岁了，除了这只猪，还没见过谁敢于如此无视对生活的设置。相反，我倒见过很多想要设置别人生活的人，还有对被设置的生活安之若素的人。因为这个缘故，我一直怀念这只特立独行的猪。

 **名家点评**

王小波的幽默不同一般恶搞,高出于滑稽,因为其中有思想的含量,他善于在荒谬的反语中,引申出格言式的警句:如"人的安排使猪痛苦不堪。但它们还是接受了:猪总是猪啊。"又如文章的结语:"对生活做种种设置是人特有的品性。不光是设置动物,也设置自己。除了这只猪,还没见过谁敢于如此无视对生活的设置。相反,我倒见过很多想要设置别人生活的人,还有对被设置的生活安之若素的人。"

王小波的幽默散文的独创性就在于这种荒谬中的深邃。

——孙绍振

王小波的目标非常质朴,那就是创造出一点点美,一点点无中生有的美。他的文学既没有政治功能,也没有商业目的,甚至没有一般的娱乐功能,是纯到不能再纯的纯文学。

——李银河

王小波的文字调侃中有一种内在的严肃,鄙俗中有一种纯正的教养,在他心目中,世上只有一样东西具有自足的价值,那就是智慧。

——周国平

听听那冷雨

余光中

作品导读

余光中生在大陆长在台湾,几十年来,他经历了离别家园的痛苦、浪迹天涯的辛酸,却始终在精神上与祖国血脉相连。

1974年,春寒料峭的台北,时而淋淋漓漓,时而淅淅沥沥。他穿行在厦门街的长巷短巷,潇潇的冷雨打在伞上,也滴落在他心里。听听那冷雨,迸溅出了半生漂泊的情怀,还有那剪不断、理还乱的绵绵乡愁,更有那梦中挥之不去的文化中国……

关于作者

余光中,当代著名诗人、散文家,福建永春人,1928年10月21日生于南京。1947年入金陵大学外语系(后转入厦门大学),1949年随父母迁香港,次年赴台,就读于台湾大学外文系。1953年,与覃子豪、钟鼎文等共创"蓝星"诗社。后赴美进修,获爱荷华大学艺术硕士学位。著有散文集《逍遥游》《听听那冷雨》,诗集《五陵少年》《白玉苦瓜》等。

惊蛰一过，春寒加剧。先是料料峭峭，继而雨季开始，时而淋淋漓漓，时而淅淅沥沥，天潮潮地湿湿，即连在梦里，也似乎把伞撑着。而就凭一把伞，躲过一阵潇潇的冷雨，也躲不过整个雨季。连思想也都是潮润润的。每天回家，曲折穿过金门街到厦门街迷宫式的长巷短巷，雨里风里，走入霏霏令人更想入非非。想这样子的台北凄凄切切完全是黑白片的味道，想整个中国整部中国的历史无非是一张黑白片子，片头到片尾，一直是这样下着雨的。这种感觉，不知道是不是从安东尼奥尼那里来的。不过那一块土地是久违了，二十五年，四分之一的世纪，即使有雨，也隔着千山万山，千伞万伞。二十五年，一切都断了，只有气候，只有气象报告还牵连在一起，大寒流从那块土地上弥天卷来，这种酷冷吾与古大陆分担。不能扑进她怀里，被她的裙边扫一扫也算是安慰孺慕之情。

这样想时，严寒里竟有一点温暖的感觉了。这样想时，他希望这些狭长的巷子永远延伸下去，他的思路也可以延伸下去，不是金门街到厦门街，而是金门到厦门。他是厦门人，至少是广义的厦门人，二十年来，不住在厦门，住在厦门街，算是嘲弄吧，也算是安慰。不过说到广义，他同样也是广义的江南人，常州人，南京人，川娃儿，五陵少年。杏花春雨江南，那是他的少年时代了。再过半个月就是清明。安东尼奥尼的镜头摇过去，摇过去又摇过来。残山剩水犹如是。皇天后土犹如是。纭纭黔首纷纷黎民从北到南犹如是。那里面是中国吗？那里面当然还是中国永远是中国。只是杏花春雨已不再，牧童遥指已不再，剑门细雨渭城轻尘也都已不再。然则他日思夜梦的那片土地，究竟在哪里呢？

在报纸的头条标题里吗?还是香港的谣言里?还是傅聪的黑键白键马思聪的跳弓拨弦?还是安东尼奥尼的镜底勒马洲的望中?还是呢,故宫博物院的壁头和玻璃柜内,京戏的锣鼓声中太白和东坡的韵里?

杏花。春雨。江南。六个方块字,或许那片土就在那里面。而无论赤县也好神州也好中国也好,变来变去,只要仓颉的灵感不灭美丽的中文不老,那形象,那磁石一般的向心力当必然长在。因为一个方块字是一个天地。太初有字,于是汉族的心灵他祖先的回忆和希望便有了寄托。譬如凭空写一个"雨"字,点点滴滴,滂滂沱沱,淅沥淅沥淅沥,一切云情雨意,就宛然其中了。视觉上的这种美感,岂是什么 rain 也好 pluie 也好所能满足?翻开一部《辞源》或《辞海》,金木水火土,各成世界,而一入"雨"部,古神州的天颜千变万化,便悉在望中,美丽的霜雪云霞,骇人的雷电霹雹,展露的无非是神的好脾气与坏脾气,气象台百读不厌门外汉百思不解的百科全书。

听听,那冷雨。看看,那冷雨。嗅嗅闻闻,那冷雨,舔舔吧那冷雨。雨在他的伞上这城市百万人的伞上雨衣上屋上天线上,雨下在基隆港在防波堤海峡的船上,清明这季雨。雨是女性,应该最富于感性。雨气空蒙而迷幻,细细嗅嗅,清清爽爽新新,有一点点薄荷的香味,浓的时候,竟发出草和树沐发后特有的淡淡土腥气,也许那竟是蚯蚓和蜗牛的腥气吧,毕竟是惊蛰了啊。也许地上的地下的生命也许古中国层层叠叠的记忆皆蠢蠢而蠕,也许是植物的潜意识和梦吧,那腥气。

第三次去美国,在高高的丹佛他山居了两年。美国的西部,多山多沙漠,千里干旱。天,蓝似安格罗·萨克逊人的眼睛;

地，红如印第安人的肌肤；云，却是罕见的白鸟，落基山簇簇耀目的雪峰上，很少飘云牵雾。一来高，二来干，三来森林线以上，杉柏也止步，中国诗词里"荡胸生层云"，或是"商略黄昏雨"的意趣，是落基山上难睹的景象。落基山岭之胜，在石，在雪。那些奇岩怪石，相叠互倚，砌一场惊心动魄的雕塑展览，给太阳和千里的风看。那雪，白得虚虚幻幻，冷得清清醒醒，那股皑皑不绝一仰难尽的气势，压得人呼吸困难，心寒眸酸。不过要领略"白云回望合，青霭入看无"的境界，仍须来中国。台湾湿度很高，最饶云气氤氲雨意迷离的情调。两度夜宿溪头，树香沁鼻，宵寒袭肘，枕着润碧湿翠苍苍交叠的山影和万籁都歇的岑寂，仙人一样睡去。山中一夜饱雨，次晨醒来，在旭日未升的原始幽静中，冲着隔夜的寒气，踏着满地的断柯折枝和仍在流泻的细股雨水，一径探入森林的秘密，曲曲弯弯，步上山去。溪头的山，树密雾浓，蓊郁的水汽从谷底冉冉升起，时稠时稀，蒸腾多姿，幻化无定，只能从雾破云开的空处，窥见乍现即隐的一峰半壑，要纵览全貌，几乎是不可能的。至少入山两次，只能在白茫茫里和溪头诸峰玩捉迷藏的游戏。回到台北，世人问起，除了笑而不答心自闲、故作神秘之外，实际的印象，也无非山在虚无之间罢了。云缭烟绕、山隐水迢的中国风景，由来予人宋画的韵味。那天下也许是赵家的天下，那山水却是米家的山水。而究竟，是米氏父子下笔像中国的山水，还是中国的山水上纸像宋画，恐怕是谁也说不清楚了吧？

雨不但可嗅，可亲，更可以听。听听那冷雨。听雨，只要不是石破天惊的台风暴雨，在听觉上总是一种美感。大陆上的秋天，无论是疏雨滴梧桐，或是骤雨打荷叶，听去总有一点凄凉，凄清，凄楚，于今在岛上回味，则在凄楚之外，再笼上一层凄迷了，饶你多少豪情侠气，怕也经不起三番五次的风吹雨打。一打少年听雨，红烛昏沉。再打中年听雨，客舟中，江阔云低；三打白头听雨在僧庐下，这便是亡宋之痛，一颗敏感心灵的一生：楼上，江上，庙里，用冷冷的雨珠子串成。十年前，他曾在一场摧心折骨的鬼雨中迷失了自己。雨，该是一滴湿漓漓的灵魂，窗外在喊谁。

雨打在树上和瓦上，韵律都清脆可听。尤其是铿铿敲在屋瓦上，那古老的音乐，属于中国。王禹偁在黄冈，破如椽的大竹为屋瓦。据说住在竹楼上面，急雨声如瀑布，密雪声比碎玉，而无论鼓琴，咏诗，下棋，投壶，共鸣的效果都特别好。这样岂不像住在竹筒里面，任何细脆的声响，怕都会加倍夸大，反而令人耳朵过敏吧。

雨天的屋瓦，浮漾湿湿的流光，灰而温柔，迎光则微明，背光则幽暗，对于视觉，是一种低沉的安慰。至于雨敲在鳞鳞千瓣的瓦上，由远而近，轻轻重重轻轻，夹着一股股的细流沿瓦槽与屋檐潺潺泻下，各种敲击音与滑音密织成网，谁的千指百指在按摩耳轮。"下雨了"，温柔的灰美人来了，她冰冰的纤手在屋顶拂弄着无数的黑键啊灰键，把晌午一下子奏成了黄昏。

在古老的大陆上，千屋万户是如此。二十多年前，初来这岛上，日式的瓦屋亦是如此。先是天暗了下来，城市像罩在一块巨幅的毛玻璃里，阴影在户内延长复加深。然后凉凉的水意弥漫在空间，风自每一个角落里旋起，感觉得到，每一个屋顶上呼吸沉重都覆着灰云。雨来了，最轻的敲打乐敲打这城市，苍茫的屋顶，远远近近，一张张敲过去，古老的琴，那细细密密的节奏，单调里自有一种柔婉与亲切,滴滴点点滴滴,似幻似真,若孩时在摇篮里,一曲耳熟的童谣摇摇欲睡,母亲吟哦鼻音与喉音。或是在江南的泽国水乡,一大筐绿油油的桑叶被啮于千百头蚕,细细琐琐屑屑,口器与口器咀咀嚼嚼。雨来了,雨来的时候瓦这么说,一片瓦说千亿片瓦说,说轻轻地奏吧沉沉地弹,徐徐地叩吧挞挞地打,间间歇歇敲一个雨季,即兴演奏从惊蛰到清明,在零落的坟上冷冷奏挽歌,一片瓦吟千亿片瓦吟。

在日式的古屋里听雨,听四月,霏霏不绝的黄梅雨,朝夕不断,旬月绵延,湿黏黏的苔藓从石阶下一直侵到他舌底,心底。到七月,听台风台雨在古屋顶上一夜盲奏,千吋海底的热浪沸沸被狂风挟来,掀翻整个太平洋只为向他的矮屋檐重重压下,整个海在他的蜗壳上哗哗泻过。不然便是雷雨夜,白烟一般的纱帐里听羯鼓一通又一通,滔天的暴雨滂滂沛沛扑来,强劲的电琵琶忐忐忑忑忐忑忑,弹动屋瓦的惊悸腾腾欲掀起。不然便是斜斜的西北雨斜斜,刷在窗玻璃上,鞭在墙上打在阔大的芭蕉叶上,一阵寒濑泻过,秋意便弥漫日式的庭院了。

在日式的古屋里听雨,从春雨绵绵听到秋雨潇潇,从少年听到中年,听听那冷雨。雨是一种单调而耐听的音乐是室内乐是室外乐,户内听听,户外听听,冷冷,那音乐。雨是一种回忆的音乐,听听那冷雨,回忆江南的雨下得满地是江湖,下在桥上和船上,也下在四川,在秧田和蛙塘,下肥了嘉陵江,下湿布谷咕咕的啼声。雨是潮潮润润的音乐,下在渴望的唇上,舐舐那冷雨。

因为雨是最最原始的敲打乐从记忆的彼端敲起。瓦是最最低沉的乐器,灰蒙蒙的温柔覆盖着听雨的人,瓦是音乐的雨伞撑起。但不久公寓的时代来临,台北你怎么一下子长高了,瓦的音乐竟成了绝响。千片万片的瓦翩翩，美丽的灰蝴蝶纷纷飞走，飞入历史的记忆。现在雨下下来下在水泥的屋顶和墙上，没有音韵的雨季。树也砍光了，那月桂，那枫树，柳树和擎天的巨椰，雨来的时候不再有丛叶嘈嘈切切，闪动湿湿的绿光迎接。鸟声减了啾啾，蛙声沉了咯咯，秋天的虫吟也减了唧唧。70年代的台北不需要这些，一个乐队接一个乐队便遣散尽了。要听鸡叫，只有去《诗经》的韵里寻找。现在只剩下一张黑白片，黑白的默片。

正如马车的时代去后，三轮车的时代也去了。曾经在雨夜，三轮车的油布篷挂起，送她回家的途中，篷里的世界小得多可爱，而且躲在警察的辖区以外。雨衣的口袋越大越好，盛得下他的一只手里握一只纤纤的手。台湾的雨季这么长，该有人发明一种宽宽的双人雨衣，一人分穿一只袖子，此外的部分就不必分得太苛。而无论工业如何发达，一时似乎还废不了雨伞。只要雨不倾盆，风不横吹，撑一把伞在雨中仍不失古典的韵味。任雨点敲在黑布伞或是透明的塑胶伞上，将骨柄一旋，雨珠向四方喷溅，伞缘便旋成了一圈飞檐。跟女友共一把雨伞，该是一种美丽的合作吧。最好是初恋，有点兴奋，更有点不好意思，若即若离之间，雨不妨下大一点。真正初恋，恐怕是兴奋得不需要伞的，手牵手在雨中狂奔而去，把年轻的长发和肌肤交给漫天的淋淋漓漓，然后向对方的唇上颊上尝凉凉甜甜的雨水。不过那要非常年轻且激情，同时，也只能发生在法国的新潮片里吧。

大多数的雨伞想不会为约会张开。上班下班，上学放学，菜市来回的途中，现实的伞，灰色的星期三。握着雨伞。他听那冷雨打在伞上。索性更冷一些就好了，他想。索性把湿湿的灰雨冻成干干爽爽的白雨，六角形的结晶体在无风的空中回回旋旋地降下来，等须眉和肩头白尽时，伸手一拂就落了。二十五年，没有受故乡白雨的祝福，或许发上下一点白霜是一种变相的自我补偿吧。一位英雄，经得起多少次雨季？他的额头是水成岩削成还是火成岩？他的心底究竟有多厚的苔藓？厦门街的雨巷走了二十年与记忆等长，一座无瓦的公寓在巷底等他，一盏灯在楼上的雨窗子里，等他回去，向晚餐后的沉思冥想去整理青苔深深的记忆。前尘隔海。古屋不再。听听那冷雨。

名家点评

《听听那冷雨》以冷冷的雨珠，将在一颗敏感心灵中蠢蠢而动的古中国层层叠叠的记忆串起。蒋捷摧心折骨听雨词的哀苦，王禹偁黄冈竹楼冬雪夏雨的意趣；杏花春雨，商略黄昏雨；疏雨滴梧桐，骤雨打荷叶，或是石破天惊的台风暴雨，都被余光中有机地组合成一幅凄楚凄迷的思乡图。

——佘树森

《听听那冷雨》在"五四"以来的散文领域中，算得是别辟一境……方块字的形象性和平仄声，神而化之，竟凝结为一幅幅绵绵密密、千丝万缕的雨景，一阵阵远远近近，紧敲慢打的雨声，甚至那潮潮湿湿的雨意，清清冷冷的雨味，飘飘忽忽的雨腥，一齐进入读者的眼耳鼻舌身，同时渗透每根神经。

——柯 灵

如果要用一句话来形容余光中的散文，则"精新郁趣、博丽豪雄"八字当可称职。把他的散文放在中国历代最优秀的散文作品中，余光中的毫不失色。他的散文是中国散文史上璀璨的奇葩。这是对他散文最稳重最保守的评价……他的散文，通体洋溢着一股堂堂正正之气。那是一种自给自足、绰有余裕的才能，原无须借助外力、事件或经历的成全。我以为，一旦具备了余光中的才能，那么无论生在何时，长于何方，他都必然会在文学上崭露头角，大显峥嵘。

——黄维梁

少年游

林清玄

作品导读

张爱玲说出名要趁早，这句话在他身上得到了体现：17岁开始发表作品，20岁出版第一本书，30岁前得遍了台湾所有文学大奖，被誉为得奖专业户，连续十年被评为台湾十大畅销书作家。

他就是台湾当代著名作家、散文家、诗人、学者——林清玄。

可谁又知道这个被誉为台湾"当代散文八大家"之一、享誉国际华文世界的作家却有一个非常艰辛的童年，林清玄曾谈到"我们家有十八个兄弟姐妹……我小的时候，印象最深刻的事情是：从来没有一天吃饱过……我们那时候抓到蟑螂穿成一串，烤一烤，就吃下去"。就是这样一个生活在社会底层的少年却用自己的愿望改变了自己的人生。林清玄曾笑言，自己在少年时曾有三个愿望：当作家、环游世界以及娶一个像奥黛丽·赫本一样漂亮的太太，如今这三大愿望已一一兑现。从《少年游》这篇散文中，我们依稀可以触摸到少年时林清玄用以改变自己人生的美丽愿望。

关于作者

林清玄，生于1953年，台湾高雄人，当代著名作家、散文家、诗人、学者，是台湾作家中最高产的一位，也是获得各类文学奖最多的一位，被誉为"当代散文八大家"之一。代表作品有《清净之莲》《桃花心木》《生命的化妆》等。

断鸿声里

是如何的一种感觉？在小巷独步，偶然抬头，别人院墙里的凤凰花探出簇簇火红，而那种花是几年没见的，故乡生长的植物。

凤凰花这种植物喜欢展现自己的红色，仿佛它就是为离别而生的。年少时喜欢粘凤凰花成一只只蝶，登上高楼去随风散放，它旋转飘落的姿态曾经赢得许多童稚的笑声，往事就也像这些蝶一只只飘去，它们纵使旋落的姿态各不相同，终究都会消逝了。

想起凤凰花，遂想起平生未尽的志事；想起凤凰花，遂想起非梧不栖的凤凰。凤凰花何以要取用"凤凰"的名？这样，老是教人在离绪充溢时，会幻想自己竟是高飞的凤凰，在黑夜将尽时即将展翼呢。

《诗经·大雅》说的："凤凰鸣矣，于彼高岗；梧桐生矣，于彼朝阳。"不经意就浮起一幕深浅分明的影像；一只神鸟翩翩然昂立高岗，振翅欲起；象征高洁的梧桐树则在朝阳面前，展露挺挺然的面貌。一位少年，一向喜爱梧桐一向倾慕凤凰，蓦然一抬眼，望见凤凰花开离期将届，自己不禁想幻化成一株梧桐以便面对朝阳，或是一只凤凰以便寒立高岗；或甚至以为自己竟已是一只凤凰，立于高岗的梧桐树上；或是呀！一只清灵的凤凰一展翼，就点破了天蓝！

可是远处若有若无时断时续的骊唱屡屡歌着，如同一首民谣的和声，那么清清玄玄的，蜿蜒在主曲里，明明知道不重要，那一首唱过千余日的歌谣，若没有结尾的一小段唱和，也会黯然失色了。

于是凤凰花激起的不仅仅是童年成蝶化蝶的记忆,而是少年梦凤化凰的一段惜情。如火的花的印象配上轻唱的骊声,敲醒了少年的梦境,惊觉到自己既不是凤凰神鸟,也非朝阳梧桐。终于在碎梦中瞧见自己的面容,原来只是一个少年,原来只是一段惊梦。

若干年来死生以赴的求知生活竟然就要过去,没有丝毫痕迹,正如大鸿过处,啼声宛然在耳,纵是啼声已断,却留下来一片感人的凄楚。而个梦凤化凰的少年,也只是像别人静静地等待分离,在日落前的山头站着,要把斜阳站成夜色,只有夜黑也只有夜黑,才能减去白日凤凰花余影的红艳吧!

英雄系马,壮士磨剑

夏天,天总是喜欢下雨,而我总是不爱撑伞,任身子淋得湿淋淋,也不喜欢擦拭,也许我独爱那种凉凉的贴切,也许,我是让它淋着心里的苦涩吧。

从那条幽幽的长巷走回来,围墙里的建筑工人喜爱快乐地吹口哨,不成曲不成调舒泰地吹着,在雨中竟吹成一路的凄迷,把夏的雨日也吹得像是深秋的样子,一丝丝穿雨而过。那原是流行着的低俗的曲子,却在高空尖锐地回着旋着,我抬眼望,只看见他们模糊的身影正砌着一块一块的砖头,想望也望不清楚什么。

有几次,我借靠路灯沿路走回家,那因为夜晚,只静寂地听见几种虫唱,唧唧啾啾,唧唧啾啾。我竟怀念起白日听到的低俗口哨呢。于是我只有自己影单单地吹着,夜色却把它割成零碎,任如何也想不起前一刻吹的是哪一曲,所以我突然想起童年妈妈教我唱过的一首儿歌一首很好听的调子，却怎么也唱不出声，倒是妈妈的影子来得清晰，伴我静静地走着夜路。

妈妈是最怕下雨了，她爱叮咛我撑伞，我瞒着她将伞置在家里，跑到溪畔去玩水，看一条水涨成一片水，我们舞成许多水花。回家又喜欢撒谎，说是忘了带，说是出来时刚好没有下雨，甚至抱怨那把纸伞已然那么破旧了，因此屁股上常是一片红云。如今每下雨被淋到，就想到那把破旧的油纸伞，在没有人逼着撑伞时，才深切觉到妈妈的爱。我知道家前那道小小溪水一定还流，只是不知道有多少稚子还瞒妈妈到溪畔玩水，玩成一朵朵水花。

一直到妈妈不再叮咛下雨打把油纸伞，而是叮咛自己浪游应注意的琐务，才知道自己已然长大了。

今天雨下得很大，我走在没有人的街中巷内，突然想起一些旧事。夜深了，我就坐在栏杆上仰望天际，月亮星星都钻出云来，星空夜静，余雨未息，我知道明天一定天好，遂忆起往日爱唱的一首诗：一切都老了，一切都抹上风沙的锈，百年前英雄系马的地方，百年前壮士磨剑的地方，这儿我黯然地卸了鞍，历史的锁啊没有钥匙，我的行囊也没有剑。要一个铿锵的梦吧，趁月色，我传下悲戚的《将军令》，自琴弦……这样我就轻轻地唱起这首歌来，心中只想到庄严和悲壮。一个边地的"残堡"，看不到英雄系马看不到壮士磨剑看不到笙歌樵唱，只有一轮将西的夕阳挥洒它的残红，而一个卸了鞍的游子目睹这种景象，哪怕是铁石心肠，恐怕也要黯然吧。

近来读书，经常十分敏感，竟会不自觉就呆着，过后一想，当时眼里一定是迷茫一片，看不清自己的河源，也不知自己的前路，那份感觉一直走入内里走入中间，等我回顾它即刻就泛滥了，就是不回顾，也知道它细细地流过我的内里我的中间，洗涤得一片清澈。知道自己花初叶嫩，总也经担不起那条河流，一阵一阵地激荡。

或许我离开此地若干年后，还是喜欢淋雨，到那里那时，就连建筑工人唱的郑声，也会被想成雅乐吧。

江湖夜雨十年灯

江湖夜雨十年灯，传说中，古时候的侠士都是佩着一把剑行走江湖的。

又传说中有一种武士，他们虽然练剑，身上却不带剑。他们随时都可以以一根筷子一茎稻草代剑器，甚至可以伤人致死，因此一定要佩剑才能使剑的，已经沦入第二流了。

传说虽只是传说，终究是有所本、不无几分道理，因为剑术练到出神入化，剑气敛于胸中，举手投足间总有几多威力，闪闪逼人，也就是"化身入剑"的境界了。

一把吴钩剑一把七星剑一把龙凤剑都是许多少年梦寐以求的，仿佛是一剑在手就能锄奸去恶无往不利。我也是一个少年，也喜爱拥有一把剑，只要有一把小小的剑，就会引来千古常新的遐思。

或许有几分轻狂，终究是真切的，还有什么比手里拿一把剑更美妙的事？

有时候兀自在夜黑中行着，将大街走成一条细细的小巷，那种苍凉古朴的细致便猛然升起，于是想舞剑想舞成朵朵剑花，此样的感情一旦升起，就随着月下的独影一直长到远方去，止也止不住，可是长夜将尽，发现囊中已经遗失了剑簌，任是豪气干云，在无人的空巷内在无声的凄寂里在黯淡的夜色中，即使呼风唤雨的手扬起，最多也只是一种无效的手势吧。

有一回也是夜黑，还夹杂沉默的细雨，走着夜路仿佛走着自己的发自己的影子自己的情调，在自己的生命上舞跃着，才知道自己那么剑侠那么李白那么无所不在。"十五好剑术，偏干诸侯；三十成文章，历抵卿相；白虽身不满七尺，而心雄万夫，王公大臣许以义气……"李白就这样说着，他飘然的诗思也就在旷茫的气势里点化出来。如果说李白的诗歌有什么成就，他胸中那把剑所阐扬出来的气韵，应是最主要的原因了。

当我回顾，十年，不断地胸中便有一把正气之剑，叶着自己的叶花自己的花结自己的果子，所坚执的也便是，生命成自己的生命。那种不知道藏拙的锋芒，是不是一种挥霍呢？

我真的不肯相信是一种痛苦，也许剑被磨钝了，也许我是一本摊开扉页的书，但是在苦读书中的文字篇章时我害怕，也惊喜，由于翻过的页中有太多的叹息才害怕，由于后来的篇章里显示着精彩的未知才惊喜。知道自己所走的路是一条不馁的路，微小的感触已然难以遮掩它们的不足道。

真的不怕我真的不怕将自己的历史以苍凉的姿态展现出来，或许那样可以成为瞩望将来，但永不忘记过去的人。可是我真怕中夜的偶然凝伫，因为我看到的不只是我自己，而是一叶鲜红的秋海棠，以及它五千年前的创痛。

当然有一天我会庆幸"这辈子总算没有白活"，可是此时此刻多年来回忆的凄美，总教我轻轻朗诵自己喜爱自己填的词：想当年带剑江湖，气吞万里如虎；到如今十年夜雨，醉来时响空弦！

一块里程碑

那块里程碑说着说着，它就来了。

分离的神伤若欲雨前的黑云无边无涯地罩下，努力地压抑艰苦地想忘却，它竟毫不留情地在静脉中静静地流着。或者已经等待了太多的夜晚，或者要考验情意的坚挚，离别的伤悲由你的眼底汩汩闪现，在无意蓝而自蓝的天色下，我由泪哭诉出我的爱，说不出心里层层叠叠的颤动。

喜爱荷花浅蓝的韵致，你兴奋地翻墙跑来告诉，山脚的小湖有满湖的荷，我们乃撑一把小小花伞冒着大雨匆匆在泥泞的田路上奔跑，为了看荷花只为了看荷，就激起共同的欢乐。

站在小湖畔，是有荷却没有开花，我们都有失望。

"没有荷花，荷叶也漂亮，摘一片荷叶回去是一样的。"你说。就是嘴角那一抹轻浅笑意，使裤管溅满泥泞也丝毫不在意，回来后全身湿透，看手上的荷叶相顾大笑，久久不能止息。

有一次记得是黄昏，送你归家回来的路上，遥远处山中的教堂正敲出悠扬嘹亮的钟声，随后是一段浓得化不开重得往下沉的暮乐，低沉得似是由远天那头传来。我深深被那像极中古世纪的乐音感动，竟坐在家前。阶梯倾听；思维被紧紧系着，一条线千里迢迢追随你的余影。后来好多次也是送你回家归来，也是同样一曲教堂乐音，依依的心情却一层加深一层，呵，分离真叫人散魄，凌晨里教学也有音乐，却如何也比不上斜阳下暮曲所荡漾的情绪呀。

或然我这一去会到很远很远的地方，或然每一次秋季会暖暖地滑进来，或然我甚至去追寻一群北雁。我的每一个足音却都相信：只要有风有云，我们曾经一起拥有的不仅是回忆，而是延续；只要有声音的地方，你的声音将恒常响在耳际。

我就即将远扬，在向你诉说时，得以有机会遥望自己生命的既往和来兹，那条坎坷的少年游途上，每一段都立着一块里程碑，里中最古老最完整最美丽最长久的一块，清晰分明地刻着你的名字，以及我不朽的爱。

名家点评

林清玄在博大精深、烟波浩渺的佛教艺术和佛家哲学的海洋里潜泳泅渡，将之化为气息，化为血脉，都不足为病，相反，无论是优长还是缺失，是继前人的踪迹还是独创，林清玄散文不仅在汲取融合的规模上，在原封不动的搬运上，他那足以令人赏心悦目的成就，和不免令人惋惜的失着，都彰明昭著，在在分明。

——楼肇明

故乡的榕树

黄河浪

作品导读

乡愁是人类最古老、也是最朴素的情感之一。

关山迢迢，挡不住想家的心情；岁月流淌，淘不尽对家乡的眷恋。山一程、水一程，身在异乡忍独行？风一更、雪一更，故园乡音可曾听？

作家黄河浪离开故乡多年后，把这些年来凝聚的浓浓思乡情化作文字优美的"抒情诗"呈现在我们面前。让我们走进《故乡的榕树》，去体味在异乡漂泊的游子的心声吧。

关于作者

黄河浪，1941年3月27日生于福建长乐，后定居香港，著有《大地诗情》等。1979年，他的散文《故乡的榕树》荣获香港第一届中文文学奖散文组冠军。

住所左近的土坡上，有两棵苍老翁郁的榕树，以广阔的绿荫遮蔽着地面。在铅灰色的水泥楼房之间，摇曳赏心悦目的青翠；在赤日炎炎的夏天，注一潭诱人的清凉。不知什么时候，榕树底下辟出一块小平地，建了儿童玩的滑梯和亭子，周围又种了蒲葵和许多花朵，居然成了一个小小的儿童世界。也许是对榕树有一份亲切的感情罢，我常在清晨或黄昏带小儿子到这里散步，或是坐在绿色的长椅上看孩子们嬉戏，自有种悠然自得的味道。

　　那天特别高兴，动了未泯的童心，我从榕树枝上摘下一片绿叶，卷制成一支小小的哨笛，放在口边，吹出单调而淳朴的哨音，小儿子欢跳着抢过去，使劲吹着，引得谁家的一只小黑狗寻声跑来，摇动毛茸茸的尾巴，抬起乌溜溜的眼睛望他。他把哨音停下，小狗失望地跑开去；他再吹响，小狗又跑拢来……逗得小儿子嘻嘻笑，粉白的脸颊上泛起淡淡的红晕。

　　而我的心却像一只小鸟，从哨音里展翅飞出去，飞过迷蒙的烟水、苍茫的群山，停落在故乡熟悉的大榕树上。我仿佛又看到那高大魁梧的躯干，卷曲飘拂的长须和浓得化不开的团团绿云；看到春天新长的嫩叶，迎着金黄的阳光，透明如片片碧玉，在袅袅的风中晃动如耳坠，摇落一串串晶莹的露珠。

　　我怀念从故乡的后山流下来，流过榕树旁的清澈的小溪，溪水中彩色的鹅卵石，到溪畔洗衣和汲水的少女，在水面嘎嘎嘎地追逐欢笑的鸭子；我怀念榕树下洁白的石桥，桥头兀立的刻字的石碑，桥栏杆上被人抚摸光滑了的小石狮子。那汩汩的溪水流走了我童年的岁月，那古老的石桥镌刻着我深深的记忆，记忆里的故事有榕树的叶子一样多……

　　站在桥头的两棵老榕树，一棵直立，枝叶茂盛；另一棵却长成奇异的 S 形，苍虬多筋的树干斜伸向溪中，我们称它为"驼背"。更特别的是它弯曲的这一段树心被烧空了，形成丈多长平方的凹槽，而它仍然顽强地活着，横过溪面，昂起头来，把浓密的枝叶伸向蓝天。小时候我们对这棵驼背榕树分外有感情，把它中空的那段凹槽当作一条"船"。几个伙伴爬上去，敲起小锣鼓，以竹竿当桨七上八落地划起来，明知这条"船"不会前进一步，还是认真地、起劲地划着。在儿时的梦里，它会顺着溪流把我们带到秧苗青青的田野上，绕过燃烧着火红杜鹃的山坡，穿过飘着芬芳的小白花的橘树林，到大江大海里去，到很远很美丽的地方去……

有时我们会问：这棵驼背的老榕树为什么会被烧成这样呢？听老人说，很久很久以前，有一条大蛇藏在这树洞中，日久成精，想要升天；却因伤害人畜，犯了天条，触怒了玉皇大帝。于是有天夜里，乌云紧压着树梢，狂风摇撼着树枝，一个强烈的闪电像利剑般劈开树干，头上响起惊天动地的炸雷！榕树着火烧起来了，烧空了一段树干，烧死了那头蛇精，接着一阵瓢泼大雨把火浇熄了……这故事是村里最老的老人说的，他像榕树一样垂着长长的胡子。我们相信他的年纪和榕树一样苍老，所以我们也相信他说的话。

不知在什么日子，我们还看到一些女人到这榕树下虔诚地烧一叠纸钱，点几炷香，她们怀着怎样的心愿来祈求这榕树之神呢？我只记得有的小孩面上长了皮癣，母亲就会把他带到这里，在榕树干上砍几刀，用渗流出来的乳白的液汁涂在患处，过些日子，那癣似乎也就慢慢地好了。而我最难忘的是，每过年的时候，老祖母会叫我顺着那"驼背"爬到树上，折几枝四季常青的榕树枝，用来插在饭甑炊熟的米饭四周，祭祀祖先的神灵。那时候,慈爱的老祖母往往会蹑着缠得很小的"三寸金莲",笃笃笃地走到石桥上,一边看着我爬树,一边唠唠叨叨地嘱咐我小心。而我虽然心里有点战战兢兢的,却总是装出毫不在乎的样子,把折到的树枝得意地朝着她挥舞。

使人留恋的还有铺在榕树下的长长的石板条,夏日里,那是农人们的"宝座"和"凉床"。每当中午,亚热带强烈的阳光令屋内如焚、土地冒烟,唯有这两棵高大的榕树撑开遮天巨伞,抗拒迫人的酷热,洒落一地阴凉,让晒得黝黑的农人们踏着发烫的石板路到这里透一口气。傍晚,人们在一天辛劳后,躺在用溪水冲洗过的石板上,享受习习的晚风,漫无边际地讲三国、说水浒,从远近奇闻谈到农作物的长势和收成……高兴时,还有人拉起胡琴,用粗犷的喉咙唱几段充满原野风味的小曲,在苦涩的日子里寻一点短暂的安慰和满足。

苍苍的榕树啊,用怎样的魔力把全村的人召集到膝下?不是动听的言语,也不是诱惑的微笑,只是默默地张开温柔的翅膀,在风雨中为他们遮挡,在炎热中给他们阴凉,以无限的爱心庇护着劳苦而淳朴的人们。

我深深怀念在榕树下度过的愉快的夏夜。有人卷一条被单,睡在光滑的石板上;有人搬几块床板,一头搁着长凳,一头就搁在桥栏杆上,铺一张草席躺下。我喜欢跟大人们一起挤在那里睡,仰望头上黑黝黝的榕树的影子,在神秘而恬静的气氛中,用心灵与天上微笑的星星交流。要是有月亮的夜晚,如水的月华给山野披上一层透明的轻纱,将一切都变得不很真实,似梦境,似仙境。在睡意蒙眬中,有嫦娥驾一片白云悄悄飞过,有桂花的清香自榕树枝头轻轻洒下来。而桥下的流水静静地唱着甜蜜的摇篮曲，催人在夜风温馨的抚摸中慢慢沉入梦乡……有时早上醒来，清露润湿了头发，感到凉飕飕的寒意，才发觉枕头不见了，探头往桥下一看，原来是掉到溪里，吸饱了水，胀鼓鼓的，搁浅在乱石滩上……

那样的日子不会回来了。我仿佛刚刚从一场梦中醒转，身上还留有榕树叶隙漏下的清凉；但我确实知道，这一觉已睡过了三十年，而人也已离乡千里万里了！故乡桥头苍老的榕树啊，也经历了多少风霜？听说那棵"驼背"，在一次台风猛烈的袭击中，挣扎着倒下去了，倒在山洪暴发的溪水里，倒在故乡亲爱的土地上，走完了自己生命的历程。幸好另一棵安然无恙，仍以它浓荫的绿叶荫庇着乡人。而当年把驼背的树干当船划的小伙伴们，都已成长。有的像我一样，把生命的船划到遥远的异乡，却仍然怀念着故土的榕树么？有的还坐在树下的石板上，讲着那世世代代讲不完的传说么？但那像榕树一样垂着长长胡子的讲故事的老人已经去世了；过年时常叫我攀折榕树枝叶的老祖母也已离开人间许久了；只有桥栏杆上的小石狮子，还在听桥下下的溪水滔滔流淌罢？

"爸爸，爸爸，再给我做几个哨笛。"不知什么时候，小儿子也摘了一把榕树叶子，递到我面前，于是我又一叶一叶卷起来给他吹。那忽高忽低、时远时近的哨音，弥漫成一片浓浓的乡愁，笼罩在我的周围。故乡的亲切的榕树啊，我是在你绿荫的怀抱中长大的，如果你有知觉，会知道我在这遥远的异乡怀念着你么？如果你有思想，你会像慈母一样，思念我这漂泊天涯的游子么？

故乡的榕树呀……

1979 年 9 月于香港

名家点评

黄河浪在《故乡的榕树》中，以榕树为中心意象，通过对故乡闽东土地上独特的自然地理环境、乡俗民情及纯朴人性的描绘，传达出对都市文明合理性的深刻质疑，对精神返乡的强烈渴望，从而使他文本中的"乡土"成为一个具有代表性的含意丰富的文化符号。

——林平乔

从《故乡的榕树》全文风格来看，可以说就是一幅寓浓烈思乡之情于美丽闽东民俗风情之中的画卷。文章一开始就是对住所左近风景的描画，然后是在绵绵回忆中对故乡人物、景物等的描画，只不过这些描画中渗透了浓得化不开的乡情，即所谓画中有情、情以画传。

——谢增伟

拾荒梦

三 毛

作品导读

几乎每个人的成长经历中都曾做过五彩缤纷的梦,但台湾作家三毛小时候却希望长大后做一个拾荒的人……多么新奇的梦想啊,她的梦想实现了吗?请一起来读她的《拾荒梦》。

关于作者

三毛(1943—1991),原名陈懋平,中国现代作家,出生于重庆,后迁居台湾,著有《倾城》《梦里花落知多少》《雨季不再来》《撒哈拉的故事》《送你一匹马》等作品。

在我的小学时代里，我个人最拿手的功课就是作文和美术。当时，我们全科老师是一个教学十分认真而又严厉的女人。她很少给我们下课，自己也不回办公室去，连中午吃饭的时间，她都舍不得离开我们，我们一面静悄悄地吃便当，一面还得洗耳恭听老师习惯性的骂人。

我是常常被指名出来骂的一个。一星期里也只有两堂作文课是我太平的时间。也许老师对我的作文实在是有些欣赏，她常常忘了自己叫骂我时的种种可厌的名称，一上作文课，就会说："三毛，快快写，写完了站起来朗诵。"

有一天老师出了一个每学期都会出的作文题目，叫我们好好发挥，并且说："应该尽量写得有理想才好。"

等到大家都写完了，下课时间还有多，老师坐在教室右边的桌上低头改考卷，顺口就说："三毛，站起来将你的作文念出来。"

小小的我捧了簿子大声朗读起来。

"我的志愿——"

"我有一天长大了，希望做一个拾破烂的人，因为这种职业，不但可以呼吸新鲜的空气，同时又可以大街小巷地游走玩耍，一面工作一面游戏，自由快乐得如同天上的飞鸟。更重要的是，人们常常不知不觉地将许多还可以利用的好东西当作垃圾丢掉，拾破烂的人最愉快的时刻就是将这些蒙尘的好东西再度发掘出来，这……"

念到这儿，老师顺手丢过来一只黑板擦，打到了坐在我旁边的同学，我一吓，也放下本子不再念了，呆呆地等着受罚。

"什么文章嘛！你……"老师大吼一声。她喜怒无常的性情我早已习惯了，可是在作文课上对我这样发脾气还是不太常有的。

"乱写！乱写！什么拾破烂的！将来要拾破烂，现在书也不必念了，滚出去好了，对不对得起父母……"老师又大拍桌子惊天动地地喊。

"重写！别的同学可以下课。"她瞪了我一眼便出去了。于是，我又写：

"我有一天长大了，希望做一个夏天卖冰棒，冬天卖烤红薯的街头小贩，因为这种职业不但可以呼吸新鲜空气，又可以大街小巷地游走玩耍。更重要的是，一面做生意，一面可以顺便看看，沿街的垃圾箱里，有没有被人丢弃的好东西，这……"

第二次作文交上去，老师画了个大红叉，当然又丢下来叫我重写。结果我只好胡乱写着："我长大要做医生，拯救天下万民……"老师看了十分感动，批了个甲，并且说："这才是一个有理想，不辜负父母期望的志愿。"

我那可爱的老师并不知道，当年她那一只打偏了的黑板擦和两次重写的处罚，并没有改掉我内心坚强的信念。这许多年来，我虽然没有真正以拾荒为职业，可是我是拾着垃圾长大的，越拾越专门，这个习惯已经根深蒂固，什么处罚也改不了我。当初胡说的什么拯救天下万民的志愿是还给老师保存了。

说起来，在我们那个时代的儿童，可以说是没有现成玩具的一群小孩。树叶一折当哨子，破毛笔管化点肥皂满天吹泡泡，五个小石子下棋，粉笔地上一画跳房子，粗竹筒开个细缝成了扑满，手指头上画小人脸，手帕一围就开唱布袋戏，筷子用橡皮筋绑紧可以当手枪……那么多迷疯了小孩子的花样都是不花钱的,说得更清楚些,都是走路放学时顺手捡来的。

我制造的第一个玩具自然也是地上拾来的。那是一支弧形的树枝,像滚铁环一样一面跑一面跟着前面逃的人追,树枝点到了谁谁就死,这个玩具明明不过是一枝树枝,可是我偏喜欢叫它"点人机",那时我三岁,就奠定了日后拾荒的基础。

拾荒人的眼力绝对不是一天就培养得出来的,也不是如老师所说,拾荒就不必念书,干脆就可以滚出学校的。我自小走路喜欢东张西望,尤其做小学生时,放学了,书包先请走得快的同学送回家交给母亲,我便一人田间小径上慢吞吞地游荡,这一路上,总有说不出的宝藏可以拾它起来玩。

有时是一颗弹珠,有时是一个大别针,有时是一颗狗牙齿,也可能是一个极美丽的空香水瓶,又可能是一只小皮球,运气再好的时候,还可以捡到一角钱。

放学的那条路,是最好的拾荒路,走起来也顶好不要成群结队,一个人玩玩跳跳捡捡,成绩总比一大批人在一起好得多。

捡东西的习惯一旦慢慢养成,根本不必看着地下走路,眼角闲闲一飘,就知哪些是可取的,哪些是不必理睬的,这些学问,我在童年时已经深得其中三昧了。

做少女的时代,我曾经发狂地爱上一切木头的东西,那时候,因为看了一些好书,眼光也有了长进,虽然书不是木头做的,可是我的心灵因为啃了这些书,产生了化学作用,所谓"格调"这个东西,也慢慢地能够分辨体会了。

十三岁的时候,看见别人家锯树,锯下来的大树干丢在路边,我细看那枝大枯枝,越看越投缘,顾不得街上的人怎么想我，掮着它走了不知多少路回到家，宝贝似的当艺术品放在自己的房间里，一心一意地爱着它。

后来，发现家中阿巴桑坐在院子里的一块好木头上洗衣服，我将这块形状美丽的东西拾起来悄悄打量了一下，这真是宝物蒙尘，它完全像复活岛上那些竖立着的人脸石像，只是它更木头木脑一点。我将这块木头也换了过来，搬了一块空心砖给阿巴桑坐着，她因为我抢去她的椅子还大大地生了一场气。

在我离家远走之前，我父母的家可以说堆满了一切又一切我在外面拾回来的好东西。当时我的父母一再保证，就是搬家，也不会丢掉我视为第二生命的破铜烂铁。

有些有眼光的朋友看了我当时的画室，赞不绝口，也有一些亲戚们来看了，直截了当地说："哎呀，你的房间是假的嘛！"这一句话总使我有些泄气，对于某些人，东西不照一般人的规矩用，就被称作假的。

我虽然是抗战末期出生的"战争儿童"，可是在我父母的爱护下，一向温饱过甚，从来不知物质的缺乏是什么滋味。

家中四个孩子，只有我这个老二，怪异的有拾废物的毛病，父亲常常开导我，要消费，要消耗，社会经济才能繁荣，不要一块碎布也像外婆似的藏个几十年。这些道理我从小听到大，可是，一见了尚可利用的东西，又忍不住去捡，捡回来洗洗刷刷，看它们在我的手底下复活，那真是太快乐的游戏。

离开了父母之后，我住的一直是外国的学生宿舍，那时心理上没有归依感，生命里也有好几年没有再捡东西的心情。无家的人实在不需要自己常常提醒，只看那空荡荡的桌椅就知道这公式化的房间不是一个家。

那一阵死书念得太多,头脑转不灵活,心灵亦为之蒙尘,而自己却找不出自救之道,人生最宝贵的青春竟在教科书本中度过实是可惜。

不再上学之后,曾经跟其他三个单身女孩子同住一个公寓,当时是在城里,虽然没有地方去捡什么东西,可是我同住的朋友们丢掉的旧衣服、毛线、甚而杂志,我都收拢了,夜间谈天说地的时候,这些废物,在我的改装下,变成了布娃娃、围裙、比基尼游泳衣……

当时,看见自己变出了如此美丽的魔术,拾荒的旧梦又一度清晰地浮到眼前来,那等于发现了一个还没有完全枯萎的生命,那份心情是十分感动自己的。

到那时为止,拾破烂在我的生活中虽然没有停顿,可是它究竟只是一份嗜好,并不是必须赖以生存的工作,我也没有想过,如果有一日,整个的家庭要依靠别人丢弃的东西一草一木的重组起来,会是怎么美妙的滋味。

等我体会出拾荒真正无与伦比的神秘和奇妙时,在撒哈拉沙漠里,已被我利用在大漠镇外垃圾堆里翻捡的成绩,布置出了一个世界上最美丽的家,那是整整两年的时间造成的奇迹。

拾荒人眼底的垃圾场是一块世界上最妩媚的花园。过去小学老师曾说:"要拾破烂,现在就可以滚,不必再念书了!"她这话只有一半是对的,学校可以滚出来,书却不能不念的。垃圾虽是一样的垃圾,可是因为面对它的人在经验和艺术的修养上不同,它也会有不同的反应和回报。

在我的拾荒生涯里,最奇怪的还是在沙漠。这片大地看似虚无,其实它蕴藏了多少大自然的礼物,我至今收藏的一些石斧、石刀还有三叶虫的化石都是那里得来的宝贝。

更怪异的是，在清晨的沙漠里，荷西与我拾到过一百多条长如手臂的法国面包，握在手里是热的，吃在嘴里外脆内软，显然是刚刚出炉的东西，没法解释它们为什么躺在荒野里，这么多条面包我们吃不了，整个工地拿去分，也没听说吃死了人。还有一次西班牙人已经开始在沙漠撤退了，也是在荒野里，丢了一卡车几百箱的法国三星白兰地，我们捡了一大箱回来，竟是派不上什么用场，结果仍是放在家里人就离开了，离开沙漠时，有生以来第一回，丢了自己东西给人捡，那真说不出有多心痛。

我们定居到现在的群岛来时，家附近靠海的地方也有一片垃圾场，在那儿，人们将建筑材料、旧衣鞋、家具、收音机、电视、木箱、花草、书籍数也数不清，分也分不完的好东西丢弃着。

这个垃圾场没有腐坏的食物，镇上清洁队每天来收厨房垃圾，而家庭中不用的物件和粗重的材料，才被丢弃在这住宅区的尽头。

也是在这个大垃圾场里，我认识了今生唯一的一个拾荒同好。

这人是我邻居葛雷老夫妇的儿子，过去是苏黎世一间小学校的教师，后来因为过分热爱拾荒自由自在的生涯，毅然放下了教职，现在靠拾捡旧货转卖得来的钱过日子。在他住父母家度假的一段时间里，他是我们家的常客，据他说，拾荒的收入，不比一个小学老师差，这完全要看个人的兴趣。我觉得那是他的选择，外人是没有资格在这件事上来下评论的。

我的小学老师因为我曾经立志要拾荒而怒叱我，却不知道，我成长后第一个碰见的专业拾荒人居然是一个小学老师变过来的，这实在是十分有趣的事情。

这个专业的拾荒同好，比起我的功力来，又高了一层，往往我们一同开始在垃圾堆里慢慢散步，走完了一趟，我什么也没得着，他却拾出一整面雕花的木门来送荷西，这么好的东西别人为什么丢掉实在是想不透。

我的拾荒朋友回到瑞士之后不久，他的另一个哥哥开车穿过欧洲再坐船也来到了加纳利群岛。这一次，我的朋友托带来了一架货真价实的老式瑞士乡间的运牛奶的木拖车，有三分之二的汽车那么长，轮子、把手什么都可以转。它是绑在车顶上漂洋过海而来的一个真实的梦。我惊喜得不相信自己的眼睛，接着，一本淡绿封面，精装，写着老式花体英文字母，插画着精美钢笔线条画的故事书《威廉特尔》轻轻地又放在我手里，看看版本，竟是一九二〇年的。

这两样珍贵非常的东西使我们欢喜了好一阵，而我们托带去的回报，是一个过去西班牙人洗脸时盛水用的紫铜面盆和镶花的黑铁架，一个粗彩陶绘制的磨咖啡豆的磨子，还有一块破了一个洞又被我巧妙地绣补好了的西班牙绣花古式女用披肩。当然，这些一来一往的礼物，都是我们双方在垃圾堆里淘出来的精品。

拾荒不一定要在陆上拾，海里也有它的世界。荷西在海里掏出来过腓尼基人时代的陶瓮，十八世纪时的实心炮弹、船灯、船窗、罗盘、大铁链，最近一次，在水底，捡到一枚男用的金戒指，上面刻着一九四七年，名字已被磨褪得看不出来了。海底的东西，陶瓮因是西班牙国家的财产归了加地斯城的博物馆，其他的都用来装饰了房间，只有那只金戒指，因为不知道过去是属于什么人的，看了心里总是不舒服，好似它主人的灵魂还附在它里面一样。

拾荒赔本的时候也是有的,那是判断错误拾回来的东西。

有一次我在路上看见极大极大一个木箱,大得像一个房间,当时我马上想到,它可以放在后院里,锯开门窗,真拿它来当客房用。

结果我付了大卡车钱、四个工人钱。大箱子运来了,花园的小门却进不去。我当机立断,再要把这庞然大物丢掉,警察却跟在卡车后面不肯走,我如果丢了,他要开罚单,绕了不知多少转,我溜下车逃了,难题留给卡车司机去处理吧。第二天早晨一起床,大箱子居然挡在门口。肢解那个大东西的时候,我似乎下决心不再张望路上任何一草一木了。

前一阵,荷西带了我去山里看朋友,沿途公路上许多农家,他们的垃圾都放在一个个小木箱里。

在回程的路上,我对荷西说:"前面转弯,大树下停一停。"

车停了,我从从容容地走过去,在别人的垃圾箱内,捧出三大棵美丽的羊齿植物。

这就是我的生活和快乐。

拾荒的趣味,除了不劳而获这实际的欢喜之外,更吸引人的是,它永远是一份未知,在下一分钟里,能拾到的是什么好东西谁也不知道,它是一个没有终止,没有答案,也不会有结局的谜。

我有一天老了的时候,要动手做一本书,在这本书里,自我童年时代所捡的东西一直到老年的都要写上去,然后我把它包起来,丢在垃圾场里,如果有一天,有另外一个人,捡到了这本书,将它珍藏起来,同时也开始拾垃圾,那么,这个一生的拾荒梦,总是有人继承了再做下去,垃圾们知道了,不知会有多么欢喜呢。

名家点评

三毛只是在追求一种自由的生活，并于其中拾到人世间最好的东西——该有的自由精神生活。遗憾的是，她的老师并没有看出与理解一个小学生都有如此值得颂扬的心性，为一种自由精神生活之梦做出自我该有的尝试构筑。但事实是三毛并没有因为当年老师的不解而改变内心坚强的信念，自始至终都在"拾荒"，不仅越发专业，而且成了一种根深蒂固的习惯，任何的处罚或是不解都不是放弃的理由。

——邓忠胜

有些本来是含义美好的名词，用得滥了，也就变得庸俗不堪了。才子才女满街走是一个例子，银幕、荧屏上的奇女子频频出现也是一个例子。我本来不想把这种已经变得俗气的头衔加在三毛身上的，但想想又没有什么更适合的形容，那就还是称她为奇女子吧。"奇"的正面意思应是"特立独行"，按辞海的解释，即志行高洁，不肯随波逐流之谓也。

——梁羽生

如果生命是一朵云，它的绚丽，它的光灿，它的变幻和飘流，都是很自然的，只因为它是一朵云。三毛就是这样，用她云一般的生命，舒展成随心所欲的形象，无论生命的感受，是甜蜜或是悲凄，她都无意矫饰，行间字里，处处是无声的歌吟，我们用心灵可以听见那种歌声，美如天籁。被文明捆绑着的人，多惯于世俗的烦琐，迷失而不自知。读三毛的作品，发现一个由生命所创造的世界，像开在荒漠里的繁花，她把生命高高举在尘俗之上，这是需要灵明的智慧和极大的勇气的。

——司马中原

月迹

贾平凹

 作品导读

余光中说李白,"酒入豪肠,七分酿成了月光/剩下的三分啸成剑气/绣口一吐就半个盛唐"。

每个炎黄子孙的血液里都有月亮的因子。浩如烟海的中国古诗词,如果抽掉写月的作品,不知还剩几成。如果没有了那轮朗照千年万年的明月,我们的离愁别绪将由谁寄,我们的花前美景将会失去多少浪漫。月亮是我们按在天空上的印章,"它是属于我们的,每个人的",只要我们去追求,我们还会得到比月亮更美的东西。

关于作者

贾平凹,生于1952年2月21日,陕西丹凤人,当代著名作家。代表作有《商州》《浮躁》《废都》《白夜》《秦腔》《古炉》等。

我们这些孩子，什么都觉得新鲜，常常又什么都不觉满足。中秋的夜里，我们在院子里盼着月亮，好久却不见出来，便坐回中堂里，放了竹窗帘儿闷着，缠奶奶说故事。奶奶是会说故事的；说了一个，还要再说一个……奶奶突然说："月亮进来了！"

我们看时，那竹窗帘儿里，果然有了月亮，款款地，悄没声儿地溜进来，出现在窗前的穿衣镜上：原来月亮是长了腿的，爬着那竹帘格儿，先是一个白道儿，再是半圆，渐渐地爬得高了，穿衣镜上的圆便满盈了。我们都高兴起来，又都屏气儿不出，生怕那是个尘影儿变的，会一口气吹跑了呢。月亮还在竹帘儿上爬，那满圆却慢慢儿又亏了，缺了；末了，便全没了踪迹，只留下一个空镜，一个失望。奶奶说："它走了，它是多多的；你们快出去寻月吧。"

我们就都跑出门去，它果然就在院子里，但再也不是那么一个满满的圆了，进院子的白光，是玉玉的，银银的，灯光也没有这般儿亮。院子的中央处，是那棵粗粗的桂树，疏疏的枝，疏疏的叶，桂花还没有开，却有了累累的骨朵儿。我们都走近去，不知道那个满圆儿去哪儿了，却疑心这骨朵儿是繁星儿变的；抬头看着天空，星儿似乎就比平日少了许多。月亮正在头顶，明显大多了，也圆多了，清清晰晰看见里边有了什么东西。

"奶奶，那月上是什么呢？"我问。

"是树，孩子。"奶奶说。

"什么树呢？"

"桂树。"

我们都面面相觑了，倏忽间，哪儿好像有了一种气息，就在我们身后袅袅，到了头发梢儿上，添了一种淡淡的痒痒的感觉；

似乎我们已在了月里，那月桂分明就是我们身后的这一棵了。

奶奶瞧着我们，就笑了：

"傻孩子，那里边已经有人了呢。"

"谁？"我们都吃惊了。

"嫦娥。"奶奶说。

"嫦娥是谁？"

"一个女子。"

哦，一个女子。我想。月亮里，地该是银铺的，墙该是玉砌的：那么好个地方，配住的一定是十分漂亮的女子了。

"有三妹漂亮吗？"

"和三妹一样漂亮的。"

三妹就乐了：

"啊啊，月亮是属于我的了！"

三妹是我们中最漂亮的，我们都羡慕起来；看着她的狂样儿，心里却有了一股儿的嫉妒。我们便争执了起来，每个人都说月亮是属于自己的。奶奶从屋里端了一壶甜酒出来，给我们每人倒了一小杯儿，说："孩子们，你们瞧瞧你们的酒杯，你们都有一个月亮哩！"

我们都看着那杯酒，果真里边就浮起一个小小的月亮的满圆。捧着，一动不动的，手刚一动，它便酥酥地颤，使人可怜儿的样子。大家都喝下肚去，月亮就在每一个人的心里了。

奶奶说："月亮是每个人的，它并没有走，你们再去找吧。"

我们越发觉得奇了，便在院里找起来。妙极了，它真没有走去，我们很快就在葡萄叶儿上，磁花盆儿上，爷爷的锹刃儿上发现了。我们来了兴趣，竟寻出了院门。

院门外,便是一条小河。河水细细的,却漫着一大片的净沙;全没白日那么的粗糙,灿灿地闪着银光,柔柔和和得像水面了。我们从沙滩上跑过去,弟弟刚站到河的上湾,就大呼小叫了:"月亮在这儿!"

妹妹几乎同时在下湾喊道:"月亮在这儿!"

我两处去看了,两处的水里都有月亮,沿着河沿跑,而且那一处的水里都有月亮了。我们都看起天上,我突然又在弟弟妹妹的眼睛里看见了小小的月亮。我想,我的眼睛里也一定是会有的,噢,月亮竟是这么多的:只要你愿意,它就有了哩。

我们就坐在沙滩上,掬着沙儿,瞧那光辉,我说:

"你们说,月亮是个什么呢?"

"月亮是我说要的。"弟弟说。

"月亮是个好。"妹妹说。

我同意他们的话。正像奶奶说的那样:它是属于我们的,每个人的。我们就又仰起头来看那天上的月亮,月亮白光光的,在天空上。我突然觉得,我们有了月亮,那无边无际的天空也是我们的了:那月亮不是我们按在天空上的印章吗?

大家都觉得满足了,身子也来了困意,就坐在沙滩上,相依相偎地甜甜地睡了一会儿。

名家点评

作者将孩提时的童趣,从自己美好的记忆里"捞"出来,并对其进行重新地审美组合和观照,栩栩如生地再现了一幅有静有动、有声有色、如诗如画的盼月、等月、寻月图。　　——于为苍

佛教中常以月来喻世界与本性清净，是心"无念"的具体体现。贾平凹以月来构筑他的空灵静谧的意境，来表现他对"静虚"的审美追求。在他的笔下，总是月下的空明，是"花开月下，竹临清风，水绕窗外，没有一点儿俗韵"的空灵之境。

——李　斌　李英姿

在他（贾平凹）的笔下，客观与主观，都是非常自然的，非常平易近人的，而其声响却是动听的，不同凡响的。

——孙　犁

总是难忘

苏 叶

作品导读

作为散文家的苏叶曾经说过:"并不见得文笔熟络就是散文,正如并不见得有了桑叶和蚕蛹就有了好丝。散文是需要真性情来结晶。当然散文还是思想,是学问,是器识,是气度,是禀赋,是修养……可是在这之上如果没有独到的感悟体味,那么文章也是死的。"

她不但是这样说的,也是这样做的,她的散文代表作《总是难忘》,像一支温馨而沉重的"少女奏鸣曲",展示了一群20世纪60年代初中女生天真烂漫的生活。这些生活都揉入了作者对生命的独特而真实的感悟,她以女性特有的情致感怀把那些沉埋于记忆深处、被反复咀嚼沉淀过的记忆和生活细节,少女纯情的细微波动,课堂的掌声和无猜的嬉闹,都刻画得栩栩如生。

关于作者

苏叶,1949年出生于江苏南京,祖籍湖南,第二届庄重文文学奖得主。著有散文集《总是难忘》《苏叶散文自选集》。

1962年的夏天,我考中学。发榜的时候,知道自己被录取在南京四中。

四中在当时是一个三等学校,而我住的那个大院,教授、副教授的儿子们、女儿们,几乎都被市内各名牌中学点中。那几天,他们的脸陡然添了一重小大人的矜持神色,仿佛打过了金印,便要自尊自贵起来。当时,满院的蔷薇开得正好,红红白白,颤颤巍巍,一蓬一蓬的,热闹得不分贵贱好丑。和蔷薇一起长大的孩子,却从此有了高低间的距离,有少数几个没考上重点学校的千金,躲在家里哭,走在太阳底下,脸上讪讪的。我可不。我觉得自己没刷去上"民办"已是幸运。我学习语文历史,吹点牛,可说轻松得如拣鸿毛;可是对于加减乘除开平方之类,实在感到重比泰山。

从湖南迁来南京,我缺了半年的课。文不成问题,原先就不扎实的数学基础则彻底地崩溃下来。

我又有一大帮大院外的同学。她们是剃头匠、保姆、修钟表和卖咸菜的人家的女儿。天天和她们混在一起,我逃学,旷课,撒谎,闹课堂,偷毛桃、桑葚,挖野菜,抄作业……练就了全挂子本事,从中得到无穷的放肆与快乐,再不觉得天下"唯有读书高",学业只是一日一日地混着,所以,我能上四中,已很知足。

我当时并不知道四中的可贵,只是诧异:

南京历来被称为龙盘虎踞的帝王之地,而四中所在的那条巷子偏偏就叫龙蟠里,与龙蟠里对口相望,逶迤而去的那道坡,竟叫虎踞关。窄小的街道,其实并无王气可言,但是在一两处高墙里、深院中,有褪了色的雕梁画栋。翘翘的飞檐,挂着一两个青绿色的风铃，使人觉得这里或许真有些古时候的来历。每次路过那紧闭的木门，忍不住要拍那锈了的铜环，再贴着门缝张了一只眼向里窥望。但见石板缝中寂寂青草，但见软软的蛛网，在朱颜剥落的廊柱间随风摆动。冷不防后面同学拍一下肩，鬼喊一声："狐狸精出来啰！"我们便尖叫着飞奔而去，任凭书包里的铁壳铅笔盒，像一颗狂乱的心脏，一阵乱响。

进四中校门，迎面一座碧螺样的土坡，坡不高，遍植桑槐，取名叫菠萝。站在菠萝山上向前看，有一口乌龙潭，潭边杨柳依依，傍着四中礼堂的围墙。如果手搭桑树向左一望，发现清凉山扫叶楼劈面而站。清凉山五代十国时就有了名气。山上大树很多，一到夏季，碧荫侵人。据说南唐后主李煜一听蝉儿开叫，便要避到这里，遍拍栏杆。后来，清初著名画家龚贤在这里造了扫叶楼，隐居起来。至今楼台清俊、花木扶疏。清凉山上有尼姑，每日弄些素菜斋面供应游人。在一株古树上，吊着口大钟。我们放学以后，常常翻过山直奔清凉寺，拽住那大钟的粗麻绳一顿乱撞，撞得人心慌乱，行人驻足，撞得树林沟壑"荒、荒、荒"响起告急似的回声，直撞得老尼姑跳出山门拍起巴掌高声骂娘，连素带荤的脏话，一把一把地扯将出来，而我们早已笑弯了腰，四散奔逃了。站在远处，看着斜阳渐渐浸红了扫叶楼的粉墙，听着老尼沙哑的喉咙变成一串模糊的余音，在鸟雀啾鸣的山林间悠悠回荡，心就静了。这时候，如果兴致好，我们便爬上更高的山头。只见眼下横着一列古老的城墙，几个打赤脚的孩子敞着衣襟在城墙上放风筝。云霞斑斓，辉耀着三国东吴时留下来的石头城。外秦淮河在这里温柔地转了一个弯，卸却了千百年的粉黛香脂，清清地，在夹岸的菜花和稻麦伴送下，缓缓流去。而长江卧在迷蒙的天际下，壮阔浊黄的江水，筛滤过千古风流人物，消磨了多少英雄豪杰？显得又浑重，又辽阔。

当天地间第一颗灯火跳亮了的时候，我们知道非走不可了，从地上拖起沾了草香的书包，在变得幽暗的树林间，踩动碎石，结伴回家。下了清凉山就疯跑，怕那边火葬场的阴死鬼来抓人。直到暮色中背后那焚尸的巨大烟囱看不清了，才减缓了步子。然后在乌龙潭的垂柳边，向漆黑的潭水丢几块石子，听个响声，这才路过工人医院，肺结核病院，精神病院往回走。偶尔停下步子，看一行病亡人的家属悲啼着走过。再穿过随家仓——清朝大才子袁枚的领地，回我的大院去。

大院里自然早已窗帷低垂。树影婆娑中，家家灯下坐着老老小小读书的人。我在家人的侧目中，尽量斯文地吃完饭，然后打开作文本，写："四中，背靠清凉山，面临乌龙潭。右边，出汉中门，有凤凰街。李白一首写金陵的诗说'凤凰台上凤凰游，凤去台空江自流'，就是写的这个地方……"

我的笔停了，眼前钻出几个住在凤凰街的同学，她们都长着油光水滑的大辫子，前额很低，汗毛重。她们老跟我说汉中门外有个枪毙人的地方，她们都去看过枪毙人，枪子儿打出来，吱吱吱地有声音……

我不敢去看犯人临刑，也不相信子弹会像老鼠叫，但是汉中门一带倒也走过。那是在中午，在倦慵的阳光下，与同学勾肩搭背去吃九分二两一碗的单面，再看人家如何捏糖人，如何补伞，如何炒米；一张插着纸笔信封的小桌后面，那戴着一副瘸腿眼镜的老人，如何给人代写家书；打赤膊的搬运工，一个个汗流浃背,"嘿唷,哼唷……"把紫铜色的身体弯成一张弓,拖呀,拉呀,推呀,板车上是圆木、方木、木板……那一双双发出臭气的大脚狠狠地踩在地上;我们还看流着热汗的汉子,用小板车拖着大肚子女人往工人医院飞跑;看挂着"奠"字花圈的门栏内那些香蜡和锡箔……看这样,瞧那样,嘴里吮着酸腌小杏子,摇摇摆摆走到学校,急急忙忙去趟厕所,下午的第一节课又开堂多时了。于是在初一(五)班后来是初二(五)、初三(五)教室外面,就站了一排推推搡搡的女孩。老师没奈何地瞪一眼,叹口气,放这忸忸怩怩的一行进去。听说一些男老师在背后赌咒发誓:下回再也不教女生班了!

我们也不明白,怎么把我们编成个女生班。你从讲台上往下看,一溜溜的辫子,一排排的刘海,名副其实的女儿国。没有男生在一旁,女娃子个个变得胆大包天,无拘无束,再秀气的人都张狂了十分。

虽说前后两个教室都是男生,可他们见了我们都有些畏缩,只是每当上课铃一响,大家往教室里去的时候,他们就"嗷嗷"地喊着,把同伴往我们身上推,惹得我们班的人红着脸骂"畜生""不要脸",他们并不回嘴,我们则凛凛然地进到教室,冲邻座得意地歪嘴一笑。

记得那天上英语课,班长叫"stand up"(起立),大家七歪八倒地站起来,与此同时,听见前后教室里的男生吼一样地说:"老师好!""坐下!"一片板凳响。

但是我们用英语问了老师好,他却不叫我们坐下,几个自说自话落了座的人,只好再站起来,很不满意地盯着这个代课老师。"看看看,他头梳得多光呦!""咦哟喂,看他严肃的!"

"哎，没得胡子，他没得胡子！"喊喊喳喳的耳语在教室里嗡嗡地传染，时不时夹杂着一两声鬼头鬼脑的笑。代课老师的脸、耳朵、脖子，渐渐地红起来，年轻端正的脸上显出竭力克制的羞恼。他说："站起来一个个都不小了，考试成绩有百分之六十不及格！有的人至今连字母都搞不清，把 b 写成 d，把 d 写成 b，像什么话？自己的辫子倒蛮会梳的，可惜一辈子就去梳辫子吧！站好！"他怒喝一声，把严美琴的膀子一扯，没得个站相的严美琴顿时一声尖叫，一把掸开他的手："男娃不要碰我哎！"说着连连拍打被拉过的地方，又吹吹自己的手指。哄！全班大笑起来，又急刹车似的顿住，老师的脸涨得血红，憋了半天，憋出一串你你你你你……这下把我们开心得要死，笑声重新迸发，个个龇牙咧嘴，前仰后合，状如女鬼。直到这年轻的代课老师奔出教室，我们才长一声短一声地歇下来。

后来大家归了座，可老师没再回来。教室里闷闷的，谁也不说话。天阴下了，空气中有了雨腥味儿。走过我们教室的老师又回头看了看，诧异初三（五）今天安分得好奇怪。

于是校园里有歌谣说：初三（五），二百五。又说：女生班，两大怪，哭哭笑笑地上赖。我们听见了只当没听见一样。女儿国里也吵，也闹，可是哪个班有我们女儿国的芬芳？

歌咏比赛，文娱演出，连年拿头奖不说，最有趣的是临近端午节的时候，每个人抽屉里有小剪子，五彩丝线，各色珠子。我们用纸折成一系列大小不等的粽子，用彩色丝线裹出各色斑斓花纹，再用珠子串起来，玲珑夺目。有编鸭蛋网的。细巧一点的人，还会用零碎缎子做香袋。每当此时，语文老师又要讲屈原了。

语文老师姓刘，五十几岁的年纪。他古典文学的功底极好，特别偏重诗词，做派举止都有名士之风。他常常穿一套飘飘的纺绸裤褂，翘着小指头翻书，着青帮粉底千层布鞋，走起路来，必先抬脚停半拍，然后移步，和我们想象中的孔夫子一样。

我们都喜欢他，和他没大没小，跑到他在小操场的房间，指着满墙抖抖的毛笔字（都是他自作的诗词）问他：

"这是什么体呀？"

他说："人各一体，又何必竟仿前人之体？"

我们又指着那宣纸上的红印，问他"白下隽甫"是什么意思？他说是他的号。我们又问他，号是什么东西？他就不答了，拿扇柄点着我们说："顽皮呀顽皮呀顽皮呀……"我们就大笑起来，同时就把他的镇纸塞到床下，毛笔挂上帐钩，拂床的大掸子插到漱口杯中，一边乱翻作文本，看那上面长长的朱批又写了些什么好玩的话。

上他的课，大家总是很振奋。一篇篇中外佳作，今古妙文，在他的讲授下，带着声、色、形、味，悄悄地渗进了我们的骨肉。高兴起来，刘老师要吟一段诗："八月——秋高，风——怒号，卷我——屋上，三——重茅——"

我们乱叫着："再唱一个！再唱一个！"

他抹抹脸，慈爱地笑着，说："这是唱吗？这叫吟哦！"

更多的时候，是叫我们全班诵读。"唧唧复唧唧，木兰当户织。不闻机杼声，惟闻女叹息……"我们摇头晃脑，一片女孩子清脆的琅琅书声，仿佛五十四台织布机，在木兰的家院中齐奏。刘老师微闭了双目，反绞双手，醺醺然徜徉于课桌之间，直到前后两个班的老师依次跑到窗口来打手势，我们的声音才渐渐小下去,小下去,不一会儿,又大起来,念到慷慨处,我们干脆手拍桌子以助铿锵。刹那间,书声如令,掌声如蹄,宛如花木兰盖世无双的骑兵队,乘雷挟电掠过了课堂。

校长也摇头:"今后,再也不招女生班了。"

这些事情,我不知道张月素还记不记得?张月素还记不记得我?

她和我在小学同班,上了四中,她当了我们的班长,我做文娱委员。

张月素的家和我们大院隔一条马路。一条黑泥巴的小巷,两边的屋顶多是茅草,伸手就能摸着。

这里比肩住着裁缝、烧老虎灶的、炸油条的好些人家。张月素和她妈、妹妹住的一间屋,光线很暗。墙上糊着报纸,床腿用砖垫得很高,怕潮湿。张月素的妈妈是小脚,打绑腿,讲侉子话(徐州方言)。她梳个巴巴头,整天系一条半截子蓝布围裙(总是湿的),过马路这边,进一道密实的竹篱笆围墙,到我们大院来帮人烧饭洗衣服。她人很和气,大家叫她二嫂。

母亲不请二嫂给我们洗衣,母亲要我带张月素到家里来玩。她脾气很古怪,到我家不肯喝水,不肯吃东西,好一点的椅子也不肯坐。我教她下象棋,没有多久,我就再也下不赢她了。她借书,借《呐喊》《唐诗三百首》……我常常跳过地上的黑水洼,走进那条小巷,走到她们家。坐在磨得光亮了的小板凳上,就着门口射进来的一方阳光,十分自在。关于银河、拿破仑、居里夫人、长安街、李大钊、都江堰……都有过讨论。有时争得"反目成仇",可是过了一天,又是我先去找她。我在那矮小的茅屋里学会了区分野菜马兰头和母鸡头,品尝了炒米粉冲开水是何等香甜。我生平第一次听到"遗腹子"这个词,这是指张月素的妹妹。她妹妹的眼睛很"猫"(近视),看起人来老远就觑成一条线。后来,张月素也越觑越厉害,配了一副黄框架廉价眼镜,座位从第七排换到第二排,又从第二排换到第一排。再后来,老师允许她看不清时,可以走到黑板前面。

她衣服的领口总是嫌紧,扣不上。袖子嫌短,前襟后片只齐到腰。她走路快,吃饭快,讲话也快。她不跟男人讲话,回答男老师的提问也是侧着身子昂着头,一副英勇就义的英雄气,显得很滑稽。老师不笑也不生气,她能写出老师没教过的演算式。

初中毕业的时候,张月素报考志愿上填的是中专。学校觉得可惜,劝她,她不听。那天她妈到我家,浅浅地坐进藤椅,要我动员张月素升高中,今后上大学,她说她养得起。我刚给她倒了杯热茶,张月素一脚抢进房来,不由分说,侧了身子拖了她妈就走,在楼梯上愤愤地叫着"妈!"又回头瞪了我一眼。

她终于去上无线电专科学校了。中等专科技校,学杂费免收,吃伙食也不用交钱。

分手的时候,她来还书。一本一本,都用崭新漂亮的画报纸包好。她像个男人一样劈手和我握了一下,手板又薄又硬,很有力。又像个大人一样,说:"再见!"我恨死了,恨得几乎要踹她一脚!

我回到房间,把书的包装纸一张一张地撕下来,撕下来,忽然从书页里飘下张纸片,上面写着:"无论我走到什么地方,你都在我心上!"我一屁股坐到地板上,抱着那堆书,哇哇大哭起来。

春天，秋天；秋天，春天。教室两边的白杨树沙沙地响。高墙外，龙蟠里，常常传来小贩们苍老而又漫长的吆喝：

"旧——皮鞋、跑鞋拿来卖——钱！"

"破布烂棉花儿——拿来卖——啵——"

有时夹着一阵呜哩呜哩的竹笛声，很忧伤。有时，风把音乐教室的歌唱一阵一阵地吹过来："雷锋，我们的战友，我们亲爱的弟兄。雷锋，我们的榜样，我们青年的先锋……"那略带哀悼的歌声在深深的校园悠悠回荡。某个教室的老师正大声讲文天祥；另一个教室的女老师的尖声却在说："爱克斯加娃艾，括弧，平方……"

这时，菠萝山上的槐花开了，清香四溢，蜜蜂在采蜜；这时，乌龙潭里的秋水凉了，微波轻拍，小鱼儿在水草间戏水。这时，我就走神了，"哈姆雷特""李尔王""名优之死""孔雀胆""娜拉"……在我眼前会串起来。这都是从校文工团话剧队辅导老师那里听来的。

话剧队有个比我高一班的积极分子，叫王悦雅。

有时，下课铃刚一响，她就把笑脸伸进来冲我喊："喂！今天下午话剧队活动！"

有时，课还没下，邻座的同学碰碰我："哎，王悦雅又来找你啰！"我抬头一看，果然她在教室外，冲我又是勾手，又是捂着嘴笑。

于是下午自习课我就不上了，到礼堂和小饭厅去找话剧队的人。

话剧队的师生正在排练《年青的一代》，林育生痛哭流涕地读母亲在狱中写给他的遗书。扮演林育生妹妹的王悦雅老是笑场，她说林育生光哭没泪，不像。老师只好把王悦雅撤下来，准备诗朗诵。

她太爱笑。我常常在排练场门外就听到她快活的声音："该死，该死，老师，对不起，我再来一遍……"可是又笑。老师说："王悦雅，你是不是喝过笑婆婆尿啦？重来！""好，重来！"王悦雅将脸一抹，终于进入角色，向前跨一步，把右手从胸前划向前方："我的理想啊，像骏马奔驰……"

我坐在方桌后面，我喜欢看她那朝气蓬勃的脸，好像老是有阳光在那上面跳跃。她的头发剪成卓娅式。因为爱体育，脚上总穿一双白球鞋。夏天，也不怕人说她露大腿，爱穿一条天蓝色西装短裤，小腿圆滚滚的，皮肤像棕色缎子般发亮。她一笑一甩头发，走起路来，挺着健康的胸脯。最看不得我窝胸，每次排练，她就拣一根小棍在我后面蹲着，我一哈肩塌胸，她就在背后用小棍儿一戳。她一戳我就忘词，气得老师大叫王悦雅滚蛋！她就咯咯地笑着跳起来逃掉了。老师摇着头对我们说："这个王悦雅啊，还想当演员呢！一点控制力都没有。要是给她演个林黛玉，她连眉毛都皱不起来！""谁说的？谁说的？"王悦雅"嗯"的一声从老师背后的窗口钻出来，一把扯住她的袖子："我马上哭给你看！"老师只好点着她来教训我："你呀，把王悦雅假小子的性格分一点走吧，你要放得开一点才行呀！"

于是每逢星期四，每逢校墙外又飘来小贩悠长的叫卖，每逢舞台精灵们又在我脑中浮动的时候，我就又等着王悦雅把脸伸进窗口来嚷嚷："喂，今天下午话剧队活动啊！"

我最后和她见面时间、情景，我已记不得了。我 1965 年离开四中，在别校就学，1966 年就开始了"文化大革命"。每个人都东倒西歪，或亢奋，或遭殃，自顾不暇，我又怎么可能及时知道我那母校发生的种种事情？

许多年过去了。那天，下着雨，在路上，我碰见原先话剧队的辅导老师。我向他问起"喝过笑婆婆尿"的王悦雅，他奇怪地瞪住我："你不知道王悦雅的事？"

我说："不知道，怎么了？我不知道。"

我永远记得那到的情景：在马路转弯处，雨水不停地倾泻着，行人从我们身边走过又走过，地上满是新落的黄叶，脚下的阴沟里流淌着淙淙的水声。我们站着，老师撑着一把黑伞，我撑着一把红伞，雨水冷冷地打在我脸上，流进我眼里，嘴里。老师告诉我："王悦雅已经死了！"

王悦雅已经死了？！

她是哪一年死的，我问了，又不记得了。我只记得老师说她和千百万知青一样，去农村插队，在乡下爱上个南京知青。那人会唱歌，唱"知青之歌"，还说了、写了一些不满现实的话。后来，当现行反革命抓起来，押回南京，在五台山体育场召开了声势浩大的万人批判大会，会后就枪毙了。

我不知道他是否被押到汉中门外（记得凤凰街同学说那里是枪毙人的地方，子弹打出来……），我只记得老师说，王悦雅作为他的女友和知情人，也被押在台上。他们要她检举揭发！我不知道她有没有开口，只听得老师说她不久就疯了，时好时坏，又过了一些日子，她死了。自杀。是时，二十二岁。

二十二岁的王悦雅脸色是苍白的吗？眼神是枯干的吗？呼吸是停止的吗？身躯是僵硬的吗？

不。她老是笑。她老是张开红红的嘴，从窗口探进头来，兴高采烈地大喊："今天下午话剧队活动啊！"

要是王悦雅还活着，今天，她该会跳迪斯科吧？她会唱"阿里巴巴"？她肯定有牛仔裤！肯定在五彩灯光与鼓点中快活地大笑，露出雪白结实的牙齿，把头发疯甩得像一道波浪！然而王悦雅不在了，永远留在那个可怖的年代，身上压着许多像链条一样沉重的红色、黑色、白色的标语……每想到此，我的眼睛便湿，写字的手抖动不止，对四中的忆念便被一幅黑色的帷幕隔断了。

我离开四中十年，又是十年……

我明明知道，过去的已不可追，未来的则正不可阻挡地滚滚前来，生活需要我们有坚强的神经和意志，可是我，却总是被去的和来的时时触痛。

去年夏天，我应老师之邀，回四中去谈谈文学。但见乌龙潭作为古迹，已围着一圈短墙。龙蟠里巷口仍是寂寥。火葬场早已搬家。扫叶楼整饬一新。俯身在清凉寺的石山前，见城西大道霍然贯通，卡车、汽车，带着尘土呼啸而过。新植的梧桐张开了幼小的枝叶……我走进教室，宛若当年。仿佛我那久别了的伙伴，疯疯傻傻，甩着长辫子，呼啦啦一齐扑上来抱住我；我那端庄的、严肃的、风趣的、正直的老师，一齐微笑着走上前来围住我！但是，我水光朦胧的眼睛，只见到拔地而起的高楼，只见到新一代学生身上的旅游鞋、电子表、幸子服、日本签字笔……只见到他们又自负又稚气的神色……我什么也说不出了。他们有他们的道路。我那烂漫少女时代已经关闭。我听到沉重的脚步声，从过去一直捶响到未来。

 **名家点评**

苏叶的代表作《总是难忘》,像一支温馨而沉重的"少女奏鸣曲",展示了一群20世纪60年代初中女生天真烂漫的生活。作者将经过情绪处理的断断续续的碎片组成富有情趣的生活画面,抓住呈示人物灵魂主要特征的细节,成功地勾画出众多的人物形象……散文采用"意识流"和"蒙太奇"并用的结构,将一段段各自成章的画面拼接和组合起来,以此展示了一个个"总是难忘"的时代面影。

——佘树森

其(指苏叶)女性笔触豪秀并举,春花古桥,字挟风雷,曲转九丸般圆融。

——楼肇明

作为一篇回忆性的散文,作品关心和专注的是人的命运,通过记人来铺陈事件,剪辑画面。把历史与现实连缀复合,从历史与现实的忆念中宣泄作者的思想情绪,并扩展到对社会人生的思考。

——韩　江

金岳霖先生

汪曾祺

作品导读

有一位博士,他从青年时代起就饱受欧风美雨的沐浴,生活相当西化,西装革履,加上一米八的高个头,仪表堂堂,极富绅士气度。然而他又常常不像绅士。他酷爱养大斗鸡,屋角还摆着许多蛐蛐缸。吃饭时,大斗鸡堂而皇之地伸脖啄食桌上菜肴,他竟泰然自若,与鸡平等共餐。

他就是金岳霖先生,1914年毕业于清华学校,后留学美国、英国,又游学欧洲诸国,回国后主要执教于清华和北大。

金岳霖是中国著名哲学家之一,学术界不少人都写文章称赞他的学术思想,肯定他在学术史上的地位,而汪曾祺则把自己老师生活形象、师表形象用一种轻松活泼、幽默滑稽的笔法呈现出来,写成一篇有特色有趣味的散文佳作,让世人看到一个极其富于个性的活生生的金岳霖。

金岳霖先生的人,汪曾祺先生的文,相得益彰,各得其妙。

关于作者

汪曾祺(1920—1997),中国现代作家,江苏高邮人。1939年考入昆明西南联合大学中文系,深受教写作课的沈从文的影响。1940年开始发表小说。著有小说集《邂逅集》,小说《受戒》《大淖记事》,散文集《蒲桥集》,作品收录在《汪曾祺全集》中。

西南联大有许多很有趣的教授，金岳霖先生是其中的一位。金先生是我的老师沈从文先生的好朋友。沈先生当面和背后都称他为"老金"。大概时常来往的熟朋友都这样称呼他。关于金先生的事，有一些是沈先生告诉我的。我在《沈从文先生在西南联大》一文中提到过金先生。有些事情在那篇文章里没有写进，觉得还应该写一写。

金先生的样子有点怪。他常年戴着一顶呢帽，进教室也不脱下。每一学年开始，给新的一班学生上课，他的第一句话总是："我的眼睛有毛病，不能摘帽子，并不是对你们不尊重，请原谅。"他的眼睛有什么病，我不知道，只知道怕阳光。因此他的呢帽的前檐压得比较低，脑袋总是微微地仰着。他后来配了一副眼镜，这副眼镜一只镜片是白的，一只是黑的。这就更怪了。后来在美国讲学期间把眼睛治好了，——好一些了，眼镜也换了，但那微微仰着脑袋的姿态一直还没有改变。他身材相当高大，经常穿一件烟草黄色的麂皮夹克，天冷了就在里面围一条很长的驼色的羊绒围巾。联大的教授穿衣服是各色各样的。闻一多先生有一阵穿一件式样过时的灰色旧夹袍，是一个亲戚送给他的，领子很高，袖口极窄。联大有一次在龙云的长子、蒋介石的干儿子龙绳武家里开校友会，——龙云的长媳是清华校友，闻先生在会上大骂"蒋介石，王八蛋！混蛋！"那天穿的就是这件高领窄袖的旧夹袍。朱自清先生有一阵披着一件云南赶马人穿的蓝色毡子的一口钟。除了体育教员，教授里穿夹克的，好像只有金先生一个人。他的眼睛即使是到美国治了后也还是不大好，走起路来有点深一脚浅一脚。他就这样穿着黄夹克，微仰着脑袋，深一脚浅一脚地在联大新校舍的一条土路上走着。

金先生教逻辑。逻辑是西南联大规定文学院一年级学生的必修课，班上学生很多，上课在大教室，坐得满满的。在中学里没有听说有逻辑这门学问，大一的学生对这课很有兴趣。金先生上课有时要提问，那么多的学生，他不能都叫得上名字来，——联大是没有点名册的，他有时一上课就宣布："今天，穿红毛衣的女同学回答问题。"于是所有穿红衣的女同学就都有点紧张，又有点兴奋。那时联大女生在蓝阴丹士林旗袍外面套一件红毛衣成了一种风气。——穿蓝毛衣、黄毛衣的极少。问题回答得流利清楚，也是件出风头的事。金先生很注意地听着，完了，说："Yes！请坐！"

学生也可以提出问题，请金先生解答。学生提的问题深浅不一，金先生有问必答，很耐心。有一个华侨同学叫林国达，操广东普通话，最爱提问题，问题大都奇奇怪怪。他大概觉得逻辑这门学问是挺"玄"的，应该提点怪问题。有一次他又站起来提了一个怪问题，金先生想了一想，说："林国达同学，我想问你一个问题：'Mr. 林国达 is perpendicular to the blackboard（林国达君垂直于黑板），这什么意思？"林国达傻了。林国达当然无法垂直于黑板，但这句话在逻辑上没有错误。

林国达游泳淹死了。金先生上课，说："林国达死了，很不幸。"这一堂课，金先生一直没有笑容。

有一个同学，大概是陈蕴珍，即萧珊，曾问过金先生："您为什么要搞逻辑？"逻辑课的前一半讲三段论，大前提、小前提、结论、周延、不周延、归纳、演绎……还比较有意思。后半部全是符号，简直像高等数学。她的意思是：这种学问多么枯燥！金先生的回答是："我觉得它很好玩。"

除了文学院大一学生必修逻辑，金先生还开了一门"符号逻辑"，是选修课。这门学问对我来说简直是天书。选这门课的人很少，教室里只有几个人。学生里最突出的是王浩。金先生讲着讲着，有时会停下来，问："王浩，你以为如何？"这堂课就成了他们师生二人的对话。王浩现在在美国。前些年写了一篇关于金先生的较长的文章，大概是论金先生之学的，我没有见到。

王浩和我是相当熟的。他有个要好的朋友王景鹤，和我同在昆明黄土坡一个中学教学，王浩常来玩。来了，常打篮球。大都是吃了午饭就打。王浩管吃了饭就打球叫"练盲肠"。王浩的相貌颇"土"，脑袋很大，剪了一个光头，——联大同学剪光头的很少，说话带山东口音。他现在成了洋人——美籍华人，国际知名的学者，我实在想象不出他现在是什么样子。前年他回国讲学，托一个同学要我给他画一张画。我给他画了几个青头菌、牛肝菌，一根大葱，两头蒜，还有一块很大的宣威火腿。——火腿是很少入画的。我在画上题了几句话，有一句是"以慰王浩异国乡情"。王浩的学问，原来是师承金先生的。一个人一生哪怕只教出一个好学生，也值得了。当然，金先生的好学生不止一个人。

金先生是研究哲学的，但是他看了很多小说。从普鲁斯特到福尔摩斯，都看。听说他很爱看平江不肖生的《江湖奇侠传》。有几个联大同学住在金鸡巷，陈蕴珍、王树藏、刘北汜、施载宣（萧荻）。楼上有一间小客厅。沈先生有时拉一个熟人去给少数爱好文学、写写东西的同学讲一点什么。金先生有一次也被拉了去。他讲的题目是"小说和哲学"。题目是沈先生给他出的。大家以为金先生一定会讲出一番道理。不料金先生讲了半天，结论却是：小说和哲学没有关系。有人问：那么《红楼梦》呢？金先生说："《红楼梦》里的哲学不是哲学。"他讲着讲着，忽然停下来："对不起，我这里有个小动物。"他把右手伸进后脖颈，捉出了一个跳蚤，捏在手指里看看，甚为得意。

金先生是个单身汉（联大教授里不少光棍，杨振声先生曾写过一篇游戏文章《释鳏》，在教授间传阅），无儿无女，但是过得自得其乐。他养了一只很大的斗鸡（云南出斗鸡）。这只斗鸡能把脖子伸上来，和金先生一个桌子吃饭。他到处搜罗大梨、大石榴，拿去和别的教授的孩子比赛。比输了，就把梨或石榴送给他的小朋友，他再去买。

金先生朋友很多，除了哲学家的教授外，时常来往的，据我所知，有梁思成、林徽因夫妇，沈从文，张奚若……君子之交淡如水，坐定之后，清茶一杯，闲话片刻而已。金先生对林徽因的谈吐才华，十分欣赏。现在的年轻人多不知道林徽因。她是学建筑的，但是对文学的趣味极高，精于鉴赏，所写的诗和小说如《窗子以外》《九十九度中》风格清新，一时无二。林徽因死后，有一年，金先生在北京饭店请了一次客，老朋友收到通知，都纳闷：老金为什么请客？到了之后，金先生才宣布："今天是徽因的生日。"

金先生晚年深居简出。毛主席曾经对他说："你要接触接触社会。"金先生已经八十岁了，怎么接触社会呢？他就和一个蹬平板三轮车的约好，每天蹬着他到王府井一带转一大圈。我想象金先生坐在平板三轮上东张西望，那情景一定非常有趣。王府井人挤人，熙熙攘攘，谁也不会知道这位东张西望的老人是一位一肚子学问，为人天真、热爱生活的大哲学家。

金先生治学精深，而著作不多。除了一本大学丛书里的《逻辑》，我所知道的，还有一本《论道》。其余还有什么，我不清楚，须问王浩。

我对金先生所知甚少。希望熟知金先生的人把金先生好好写一写。

联大的许多教授都应该有人好好地写一写。

1987年2月23日

名家点评

此文可说是哲学家金岳霖先生轶事之拾遗。作者采用的，是一种"解扣子"的写法。这"扣子"便是"怪"——人物的怪貌怪言怪行。这扣子一旦解开，蕴含其中的人物极难得的性格、品德与器质便豁然自现。有时，作者也不全解，只是半解，似隐似显，挠得人心痒痒。如对"为何搞逻辑"的回答，应朋友之邀给学生谈"小说和哲学的关系"，竟大煞风景地说"《红楼梦》里的哲学不是哲学"等等。初读实在觉得其人其行很好玩，仔细思想，不独人物的天真、诚实、率直、自然之情状如在目前，且颇有玄学家之风。虽言不经意，却总使人觉得其中自有哲学在。然而，这哲学意蕴究竟是什么，作者并不道破，让读者自己咀嚼去。所谓文章留空白、言已尽而意未穷，大率如此。

——凌 宇

放蜂人

苇岸

 **作品导读**

"他是大地上寻找花朵的人，季节是他的向导。"

"他与光明一起开始工作，与大地一同沐浴阳光或风雨。他懂得自然的神秘语言，他用心同他周围的芸芸生命交谈……"

这就是放蜂人，这就是新生代散文家苇岸笔下的放蜂人。

英年早逝的苇岸是一位不可多得的优秀散文家，林贤治先生说："他凭着柔韧的美学触角，穿越如此巨大的历史沉积物，把感知能力修建到尚不美丽的人类思想之中。"

他的散文沉静深远，平淡纯朴，感动人心，在这个浮躁的世界里，坚持着"人类尚未放弃的一种脆弱努力"——苍天之下，大地之上，我们都是放蜂人，寻找着自己的来历和故乡。

 **关于作者**

苇岸（1960—1999），原名马建国，著名散文家。1988年开始写作开放性系列散文作品《大地上的事情》，成为新生代散文的代表性作品。主要作品有《大地上的事情》《太阳升起以后》《上帝之子》等。

放蜂人是大地上寻找花朵的人,季节是他的向导。

一年一度,大地复兴的时候,放蜂人开始从他的营地起程,带着楸木蜂箱和帐篷。一路上,他对此行满怀信心。他已勘察了他的放蜂线路,了解了那里的蜜源、水源、地形和气候状况。他对那里蜜源植物的种类、数量、花期及泌蜜规律,已了如指掌。他将避开大路,在一座林边或丘旁摆下蜂箱,巢门向南。他的帐篷落在蜂场北面。

第一束阳光,满载谷粒的色泽和婴儿的清新,照到蜂场上。大地生气勃勃,到处闪亮。蜂群已经出巢,它们上下飞舞,等待着侦察者带回蜜源的消息。放蜂人站在帐前,注视着它们。他刚刚巡视了蜂场,他为蜂群早晨的活力,感到兴奋。他看蜜蜂,如同看自己的儿女,他对它们,比对自己的身世还要熟悉。假若你偶然路过这个世界一隅,只要你表情虔诚,上前开口询问,他会热心给你讲蜜蜂的各种事情。

放蜂人在自然的核心,他与自然一体的宁静神情,表明他便是自然的一部分。每天,他与光明一起开始工作,与大地一同沐浴阳光或风雨。他懂得自然的神秘语言,他用心同他周围的芸芸生命交谈。他仿佛一位来自历史的使者,把人类应有的友善面目,带进自然。他与自然的关系,是人类与自然最古老的一种关系。只是如他恐惧的那样,这种关系,在今天的人类手里,正渐渐逝去。

放蜂人或许不识文字,但他像学者熟悉思想和书册那样,熟悉自然,熟悉它的植物和大地。他能看出大地的脉络,能品土壤的性质;他识别各种鸟鸣和兽迹,了解每样植物的花事与吐蜜的秘密。他知道枣树生长在冲积土上,荞麦生长在沙壤上,比生长在其他土壤上流蜜量大;山区的椴树蜜多,平原的椴树蜜少;北方的柳树流蜜，南方的柳树不流蜜。他带着他的蜂群，奔走于莽莽大地。南方的紫云英花期一终，他又匆匆赶到北方，那里，荆棵的蓝色花序正在开放。他常常适时溯纬度而上，以利用纬度之差，不失时机地采集生长在不同地区的同一种植物的花蜜。

"蜜蜂能改变人性。"这是放蜂人讲的一句富于文化色彩的话。如果你在蜂场待上一天，如果你像放蜂人那样了解蜜蜂，你会相信他的这个说法。

我把放蜂人讲的关于蜜蜂（主要指工蜂）的一生，记在这里：一日龄，护脾保温；三日龄后，始做清理巢房，泌蜡造脾，调制花粉，分泌王浆，饲喂幼虫、蜂王和雄蜂等内勤工作；十五日龄后，飞出巢外，担负采集花蜜、花粉、蜂胶及水等外勤重任；三十日龄后，渐为老蜂，改做侦察蜜源或防御敌害的事情。当生命耗尽，死亡来临，它们便悄然辞别蜂场，不明去向。

这便是蜜蜂短暂的一生，辛劳不息，生命与劳作具有同一含义。放蜂人告诉我，在花丛流蜜季节，忘我的采集，常使蜜蜂三个月的寿命，降至一个月左右。它们每次出场，要采成百上千朵花的蜜，才能装满它们那小小的蜜囊。若是归途迷路，即使最终饿死，它们自己也不取用。它们是我们可钦可敬的邻居，与我们共同生存在这个世界上。它们体现的勤劳和忘我，是支撑我们的世界幸福与和睦的骨骼。它们就在我们身边，似一种光辉，时时照耀、感动和影响着我们，也使我们经常想到自己的普通劳动者和舍生忘死的英雄。

放蜂人是世界上幸福的人，他每天与造物中最可爱的生灵在一起，一生居住在花丛附近。放蜂人也是世界上孤单的人，他带着他的蜂群，远离人寰，把自然瑰美的精华，源源输送给人间。

他滞于现代进程之外,以往昔的陌生面貌,出现在世界面前。他孤单的存在,同时是一种警示,告诫人类:在背离自然,追求繁荣的路上,要想想自己的来历和出世的故乡。

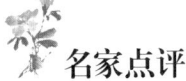
名家点评

《放蜂人》在苇岸散文中别具一格,他把人的理想借助放蜂人表达了出来。"放蜂人在自然的核心,他与自然一体的宁静神情,表明他便是自然的一部分……他仿佛一位来自历史的使者,把人类应有的友善面目,带进自然。他与自然的关系,是人类与自然最古老的一种关系。只是如他恐惧的那样,这种关系,在今天的人类手里,正渐渐逝去。"放蜂人就是生态人格的具体化,放蜂人把自己的感觉、心灵和思想都深深楔入大自然之根中,汲取灵性,造访灵境,保存着人与大自然原初的合作与和谐。

——汪树东

在苇岸眼里,大地上的一切事物,一个蚁巢,一只麻雀,一团火焰,都发出本质的哲学的声音。在他看来,"人诗意地生活在大地上",只需充当大自然秘密谦卑的"旁观者"和"倾听者"。

——佘树森

《大地上的事情》在我书架上蒙尘已久,一直未及翻阅。只是到了他去世前夕,我才打开它,来到他那旷阔的、安静的、经由他细细抚摩过的世界。这时,我沉痛地感到了一种丧失:中国失去了一位懂得劳动和爱情的善良的公民,中国散文界失去了一位富于独创性的有为的作家。

——林贤治

我与地坛（节选）

史铁生

 **作品导读**

这是一个人倾尽二十年的光阴写下的一篇文章。

静夜里，打开台灯静静地来读这篇文章，天地、生命、亲情、寂静……这些从心底里涓涓流出来的文字，如凉凉细流潜入人的心里……没有经历过痛苦和思考的人是写不出这样凝重苍凉的文字的，也永远感受不到在那苍茫的底色下汩汩滚动的热流。

中国当代文学缺少经典，但《我与地坛》没有这个时代的无病呻吟的寂寞与无聊，没有矫揉造作的轻浮与夸饰，有的是关注心灵的思考，有的是超越痛苦的生命智慧……这是一篇值得反复吟读的优美散文，是一部这个时代少有的经典。

关于作者

史铁生（1951—2010），北京人，中国现代作家。著有中短篇小说集《我的遥远的清平湾》《礼拜日》《命若琴弦》等；散文随笔集《自言自语》《我与地坛》《病隙碎笔》等；长篇小说《务虚笔记》以及《史铁生作品集》。

一

我在好几篇小说中都提到过一座废弃的古园,实际就是地坛。许多年前旅游业还没有兴起,园子荒芜冷落得如同一片野地,很少被人记起。

地坛离我家很近。或者说我家离地坛很近。总之,只好认为这是缘分。地坛在我出生前四百多年就坐落在那儿了,自从我的祖母年轻时带着我父亲来到北京,就一直住在离它不远的地方——五十多年间搬过几次家,可搬来搬去总是在它周围,而且是越搬离它越近了。我常觉得这中间有着宿命的味道:仿佛这古园就是为了等我,而历尽沧桑在那儿等待了四百多年。

它等待我出生,然后又等待我活到最狂妄的年龄上忽地残废了双腿。四百多年里,它剥蚀了古殿檐头浮夸的琉璃,淡褪了门壁上炫耀的朱红,坍圮了一段段高墙,又散落了玉砌雕栏,祭坛四周的老柏树愈见苍幽,到处的野草荒藤也都茂盛得自在坦荡。这时候想必我是该来了。十五年前的一个下午,我摇着轮椅进入园中,它为一个失魂落魄的人把一切都准备好了。那时,太阳循着亘古不变的路途正越来越大,也越红。在满园弥漫的沉静光芒中,一个人更容易看到时间,并看见自己的身影。

自从那个下午我无意中进了这园子,就再没长久地离开过它。我一下子就理解了它的意图。正如我在一篇小说中所说的:"在人口密聚的城市里,有这样一个宁静的去处,像是上帝的苦心安排。"

两条腿残废后的最初几年,我找不到工作,找不到去路,忽然间几乎什么都找不到了,我就摇了轮椅总是到它那儿去,仅为着那儿是可以逃避一个世界的另一个世界。我在那篇小说中写道:"没处可去我便一天到晚耗在这园子里。跟上班下班一样,别人去上班我就摇了轮椅到这儿来。""园子无人看管,上下班时间有些抄近路的人们从园中穿过,园子里活跃一阵,过后便沉寂下来。""园墙在金晃晃的空气中斜切下一溜阴凉,我把轮椅开进去,把椅背放倒,坐着或是躺着,看书或者想事,撅一杈树枝左右拍打,驱赶那些和我一样不明白为什么要来这世上的小昆虫。""蜂儿如一朵小雾稳稳地停在半空;蚂蚁摇头晃脑捋着触须,猛然间想透了什么,转身疾行而去;瓢虫爬得不耐烦了,累了,祈祷一会儿便支开翅膀,忽悠一下升空了;树干上留着一只蝉蜕,寂寞如一间空屋;露水在草叶上滚动,聚集,压弯了草叶,轰然坠地,摔开万道金光。""满园子都是草木竞相生长弄出的响动,窸窸窣窣窸窸窣窣片刻不息。"这都是真实的记录,园子荒芜但并不衰败。

除去几座殿堂我无法进去,除去那座祭坛我不能上去而只能从各个角度张望它,地坛的每一棵树下我都去过,差不多它的每一平方米草地上都有过我的车轮印。无论是什么季节,什么天气,什么时间,我都在这园子里待过。有时候待一会儿就回家,有时候就待到满地上都亮起月光。记不清都是在它的哪些角落里了,我一连几小时专心致志地想关于死的事,也以同样的耐心和方式想过我为什么要出生。这样想了好几年,最后事情终于弄明白了:一个人,出生了,这就不再是一个可以辩论的问题,而只是上帝交给他的一个事实;上帝在交给我们这个事实的时候,已经顺便保证了它的结果,所以死是一件不必急于求成的事,死是一个必然会降临的节日。这样想过之后我安心多了,眼前的一切不再那么可怕。比如你起早熬夜准备考试的时候,忽然想起有一个长长的假期在前面等待你,你会不会觉得轻松一点,并且庆幸并且感激这样的安排?

剩下的就是怎样活的问题了。这却不是在某一个瞬间就能完全想透的,不是能够一次性解决的事,怕是活多久就要想它多久了,就像是伴你终生的魔鬼或恋人。所以,十五年了,我还是总得到那古园里去,去它的老树下或荒草边或颓墙旁,去默坐,去呆想,去推开耳边的嘈杂,理一理纷乱的思绪,去窥看自己的心魂。十五年中,这古园的形体被不能理解它的人肆意雕琢,幸好有些东西是任谁也不能改变它的。譬如祭坛石门中的落日,寂静的光辉平铺的一刻,地上的每一个坎坷都被映照得灿烂;譬如在园中最为落寞的时间,一群雨燕便出来高歌,把天地都叫喊得苍凉;譬如冬天雪地上孩子的脚印,总让人猜想他们是谁,曾在哪儿做过些什么,然后又都到哪儿去了;譬如那些苍黑的古柏,你忧郁的时候它们镇静地站在那儿,你欣喜的时候它们依然镇静地站在那儿,它们没日没夜地站在那儿,从你没有出生一直站到这个世界上又没了你的时候;譬如暴雨骤临园中,激起一阵阵灼烈而清纯的草木和泥土的气味,让人想起无数个夏天的事件;譬如秋风忽至,再有一场早霜,落叶或飘摇歌舞或坦然安卧,满园中播散着熨帖而微苦的味道。味道是最说不清楚的。味道不能写只能闻,要你身临其境去闻才能明了。味道甚至是难于记忆的,只有你又闻到它你才能记起它的全部情感和意蕴。所以我常常要到那园子里去。

二

现在我才想到,当年我总是独自跑到地坛去,曾经给母亲出了一个怎样的难题。

她不是那种光会疼爱儿子而不懂得理解儿子的母亲。她知道我心里的苦闷,知道不该阻止我出去走走,知道我要是老待在家里结果会更糟,但她又担心我一个人在那荒僻的园子里整天都想些什么。我那时脾气坏到极点,经常是发了疯一样地离开家,从那园子里回来又中了魔似的什么话都不说。母亲知道有些事不宜问,便犹犹豫豫地想问而终于不敢问,因为她自己心里也没有答案。她料想我不会愿意她跟我一同去,所以她从未这样要求过,她知道得给我一点独处的时间,得有这样一段过程。她只是不知道这过程得要多久,和这过程的尽头究竟是什么。每次我要动身时,她便无言地帮我准备,帮助我上了轮椅车,看着我摇车拐出小院;这以后她会怎样,当年我不曾想过。

有一回我摇车出了小院,想起一件什么事又返身回去,看见母亲仍站在原地,还是送我走时的姿势,望着我拐出小院去的那处墙角,对我的回来竟一时没有反应。待她再次送我出门的时候,她说:"出去活动活动,去地坛看看书,我说这挺好。"许多年以后我才渐渐听出,母亲这话实际上是自我安慰,是暗自的祷告,是给我的提示,是恳求与嘱咐。只是在她猝然去世之后,我才有余暇设想,当我不在家里的那些漫长的时间,她是怎样心神不定坐卧难宁,兼着痛苦、惊恐与一个母亲最低限度的祈求。现在我可以断定,以她的聪慧和坚忍,在那些空落的白天后的黑夜，在那不眠的黑夜后的白天，她思来想去最后准是对自己说："反正我不能不让他出去，未来的日子是他自己的，如果他真的要在那园子里出了什么事，这苦难也只好我来承担。"在那段日子里——那是好几年长的一段日子，我想我一定使母亲做过了最坏的准备了，但她从来没有对我说过"你为我想想"。事实上我也真的没为她想过。那时她的儿子还太年轻，还来不及为母亲想，他被命运击昏了头，一心以为自己是世上最不幸的一个，不知道儿子的不幸在母亲那儿总是要加倍的。她有一个长到二十岁上忽然截瘫了的儿子，这是她唯一的儿子；她情愿截瘫的是自己而不是儿子，可这事无法代替；她想，只要儿子能活下去，哪怕自己去死呢也行，可她又确信一个人不能仅仅是活着，儿子得有一条路走向自己的幸福；而这条路呢，没有谁能保证她的儿子能找到。——这样一个母亲，注定是活得最苦的母亲。

有一次与一个作家朋友聊天，我问他学写作的最初动机是什么，他想了一会儿说："为我母亲。为了让她骄傲。"我心里一惊，良久无言。回想自己最初写小说的动机，虽不似这位朋友的那般单纯，但如他一样的愿望我也有，且一经细想，发现这愿望也在全部动机中占了很大比重。这位朋友说："我的动机太低俗了吧？"我光是摇头，心想低俗并不见得低俗，只怕是这愿望过于天真了。他又说："我那时真就是想出名，出了名让别人羡慕我母亲。"我想，他比我坦率。我想，他又比我幸福，因为他的母亲还活着。而且我想，他的母亲也比我的母亲运气好，他的母亲没有一个双腿残废的儿子，否则事情就不这么简单。

在我的头一篇小说发表的时候，在我的小说第一次获奖的那些日子里，我真是多么希望我的母亲还活着。我便又不能在家里待了,又整天整天独自跑到地坛去,心里是没头没尾的沉郁和哀怨,走遍整个园子却怎么也想不通:母亲为什么就不能再多活两年?为什么在她儿子就快要碰撞开一条路的时候,她却忽然熬不住了?莫非她来此世上只是为了替儿子担忧,却不该分享我的一点点快乐?她匆匆离我去时才只有四十九岁啊!有那么一会儿,我甚至对世界对上帝充满了仇恨和厌恶。后来我在一篇题为"合欢树"的文章中写道:"我坐在小公园安静的树林里,闭上眼睛,想,上帝为什么早早地召母亲回去呢?很久很久,迷迷糊糊的我听见了回答:'她心里太苦了,上帝看她受不住了,就召她回去。'我似乎得了一点安慰,睁开眼睛,看见风正从树林里穿过。"小公园,指的也是地坛。

只是到了这时候,纷纭的往事才在我眼前幻现得清晰,母亲的苦难与伟大才在我心中渗透得深彻。上帝的考虑,也许是对的。

摇着轮椅在园中慢慢走,又是雾罩的清晨,又是骄阳高悬的白昼,我只想着一件事:母亲已经不在了。在老柏树旁停下,在草地上在颓墙边停下,又是处处虫鸣的午后,又是鸟儿归巢的傍晚,我心里只默念着一句话:可是母亲已经不在了。把椅背放倒,躺下,似睡非睡挨到日没,坐起来,心神恍惚,呆呆地直坐到古祭坛上落满黑暗然后再渐渐浮起月光,心里才有点明白,母亲不能再来这园中找我了。

曾有过好多回,我在这园子里待得太久了,母亲就来找我。她来找我又不想让我发觉,只要见我还好好地在这园子里,她就悄悄转身回去,我看见过几次她的背影。我也看见过几回她四处张望的情景,她视力不好,端着眼镜像在寻找海上的一条船,她没看见我时我已经看见她了,待我看见她也看见我了,我就不去看她,过一会我再抬头看她就又看见她缓缓离去的背影。我单是无法知道有多少回她没有找到我。有一回我坐在矮树丛中,树丛很密,我看见她没有找到我;她一个人在园子里走,走过我的身旁,走过我经常待的一些地方,步履茫然又急迫。我不知道她已经找了多久还要找多久,我不知道为什么我决意不喊她——但这绝不是小时候的捉迷藏,这也许是出于长大了的男孩子的倔强或羞涩?但这倔强只留给我痛悔,丝毫也没有骄傲。我真想告诫所有长大了的男孩子,千万不要跟母亲来这套倔强,羞涩就更不必,我已经懂了可我已经来不及了。

儿子想使母亲骄傲,这心情毕竟是太真实了,以致使"想出名"这一声名狼藉的念头也多少改变了一点形象。这是个复杂的问题,且不去管它了罢。随着小说获奖的激动逐日暗淡,我开始相信,我用纸笔在报刊上碰撞开的一条路,并不就是母亲盼望我找到的那条路。年年月月我都到这园子里来,年年月月我都要想,母亲盼望我找到的那条路到底是什么。母亲生前没给我留下过什么隽永的哲言,或要我恪守的教诲,只是在她去世之后,她艰难的命运、坚忍的意志和毫不张扬的爱,随光阴流转,在我的印象中愈加鲜明深刻。

有一年,十月的风又翻动起安详的落叶,我在园中读书,听见两个散步的老人说:"没想到这园子有这么大。"我放下书,想,这么大一座园子,要在其中找到她的儿子,母亲走过了多少焦灼的路。多年来我头一次意识到,这园中不单是处处都有过我的车辙,有过我的车辙的地方也都有过母亲的脚印。

三

如果以一天中的时间来对应四季,当然春天是早晨,夏天是中午,秋天是黄昏,冬天是夜晚。如果以乐器来对应四季,我想春天应该是小号,夏天是定音鼓,秋天是大提琴,冬天是圆号和长笛。要是以这园子里的声响来对应四季呢?那么,春天是祭坛上空漂浮着的鸽子的哨音,夏天是冗长的蝉歌和杨树叶子哗啦啦地对蝉歌的取笑,秋天是古殿檐头的风铃响,冬天是啄木鸟随意而空旷的啄木声。以园中的景物对应四季,春天是一径时而苍白时而黑润的小路,时而明朗时而阴晦的天上摇荡着串串杨花;夏天是一条条耀眼而灼人的石凳,或阴凉而爬满了青苔的石阶,阶下有果皮,阶上有半张被坐皱的报纸;秋天是一座青铜的大钟,在园子的西北角上曾丢弃着一座很大的铜钟,铜钟与这园子一般年纪,浑身挂满绿锈,文字已不清晰;冬天,是林中空地上几只羽毛蓬松的老麻雀。以心绪对应四季呢?春天是卧病的季节,否则人们不易发觉春天的残忍与渴望;夏天,情人们应该在这个季节里失恋,不然就似乎对不起爱情;秋天是从外面买一棵盆花回家的时候,把花搁在阔别了的家中,并且打开窗户把阳光也放进屋里,慢慢回忆慢慢整理一些发过霉的东西;冬天伴着火炉和书,一遍遍坚定不死的决心,写一些并不发出的信。还可以用艺术形式对应四季,这样春天就是一幅画,夏天是一部长篇小说,秋天是一首短歌或诗,冬天是一群雕塑。以梦呢?以梦对应四季呢?春天是树尖上的呼喊,夏天是呼喊中的细雨,秋天是细雨中的土地,冬天是干净的土地上的一只孤零零的烟斗。

因为这园子，我常感恩于自己的命运。

我甚至就能清楚地看见，一旦有一天我不得不长久地离开它，我会怎样想念它，我会怎样想念它并且梦见它，我会怎样因为不敢想念它而梦也梦不到它。

四

现在让我想想，十五年中坚持到这园子来的人都是谁呢？好像只剩了我和一对老人。

十五年前，这对老人还只能算是中年夫妇，我则货真价实还是个青年。他们总是在薄暮时分来园中散步，我不大弄得清他们是从哪边的园门进来，一般来说他们是逆时针绕这园子走。男人个子很高，肩宽腿长，走起路来目不斜视，胯以上直至脖颈挺直不动；他的妻子攀了他一条胳膊走，也不能使他的上身稍有松懈。女人个子却矮，也不算漂亮，我无端地相信她必出身于家道中衰的名门富族；她攀在丈夫胳膊上像个娇弱的孩子，她向四周观望时总含着恐惧，她轻声与丈夫谈话，见有人走近就立刻怯怯地收住话头。我有时因为他们而想起冉阿让与柯赛特，但这想法并不巩固，他们一望即知是老夫老妻。两个人的穿着都算得上考究，但由于时代的演进，他们的服饰又可以称为古朴了。他们和我一样，到这园子里来几乎是风雨无阻，不过他们比我守时。我什么时间都可能来，他们则一定是在暮色初临的时候。刮风时他们穿了米色风衣，下雨时他们打了黑色的雨伞，夏天他们的衬衫是白色的裤子是黑色的或米色的，冬天他们的呢子大衣又都是黑色的，想必他们只喜欢这三种颜色。他们逆时针绕这园子一周，然后离去。他们走过我身旁时只有男人的脚步响,女人像是贴在高大的丈夫身上跟着漂移。我相信他们一定对我有印象,但是我们没有说过话,我们互相都没有想要接近的表示。十五年中,他们或许注意到一个小伙子进入了中年,我则看着一对令人羡慕的中年情侣不觉中成了两个老人。

曾有过一个热爱唱歌的小伙子,他也是每天都到这园中来,来唱歌,唱了好多年,后来不见了。他的年纪与我相仿,他多半是早晨来,唱半小时或整整唱一个上午,估计在另外的时间里他还得上班。我们经常在祭坛东侧的小路上相遇,我知道他是到东南角的高墙下去唱歌,他一定猜想我去东北角的树林里做什么。我找到我的地方,抽几口烟,便听见他谨慎地整理歌喉了。他反反复复唱那么几首歌。"文化大革命"没过去的时候,他唱"蓝蓝的天上白云飘,白云下面马儿跑……"我老也记不住这歌的名字。"文革"后,他唱《货郎与小姐》中那首最为流传的咏叹调。"卖布——卖布嘞,卖布——卖布嘞!"我记得这开头的一句他唱得很有声势,在早晨清澈的空气中,货郎跑遍园中的每一个角落去恭维小姐。"我交了好运气,我交了好运气,我为幸福唱歌曲……"然后他就一遍一遍地唱,不让货郎的激情稍减。依我听来,他的技术不算精到,在关键的地方常出差错,但他的嗓子是相当不错的,而且唱一个上午也听不出一点疲惫。太阳也不疲惫,把大树的影子缩小成一团,把疏忽大意的蚯蚓晒干在小路上。将近中午,我们又在祭坛东侧相遇,他看一看我,我看一看他,他往北去,我往南去。日子久了,我感到我们都有结识的愿望,但似乎都不知如何开口,于是互相注视一下终又都移开目光擦身而过;这样的次数一多,便更不知如何开口了。终于有一天——一个丝毫没有特点的日子,我们互相点了一下头。他说:"你好。"我说:"你好。"他说:"回去啦?"我说:"是,你呢?"他说:"我也该回去了。"我们都放慢脚步(其实我是放慢车速),想再多说几句,但仍然是不知从何说起,这样我们就都走过了对方,又都扭转身子面向对方。他说:"那就再见吧。"我说:"好,再见。"便互相笑笑各走各的路了。但是我们没有再见,那以后,园中再没了他的歌声,我才想到,那天他或许是有意与我道别的,也许他考上了哪家专业文工团或歌舞团了吧?真希望他如他歌里所唱的那样,交了好运气。

还有一些人,我还能想起一些常到这园子里来的人。有一个老头,算得一个真正的饮者;他在腰间挂一个扁瓷瓶,瓶里当然装满了酒,常来这园中消磨午后的时光。他在园中四处游逛,如果你不注意你会以为园中有好几个这样的老头,等你看过了他卓尔不群的饮酒情状,你就会相信这是个独一无二的老头。他的衣着过分随便,走路的姿态也不慎重,走上五六十米路便选定一处地方,一只脚踏在石凳上或土埂上或树墩上,解下腰间的酒瓶,解酒瓶的当儿眯起眼睛把一百八十度视角内的景物细细看一遭,然后以迅雷不及掩耳之势倒一大口酒入肚,把酒瓶摇一摇再挂向腰间,平心静气地想一会什么,便走下一个五六十米去。还有一个捕鸟的汉子,那岁月园中人少,鸟却多,他在西北角的树丛中拉一张网,鸟撞在上面,羽毛戗在网眼里便不能自拔。他单等一种过去很多而现在非常罕见的鸟,其他的鸟撞在网上他就把它们摘下来放掉,他说已经有好多年没等到那种罕见的鸟,他说他再等一年看看到底还有没有那种鸟,结果他又等了好多年。早晨和傍晚,在这园子里可以看见一个中年女工程师:早晨她从北向南穿过这园子去上班，傍晚她从南向北穿过这园子回家。事实上我并不了解她的职业或者学历，但我以为她必是学理工的知识分子，别样的人很难有她那般的素朴并优雅。当她在园子穿行的时刻，四周的树林也仿佛更加幽静，清淡的日光中竟似有悠远的琴声，比如说是那曲《献给艾丽丝》才好。我没有见过她的丈夫，没有见过那个幸运的男人是什么样子，我想象过却想象不出，后来忽然懂了想象不出才好，那个男人最好不要出现。她走出北门回家去，我竟有点担心，担心她会落入厨房，不过，也许她在厨房里劳作的情景更有另外的美吧，当然不能再是《献给艾丽丝》，是个什么曲子呢？还有一个人，是我的朋友，他是个最有天赋的长跑家，但他被埋没了。他因为在"文革"中出言不慎而坐了几年牢，出来后好不容易找了个拉板车的工作，样样待遇都不能与别人平等，苦闷极了便练习长跑。那时他总来这园子里跑，我用手表为他计时。他每跑一圈向我招下手，我就记下一个时间。每次他要环绕这园子跑二十圈，大约两万米。他盼望以他的长跑成绩来获得政治上真正的解放，他以为记者的镜头和文字可以帮他做到这一点。第一年他在春节环城赛上跑了第十五名，他看见前十名的照片都挂在了长安街的新闻橱窗里，于是有了信心。第二年他跑了第四名，可是新闻橱窗里只挂了前三名的照片，他没灰心。第三年他跑了第七名、橱窗里挂前六名的照片，他有点怨自己。第四年他跑了第三名，橱窗里却只挂了第一名的照片。第五年他跑了第一名——他几乎绝望了，橱窗里只有一幅环城赛群众场面的照片。那些年我们俩常一起在这园子里待到天黑，开怀痛骂，骂完沉默着回家，分手时再互相叮嘱：先别去死，再试着活一活看。他已经不跑了，年岁太大了，跑不了那么快了。最后一次参加环城赛,他以三十八岁之龄又得了第一名并破了纪录,有一位专业队的教练对他说:"我要是十年前发现你就好了。"他苦笑一下什么也没说,只在傍晚又来这园中找到我,把这事平静地向我叙说一遍。不见他已有好几年了,他和妻子和儿子住在很远的地方。

这些人都不到园子里来了,园子里差不多完全换了一批新人。十五年前的旧人,就剩我和那对老夫老妻了。有那么一段时间,这老夫老妻中的一个也忽然不来,薄暮时分唯男人独自来散步,步态也明显迟缓了许多,我悬心了很久,怕是那女人出了什么事。幸好过了一个冬天那女人又来了,两个人仍是逆时针绕着园子走,一长一短两个身影恰似钟表的两支指针;女人的头发白了许多,但依旧攀着丈夫的胳膊走得像个孩子。"攀"这个字用得不恰当了,或许可以用"搀"吧,不知有没有兼具这两个意思的字。

五

我也没有忘记一个孩子——一个漂亮而不幸的小姑娘。十五年前的那个下午,我第一次到这园子里来就看见了她,那时她大约三岁,蹲在斋宫西边的小路上捡树上掉落的"小灯笼"。那儿有几棵大栾树,春天开一簇簇细小而稠密的黄花,花落了便结出无数如同三片叶子合抱的小灯笼,小灯笼先是绿色,继而转白,再变黄,成熟了掉落得满地都是。小灯笼精巧得令人爱惜,成年人也不免捡了一个还要捡一个。小姑娘咿咿呀呀地跟自己说着话,一边捡小灯笼;她的嗓音很好,不是她那个年龄所常有的那般尖细，而是很圆润甚或是厚重，也许是因为那个下午园子里太安静了。我奇怪这么小的孩子怎么一个人跑来这园子里？我问她住在哪儿？她随便指一下，就喊她的哥哥，沿墙根一带的茂草之中便站起一个七八岁的男孩，朝我望望，看我不像坏人便对他的妹妹说："我在这儿呢"，又伏下身去，他在捉什么虫子。他捉到螳螂、蚂蚱、知了和蜻蜓，来取悦他的妹妹。有那么两三年，我经常在那几棵大栾树下见到他们，兄妹俩总是在一起玩，玩得和睦融洽，都渐渐长大了些。之后有很多年没见到他们。我想他们都在学校里吧，小姑娘也到了上学的年龄，必是告别了孩提时光，没有很多机会来这儿玩了。这事很正常，没理由太搁在心上，若不是有一年我又在园中见到他们，肯定就会慢慢把他们忘记。

那是个礼拜日的上午。那是个晴朗而令人心碎的上午，时隔多年，我竟发现那个漂亮的小姑娘原来是个弱智的孩子。我摇着车到那几棵大栾树下去，恰又是遍地落满了小灯笼的季节；当时我正为一篇小说的结尾所苦，既不知为什么要给它那样一个结尾，又不知何以忽然不想让它有那样一个结尾，于是从家里跑出来，想依靠着园中的镇静，看看是否应该把那篇小说放弃。我刚刚把车停下，就见前面不远处有几个人在戏耍一个少女，做出怪样子来吓她，又喊又笑地追逐她拦截她，少女在几棵大树间惊惶地东跑西躲，却不松手揪卷在怀里的裙裾，两条腿袒露着也似毫无察觉。我看出少女的智力是有些缺陷，却还没看出她是谁。我正要驱车上前为少女解围，就见远处飞快地骑车来了个小伙子，于是那几个戏耍少女的家伙望风而逃。小伙子把自行车支在少女近旁，怒目望着那几个四散逃窜的家伙，一声不吭喘着粗气，脸色如暴雨前的天空一样一会比一会苍白。这时我认出了他们，小伙子和少女就是当年那对小兄妹。我几乎是在心里惊叫了一声，或者是哀号。世上的事常常使上帝的居心变得可疑。小伙子向他的妹妹走去。少女松开了手，裙裾随之垂落了下来，很多很多她捡的小灯笼便洒落了一地，铺散在她脚下。她仍然算得漂亮，但双眸迟滞没有光彩。她呆呆地望那群跑散的家伙，望着极目之处的空寂，凭她的智力绝不可能把这个世界想明白吧？大树下，破碎的阳光星星点点，风把遍地的小灯笼吹得滚动，仿佛喑哑地响着无数小铃铛。哥哥把妹妹扶上自行车后座，带着她无言地回家去了。

无言是对的。要是上帝把漂亮和弱智这两样东西都给了这个小姑娘，就只有无言和回家去是对的。

谁又能把这世界想个明白呢？世上的很多事是不堪说的。你可以抱怨上帝何以要降诸多苦难给这人间，你也可以为消灭种种苦难而奋斗，并为此享有崇高与骄傲，但只要你再多想一步你就会坠入深深的迷茫了：假如世界上没有了苦难，世界还能够存在么？要是没有愚钝，机智还有什么光荣呢？要是没了丑陋，漂亮又怎么维系自己的幸运？要是没有了恶劣和卑下，善良与高尚又将如何界定自己又如何成为美德呢？要是没有了残疾，健全会否因其司空见惯而变得腻烦和乏味呢？我常梦想着在人间彻底消灭残疾，但可以相信，那时将由患病者代替残疾人去承担同样的苦难。如果能够把疾病也全数消灭，那么这份苦难又将由（比如说）相貌丑陋的人去承担了。就算我们连丑陋，连愚昧和卑鄙和一切我们所不喜欢的事物和行为，也都可以统统消灭掉，所有的人都一样健康、漂亮、聪慧、高尚，结果会怎样呢？怕是人间的剧目就全要收场了,一个失去差别的世界将是一条死水,是一块没有感觉没有肥力的沙漠。

看来差别永远是要有的。看来就只好接受苦难——人类的全部剧目需要它,存在的本身需要它。看来上帝又一次对了。

于是就有一个最令人绝望的结论等在这里:由谁去充任那些苦难的角色?又有谁去体现这世间的幸福、骄傲和快乐?只好听凭偶然,是没有道理好讲的。

就命运而言,休论公道。

那么,一切不幸命运的救赎之路在哪里呢?

设若智慧的悟性可以引领我们去找到救赎之路,难道所有的人都能够获得这样的智慧和悟性吗?

我常以为是丑女造就了美人。我常以为是愚氓举出了智者。我常以为是懦夫衬照了英雄。我常以为是众生度化了佛祖。

六

设若有一位园神,他一定早已注意到了,这么多年我在这园里坐着,有时候是轻松快乐的,有时候是沉郁苦闷的,有时候优哉游哉,有时候恓惶落寞,有时候平静而且自信,有时候又软弱,又迷茫。其实总共只有三个问题交替着来骚扰我,来陪伴我。第一个是要不要去死?第二个是为什么活?第三个,我干吗要写作?

让我看看,它们迄今都是怎样编织在一起的吧。

你说,你看穿了死是一件无须乎着急去做的事,是一件无论怎样耽搁也不会错过的事,便决定活下去试试?是的,至少这是很关键的因素。为什么要活下去试试呢?好像仅仅是因为不甘心,机会难得,不试白不试,腿反正是完了,一切仿佛都要完了,但死神很守信用,试一试不会额外再有什么损失。说不定倒有额外的好处呢是不是?我说过,这一来我轻松多了,自由多了。为什么要写作呢?作家是两个被人看重的字,这谁都知道。为了让那个躲在园子深处坐轮椅的人,有朝一日在别人眼里也稍微有点光彩,在众人眼里也能有个位置,哪怕那时再去死呢也就多少说得过去了,开始的时候就是这样想,这不用保密,这些不用保密了。

  我带着本子和笔,到园中找一个最不为人打扰的角落,偷偷地写。那个爱唱歌的小伙子在不远的地方一直唱。要是有人走过来,我就把本子合上把笔叼在嘴里。我怕写不成反落得尴尬。我很要面子。可是你写成了,而且发表了。人家说我写得还不坏,他们甚至说:真没想到你写得这么好。我心说你们没想到的事还多着呢。我确实有整整一宿高兴得没合眼。我很想让那个唱歌的小伙子知道,因为他的歌也毕竟是唱得不错。我告诉我的长跑家朋友的时候,那个中年女工程师正优雅地在园中穿行;长跑家很激动,他说好吧,我玩命跑,你玩命写。这一来你中了魔了,整天都在想哪一件事可以写,哪一个人可以让你写成小说。是中了魔了,我走到哪儿想到哪儿,在人山人海里只寻找小说,要是有一种小说试剂就好了,见人就滴两滴看他是不是一篇小说,要是有一种小说显影液就好了,把它泼满全世界看看都是哪儿有小说,中了魔了,那时我完全是为了写作活着。结果你又发表了几篇,并且出了一点小名,可这时你越来越感到恐慌。我忽然觉得自己活得像个人质,刚刚有点像个人了却又过了头,像个人质,被一个什么阴谋抓了来当人质,不定哪天被处决,不定哪天就完蛋。你担心要不了多久你就会文思枯竭,那样你就又完了。凭什么我总能写出小说来呢?凭什么那些适合作小说的生活素材就总能送到一个截瘫者跟前来呢?人家满世界跑都有枯竭的危险,而我坐在这园子里凭什么可以一篇接一篇地写呢?你又想到死了。我想见好就收吧。当一名人质实在是太累了太紧张了,太朝不保夕了。我为写作而活下来,要是写作到底不是我应该干的事,我想我再活下去是不是太冒傻气了?你这么想着你却还在绞尽脑汁地想写。我好歹又拧出点水来,从一条快要晒干的毛巾上。恐慌日甚一日,随时可能完蛋的感觉比完蛋本身可怕多了,所谓不怕贼偷就怕贼惦记,我想人不如死了好,不如不出生的好,不如压根儿没有这个世界的好。可你并没有去死。我又想到那是一件不必着急的事。可是不必着急的事并不证明是一件必要拖延的事呀?你总是决定活下来,这说明什么?是的,我还是想活。人为什么活着?因为人想活着,说到底是这么回事,人真正的名字叫作:欲望。可我不怕死,有时候我真的不怕死。有时候,——说对了。不怕死和想去死是两回事,有时候不怕死的人是有的,一生下来就不怕死的人是没有的。我有时候倒是怕活。可是怕活不等于不想活呀?可我为什么还想活呢?因为你还想得到点什么,你觉得你还是可以得到点什么的,比如说爱情,比如说,价值之类,人真正的名字叫欲望。这不对吗?我不该得到点什么吗?没说不该。可我为什么活得恐慌,就像个人质?后来你明白了,你明白你错了,活着不是为了写作,而写作是为了活着。你明白了这一点是在一个挺滑稽的时刻。那天你又说你不如死了好,你的一个朋友劝你:你不能死,你还得写呢,还有好多好作品等着你去写呢。这时候你忽然明白了，你说：只是因为我活着，我才不得不写作。或者说只是因为你还想活下去，你才不得不写作。是的，这样说过之后我竟然不那么恐慌了。就像你看穿了死之后所得的那份轻松。一个人质报复一场阴谋的最有效的办法是把自己杀死。我看出我得先把我杀死在市场上，那样我就不用参加抢购题材的风潮了。你还写吗？还写。你真的不得不写吗？人都忍不住要为生存找一些牢靠的理由。你不担心你会枯竭了？我不知道，不过我想，活着的问题在死前是完不了的。这下好了，您不再恐慌了不再是个人质了，您自由了。算了吧你，我怎么可能自由呢？别忘了人真正的名字是：欲望。所以您得知道，消灭恐慌的最有效的办法就是消灭欲望。可是我还知道，消灭人性的最有效的办法也是消灭欲望。那么，是消灭欲望同时也消灭恐慌呢？还是保留欲望同时也保留人生？我在这园子里坐着，我听见园神告诉我，每一个有激情的演员都难免是一个人质。每一个懂得欣赏的观众都巧妙地粉碎了一场阴谋。每一个乏味的演员都是因为他老以为这戏剧与自己无关。每一个倒霉的观众都是因为他总是坐得离舞台太近了。我在这园子里坐着，园神成年累月地对我说：孩子，这不是别的，这是你的罪孽和福祉。

七

　　要是有些事我没说，地坛，你别以为是我忘了，我什么也没忘，但是有些事只适合收藏。不能说，也不能想，却又不能忘。它们不能变成语言，它们无法变成语言，一旦变成语言就不再是它们了。它们是一片朦胧的温馨与寂寥，是一片成熟的希望与绝望,它们的领地只有两处:心与坟墓。比如说邮票,有些是用于寄信的,有些仅仅是为了收藏。

如今我摇着车在这园子里慢慢走,常常有一种感觉,觉得我一个人跑出来已经玩得太久了。有一天我整理我的旧相册,一张十几年前我在这园子里照的照片——那个年轻人坐在轮椅上,背后是一棵老柏树,再远处就是那座古祭坛。我便到园子里去找那棵树。我按着照片上的背景找很快就找到了它,按着照片上它枝干的形状找,肯定那就是它。但是它已经死了,而且在它身上缠绕着一条碗口粗的藤萝。有一天我在这园子碰见一个老太太,她说:"哟,你还在这儿哪?"她问我:"你母亲还好吗?""您是谁?""你不记得我,我可记得你。有一回你母亲来这儿找你,她问我您看没看见一个摇轮椅的孩子?……"我忽然觉得,我一个人跑到这世界上来真是玩得太久了。有一天夜晚,我独自坐在祭坛边的路灯下看书,忽然从那漆黑的祭坛里传出一阵阵唢呐声;四周都是参天古树,方形祭坛占地几百平方米空旷坦荡独对苍天,我看不见那个吹唢呐的人,唯唢呐声在星光寥寥的夜空里低吟高唱,时而悲怆时而欢快,时而缠绵时而苍凉,或许这几个词都不足以形容它,我清清醒醒地听出它响在过去,回旋飘转亘古不散。

必有一天,我会听见喊我回去。

那时您可以想象一个孩子,他玩累了可他还没玩够呢。心里好些新奇的念头甚至等不及到明天。也可以想象是一个老人,无可置疑地走向他的安息地,走得任劳任怨。还可以想象一对热恋中的情人,互相一次次说"我一刻也不想离开你",又互相一次次说"时间已经不早了",时间不早了可我一刻也不想离开你,一刻也不想离开你可时间毕竟是不早了。

我说不好我想不想回去。我说不好是想还是不想，还是无所谓。我说不好我是像那个孩子，还是像那个老人，还是像一个热恋中的情人。很可能是这样：我同时是他们三个。我来的时候是个孩子，他有那么多孩子气的念头所以才哭着喊着闹着要来，他一来一见到这个世界便立刻成了不要命的情人，而对一个情人来说，不管多么漫长的时光也是稍纵即逝，那时他便明白，每一步每一步，其实一步步都是走在回去的路上。当牵牛花初开的时节，葬礼的号角就已吹响。

但是太阳，他每时每刻都是夕阳也都是旭日。当他熄灭着走下山去收尽苍凉残照之际，正是他在另一面燃烧着爬上山巅布散烈烈朝晖之时。有一天，我也将沉静着走下山去，扶着我的拐杖。那一天，在某一处山洼里，势必会跑上来一个欢蹦的孩子，抱着他的玩具。

当然，那不是我。

但是，那不是我吗？

宇宙以其不息的欲望将一个歌舞炼为永恒。这欲望有怎样一个人间的姓名，大可忽略不计。

名家点评

对当代文艺和当代人生都感到腻味的朋友不妨来读一读史铁生的《我与地坛》，他会告诉你许多许多。作者在历尽苦难折磨之后突然进入了一个明朗的境界，用一种拷问的方式面对自己的心灵，几乎在绝境中找到了存在的理由与存在的可贵。

——毛时安

史铁生的《我与地坛》的诞生,才标志着中国有了真正的"复调散文"。《我与地坛》仿佛是一个乐队的集体创作,每个音符、每种乐器都在努力张扬自己的见解,竭力显示自己的意识:受苦、悲悯、惶恐、不安、宁静、绝望、原罪以及道德和宗教的探索。

——余 杰

我以为 1991 年的小说即使只有他一篇《我与地坛》,也完全可以说是丰年。

——韩少功

铁生对生命的解读,对宗教精神的阐释,对文学和自然的感悟,构成了真正的哲学。他幻想脚踩在软软的草地上的感觉,踢一颗路边的石子的感觉。

——贾平凹

道士塔

余秋雨

作品导读

"莫高窟可以傲视异邦古迹的地方,就在于它是一千多年的层层累聚。"

"它成了一个民族心底一种彩色的梦幻,一种圣洁的沉淀,一种永久的向往。"

不幸的是,机缘巧合让一个无知的人当了莫高窟的家,把持着中国古代最灿烂的文化。无知之于文明犹火之于油;同样如果博学成了掠夺者的帮凶,也会给文明带来灾难。一段文明如不能使其保全,倒不如让它沉寂着。

我们这个古老的民族在岁月的长河中留下了太多尚在滴血的伤口,如何让悠久的文明不再破碎,让我们在敦煌藏经洞前沉思,在道士塔前牢牢地记着王圆箓们、斯坦因们、蒋孝琬们给中华文明带来的悲剧。

关于作者

余秋雨,1946年出生于浙江省余姚市桥头镇,当代著名艺术理论家、文化史学者、散文家。主要著作有散文集《文化苦旅》《山居笔记》《霜冷长河》《千年一叹》《行者无疆》等,长篇记忆文学《借我一生》《我等不到了》等,学术专著《戏剧理论史稿》《戏剧审美心理学》《中国戏剧文化史述》《艺术创造工程》等。

一

莫高窟门外,有一条河。过河有一片空地,高高低低建着几座僧人圆寂塔。塔呈圆形,状近葫芦,外敷白色。我去时,有几座已经坍弛,还没有修复。只见塔心是一个个木桩,塔身全是黄土,垒在青砖基座上。夕阳西下,朔风凛冽,整个塔群十分凄凉。

有一座塔显得比较完整,大概是修建年代比较近吧。好在塔身有碑,移步一读,猛然一惊:它的主人,竟然就是那个王圆箓!

再小的个子,也能给沙漠留下长长的身影;再小的人物,也能让历史吐出重重的叹息。王圆箓既是小个子,又是小人物。我见过他的照片,穿着土布棉衣,目光呆滞,畏畏缩缩,是那个时代随处可以见到的一个中国平民。他原是湖北麻城的农民,在甘肃当过兵,后来为了谋生做了道士。几经转折,当了敦煌莫高窟的家。

莫高窟以佛教文化为主,怎么会让一个道士来当家?中国的民间信仰本来就是羼杂互溶的,王圆箓几乎是个文盲,对道教并不专精,对佛教也不抵拒,却会主持宗教仪式,又会化缘募款,由他来管管这一片冷窟荒庙,也算正常。

但是,世间很多看起来很正常的现象常常掩盖着一个可怕的黑洞。莫高窟的惊人蕴藏,使王圆箓这个守护者与守护对象之间产生了文化等级上的巨大落差。这个落差,就是黑洞。

我曾读到潘絜兹先生和其他敦煌学专家写的一些书,其中记述了王道士的日常生活。他经常出去化缘,得到一些钱后,就找来一些很不高明的当地工匠,先用草刷蘸上石灰把精美的古代壁画刷去,再抡起铁锤把塑像打毁,用泥巴堆起灵官之类,因为他是道士。但他又想到这里毕竟是佛教场所,于是再让那些工匠用石灰把下寺的墙壁刷白,绘上唐代玄奘到西天取经的故事。他四处打量,觉得一个个洞窟太憋气了,便要工匠们把它们打通。大片的壁画很快灰飞烟灭,成了走道。做完这些事,他又去化缘,准备继续刷,继续砸,继续堆,继续画。

这些记述的语气都很平静,但我每次读到,脑海里也总像被刷了石灰一般,一片惨白。我几乎不会言动,眼前一直晃动着那些草刷和铁锤。

"住手!"我在心底呼喊,只见王道士转过脸来,满眼困惑不解。我甚至想低声下气地恳求他:"请等一等,等一等……"但是等什么呢?我脑中依然一片惨白。

二

一九〇〇年六月二十二日(农历五月二十六日),王道士从一个姓杨的帮工那里得知,一处洞窟的墙壁里面好像是空的,里边可能还隐藏着一个洞穴。两人挖开一看,嗬,果然一个满满实实的藏经洞!

王道士完全不明白,此刻,他打开了一扇轰动世界的门户。一门永久性的学问,将靠着这个洞穴建立。无数才华横溢的学者,将为这个洞穴耗尽终生。而且,从这一天开始,他的实际地位已经直蹿而上,比世界上很多著名博物馆馆长还高。但是,他不知道,他不可能知道。

他随手拿了几个经卷到知县那里鉴定，知县又拿给其他官员看。官员中有些人知道一点轻重，建议运到省城，却又心疼运费，便要求原地封存。在这个过程中，消息已经传开，有些经卷已经流出，引起了在新疆的一些外国人士的注意。

当时，英国、德国、法国、俄国等列强，正在中国的西北地区进行着一场考古探险的大拼搏。这个态势，与它们瓜分整个中国的企图紧紧相连。因此，我们应该稍稍离开莫高窟一会儿，看一看全局。

就在王道士发现藏经洞的前几天，在北京，英、德、法、俄、美等外交使团又一次集体向清政府递交照会，要求严惩义和团。恰恰在王道士发现藏经洞的当天，列强决定联合出兵——这就是后来攻陷北京，迫使朝廷外逃，最终又迫使中国赔偿四亿五千万两白银的"八国联军"。

时间，怎么会这么巧？

好像是北京东交民巷外国使馆里的一个决定，立即刺痛了一个庞大机体的神经系统。于是，西北沙漠中一个洞穴的门，霎时打开了。

更巧的是，仅仅在几个月前，甲骨文也被发现了。

我想，藏经洞与甲骨文一样，最能体现一个民族的文化自信。因此，必须猛然出现在这个民族即将失去自信的时刻。

即使是巧合，也是一种伟大的巧合。

遗憾的是，中国学者不能像解读甲骨文一样解读藏经洞了，因为那里的经卷已被悄悄转移。

三

产生这个结果,是因为莫高窟里三个男人的见面。

第一个就是"主人"王圆箓,不多说了。

第二个是匈牙利人斯坦因,刚加入英国籍不久,此时受印度政府和大英博物馆指派,到中国的西北地区考古。他博学、刻苦、机敏、能干,其考古专业水准堪称世界一流,却又具有一个殖民主义者的文化傲慢。他精通七八种语言,却不懂中文,因此引出了第三个人——翻译蒋孝琬。

蒋孝琬长得清瘦文弱,湖南湘阴人。这个人是中国 19 世纪后期出现的买办群体中的一个。这个群体在沟通两种文明的过程中常常备受心灵煎熬,又两面不讨好。我一直建议艺术家们在表现中国近代题材的时候不要放过这种桥梁式的悲剧性典范。但是,蒋孝琬好像是这个群体中的异类,他几乎没有感受任何心灵煎熬。

斯坦因到达新疆喀什时,发现聚集在那里的外国考古学家们有一个共识,就是千万不要与中国学者合作。理由是,中国学者一到关键时刻,例如,在关及文物所有权的当口上,总会在心底产生"华夷之防"的敏感,给外国人带来种种阻碍。但是,蒋孝琬完全不是这样,那些外国人告诉斯坦因:"你只要带上了他,敦煌的事情一定成功。"

事实果然如此。从喀什到敦煌的漫长路途上,蒋孝琬一直在给斯坦因讲述中国官场和中国民间的行事方式,使斯坦因觉得比再读几个学位更重要。到了莫高窟,所有联络、刺探、劝说王圆箓的事,都是蒋孝琬在做。

王圆箓从一开始，就对斯坦因抱着一种警惕、躲闪、拒绝的态度。蒋孝琬蒙骗他说，斯坦因从印度过来，是要把当年玄奘取来的经送回原处去，为此还愿意付一些钱。

王圆箓像很多中国平民一样，对《西游记》里的西天取经故事既熟悉又崇拜，听蒋孝琬绘声绘色地一说，又看到斯坦因神情庄严地一次次焚香拜佛，竟然心有所动。因此，当蒋孝琬提出要先"借"几个"样本"看看，王圆箓虽然迟疑、含糊了很久，但终于还是塞给他几个经卷。

于是，又是蒋孝琬，连夜挑灯研读那几个经卷。他发现，那正巧是玄奘取来的经卷的译本。这几个经卷，明明是王圆箓随手取的，居然果真与玄奘有关。王圆箓激动地看着自己的手指，似乎听到了佛的旨意。洞穴的门，向斯坦因打开了。

当然，此后在经卷堆里逐页翻阅选择的，也是蒋孝琬，因为斯坦因本人不懂中文。

蒋孝琬在那些日日夜夜所做的事，也可以说成是一种重要的文化破读，因为这毕竟是千年文物与能够读懂它的人的第一次隆重相遇。而且，事实证明，蒋孝琬对中国传统文化有着广博的知识、不浅的根底。

那些寒冷的沙漠之夜，斯坦因和王圆箓都睡了，只有他在忙着。睡着的两方都不懂得这一堆堆纸页上的内容，只有他懂得，由他做出取舍裁断。

就这样，一场天下最不公平的"买卖"开始了。斯坦因用极少的钱，换取了中华文明长达好几个世纪的大量文物。而且由此形成惯例，各国冒险家们纷至沓来，满载而去。

有一天王圆箓觉得斯坦因实在要得太多了,就把部分挑出的文物又搬回到藏经洞。斯坦因要蒋孝琬去谈判,用四十块马蹄银换回那些文物。蒋孝琬谈判的结果,居然只花了四块就解决了问题。斯坦因立即赞扬他,说这是又一场"中英外交谈判"的胜利。

蒋孝琬一听,十分得意。我对他的这种得意有点厌恶。因为他应该知道,自从鸦片战争以来,所谓的"中英外交谈判"意味着什么。我并不奢望在他心底会对当时已经极其可怜的父母之邦产生一点点惭愧,而只是想,这种桥梁式的人物如果把一方河岸完全扒塌了,他们以后还能干什么?

由此我想,对那些日子莫高窟里的三个男人,我们还应该多看几眼。前面两个一直遭世人非议,而最后一个总是被轻轻放过。

比蒋孝琬更让我吃惊的是,近年来中国文化界有一些评论者一再宣称,斯坦因以考古学家的身份取走敦煌藏经洞的文物并没有错,是正大光明的事业,而像我这样耿耿于怀,却是"狭隘的民族主义"。

是"正大光明"吗?请看斯坦因自己的回忆:

> 深夜我听到了细微的脚步声,那是蒋在侦察,看是否有人在我的帐篷周围出现。一会儿他扛了一个大包回来,那里装有我今天白天挑出的一切东西。王道士鼓足勇气同意了我的请求,但条件很严格,除了我们三个外,不得让任何人得知这笔交易,哪怕是丝毫暗示。

从这种神态动作,你还看不出他们在做什么吗?

四

斯坦因终于取得了九千多个经卷、五百多幅绘画,打包装箱就整整花了七天时间。最后打成了二十九个大木箱,原先带来的那些骆驼和马匹不够用了,又雇来了五辆大车,每辆都拴上三匹马来拉。

那是一个黄昏,车队启动了。王圆箓站在路边,恭敬相送。斯坦因"购买"这二十九个大木箱的稀世文物,所支付给王圆箓的全部价钱,我一直不忍心写出来,此刻却不能不说一说了。那就是,三十英镑!但是,这点钱对王圆箓来说,毕竟比他平时到荒村野郊去化缘来的,多得多了。因此,他认为这位"斯大人"是"布施者"。

斯坦因向他招过手,抬起头来看看天色。

一位年轻诗人写道,斯坦因看到的,是凄艳的晚霞。那里,一个古老民族的伤口在流血。

我又想到了另一位年轻诗人的诗——他叫李晓桦,诗是写给下令火烧圆明园的额尔金勋爵的:

> 我好恨
> 恨我没早生一个世纪
> 使我能与你对视着站立在
> 阴森幽暗的古堡
> 晨光微露的旷野
> 要么我拾起你扔下的白手套
> 要么你接住我甩过去的剑
> 要么你我各乘一匹战马

远远离开遮天的帅旗

离开如云的战阵

决胜负于城下

对于斯坦因这些学者,这些诗句也许太硬。但是,除了这种办法,还有什么方式能阻拦他们呢?

我可以不带剑,也不骑马,只是伸出双手做出阻拦的动作,站在沙漠中间,站在他们车队的正对面。

满脸堆笑地走上前来的,一定是蒋孝琬。我扭头不理他,只是直视着斯坦因,要与他辩论。

我要告诉他,把世间文物统统拔离原生的土地,运到地球的另一端收藏展览,是文物和土地的双向失落、两败俱伤。我还要告诉他,借口别人管不好家产而占为己有,是一种与军事掠夺没有什么区别的文化掠夺……

我相信,也会有一种可能,尽管概率微乎其微,我的激情和逻辑终于压倒了斯坦因,于是车队果真被我拦了下来。

那么,接下来该怎么办呢?当然应该送交京城。但当时,藏经洞文物不是也有一批送京的吗?其情景是,没有木箱,只用席子捆扎,沿途官员缙绅伸手进去就取走一把。有些官员还把大车赶进自己的院子里精挑细选,择优盗取。盗取后又怕到京后点数不符,便把长卷撕成几个短卷来凑数搪塞。

当然,更大的麻烦是,那时的中国处处军阀混战,北京更是乱成一团。在兵丁和难民的洪流中,谁也不知道脚下的土地明天将会插上哪家的军旗。几辆装载古代经卷的车,怎么才能通过?怎样才能到达?

那么,不如叫住斯坦因,还是让他拉到伦敦的博物馆里去吧。但我当然不会这么做。我知道斯坦因看出了我的难处,因为我发现,被迫留下了车队而离去的他,正一次次回头看我。

我假装没有看见,只用眼角余光默送他和蒋孝琬慢慢远去,终于消失在黛褐色的山丘后面。然后,我再回过身来。

长长一排车队,全都停在苍茫夜色里,由我掌管。但是,明天该去何方?

这里也难,那里也难,我左思右想,最后只能跪倒在沙漠里,大哭一场。

哭声,像一匹受伤的狼在黑夜嗥叫。

五

一九四三年十月二十六日,八十二岁的斯坦因在阿富汗的喀布尔去世。

此时是中国抗日战争进行得最艰苦的日子。中国,又一次在生死关头被世人认知,也被自己认知。

在斯坦因去世的那一天,伦敦举行"中国日"活动。博物馆里的敦煌文物又一次引起热烈关注。

在斯坦因去世的同一天,中国历史学会在重庆成立。

我知道处于弥留之际的斯坦因不可能听到这两个消息。

有一件小事让我略感奇怪,那就是斯坦因的墓碑铭文:

马尔克·奥莱尔·斯坦因
印度考古调查局成员

学者、探险家兼作家

　　通过极为困难的印度、中国新疆、波斯、伊拉克之行，扩展了知识领域

　　他平生带给西方世界最大的轰动是敦煌藏经洞，为什么在墓碑铭文里故意回避了，只提"中国新疆"？敦煌并不在新疆，而是在甘肃。

　　我约略知道此间原因。那就是，他在莫高窟的所作所为，已经受到文明世界越来越严厉的谴责。

　　阿富汗的喀布尔，是斯坦因非常陌生的地方。整整四十年他一直想进去而未被允许，刚被允许进入，却什么也没有看到就离开了人世。

　　他被安葬在喀布尔郊区的一个外国基督教徒公墓里，但他的灵魂又怎么能安定下来？直到今天，这里还备受着贫困、战乱和宗教极端主义的包围。而且，蔓延四周的宗教极端主义，正好与他信奉的宗教完全对立。小小的墓园，是那样孤独、荒凉和脆弱。

　　我想，他的灵魂最渴望的，是找一个黄昏，一个与他赶着车队离开时一样的黄昏，再潜回敦煌去看看。

　　如果真有这么一个黄昏，那么，他见了那座道士塔，会与王圆箓说什么呢？

　　我想，王圆箓不会向他抱怨什么，却会在他面前稍稍显得有点趾高气扬。因为道士塔前，天天游人如潮，虽然谁也没有投来过尊重的目光；而斯坦因的墓地前，永远阒寂无人。

　　至于另一个男人，那个蒋孝琬的坟墓在哪里，我就完全不知道了。有知道的朋友，能告诉我吗？

# 名家点评

余秋雨能从书中见到活的山水楼台、活的历史人物；又能从山水楼台历史人物之中，见到一整幅的活的书。秋雨先生无疑又是"能感之"兼"能写之"的人。无数的人文胜地，我们一般都去过；许多文史典故，我们大都也知道，可是我们却还未能如秋雨先生那样胸藏丘壑，兴寄烟霞，横七纵八，拈来皆成妙文。尤为难能可贵的是，他这样的将自家真实生命敞开来，去贴近文化的大生命，去倾听历史或沉重或细微的足音。唯其如此，他笔下的草木山川、庙宇楼台、飞鸿雪泥，总是关情，与人呼息相通，远胜于那些味同嚼蜡、质木无文、描眉毛画眼睛的文化史著作。从这个意义上，我们可以并不夸张地说，讲中国文化，需要有秋雨先生的这一支笔。他令人耳目一新地探入了中国文化的深处。这样的书，不是太多，而是太少。

——胡晓明

余秋雨的成就是多方面的，巨大的，一言难尽……他的散文是货真价实的大散文话语。"五四"以来，中国现代散文除了极少数屈指可数的篇章以外，还没有他这样的熔思想、智慧、情感为一炉的大容量和大深度的话语。如果用学术语言来表达，可以说，他在当代散文史上的功绩，是从审美的此岸架设了一座通向审智的桥梁，是独一无二的……他的散文的价值，随着时间的推移，只会越来越大。

——孙绍振

比梁实秋、钱钟书晚出三十多年的余秋雨，把知性融入感性，举重若轻，衣袂飘然走过他的《文化苦旅》。

——余光中

对一朵花微笑

刘亮程

 作品导读

　　一沙一世界，一花一天堂。

　　疲惫的你有没有在一个轻雾尚未散去、露珠凝于叶尖的早晨，或于天高云淡、日暖风轻的午后，或于斜阳醉红、倦鸟归巢的黄昏，徜徉于林间，漫步于芳草之上，敞开心扉依偎在自然的怀抱？

　　自然是人类的老师，它在慷慨地愉悦我们感官的同时，也会给我们以精神的启迪。"惟江上之清风，与山间之明月，耳得之而为声，目遇之而成色，取之无禁，用之不竭，是造物者之无尽藏也，而吾与子之所共适。"

　　忙碌的你还等什么？让我们随着刘亮程的散文走进自然的怀抱，对一朵花微笑，向一片云招手，与一抹斜阳耳语……放飞心情，尽情享受大自然的五彩缤纷吧！

 关于作者

　　刘亮程，作家，1962年出生在新疆古尔班通古特沙漠边缘的一个小村庄，被誉为"20世纪中国最后一位散文家"和"乡村哲学家"。代表作有《一个人的村庄》等。

我一回头，身后的草全开花了，一大片。好像谁说了一个笑话，把一滩草惹笑了。

　　我正躺在山坡上想事情。是否我想的事情——一个人脑中的奇怪想法让草觉得好笑，在微风中笑得前仰后合。有的哈哈大笑，有的半掩芳唇，忍俊不禁。靠近我身边的两朵，一朵面朝我，张开薄薄的粉红花瓣，似有吟吟笑声入耳；另一朵则扭头掩面，仍不能遮住笑颜。我禁不住也笑了起来。先是微笑，继而哈哈大笑。

　　这是我第一次在荒野中，一个人笑出声来。

　　还有一次，我在麦地南边的一片绿草中睡了一觉。我太喜欢这片绿草了，墨绿墨绿，和周围的枯黄野地形成鲜明对比。

　　我想大概是一个月前，灌溉麦地的人没看好水，或许他把水放进麦田后睡觉去了。水漫过田埂，顺这条干沟漫淌而下。枯萎多年的荒草终于等来一次生机。那种绿，是积攒了多少年的，一如我目光中的饥渴。我虽不能像一头牛一样扑过去，猛吃一顿，但我可以在绿草中睡一觉。和我喜爱的东西一起睡，做一个梦，也是满足。

　　一个在枯黄田野上劳忙半世的人，终于等来草木青青的一年。而这一小片的草木会不会等到我出人头地的一天？

　　这些简单地长几片叶子、伸几条枝、开几瓣小花的草木，从没长高长大、没有茂盛过的草木，每年每年，从我少有笑容的脸和无精打采的行走中，看到的是否全是不景气？

　　我活得太严肃，呆板的脸似乎对生存已经麻木，忘了对一朵花微笑，为一片新叶欢欣和激动。这不容易开一次的花朵，难得长出的一片叶子，在荒野中，我的微笑可能是对一个卑小生命的欢迎和鼓励,就像青青芳草让我看到一生中那些还未到来的美好前景。

以后我觉得,我成了荒野中的一个。真正进入一片荒野其实不容易,荒野旷敞着,这个巨大的门让你努力进入时不经意已经走出来,成为外面人。它的细部永远对你紧闭着。

走进一株草、一滴水、一粒小虫的路可能更远。弄懂一棵草,并不仅限于把草喂到嘴里嚼嚼,尝尝味道。挖一个坑,把自己栽进去,浇点水,直愣愣站上半天,感觉到的可能只是腿酸脚麻和腰疼,并不能断定草木长在土里也是这般情景。人没有草木那样深的根,无法知道土深处的事情。人埋在自己的事情里,埋得暗无天日。人把一件件事情干完,干好,人就渐渐出来了。

我从草木身上得到的只是一些人的道理,并不是草木的道理。我自以为弄懂了它们,其实我弄懂了自己。我不懂它们。

名家点评

刘亮程的作品,阳光充沛,令人想起高更笔下的塔希提岛,但是又没有那种原始的浪漫情调,在那里夹杂地生长着的,是一种困苦,一种危机,一种天命中的无助、快乐和幸福。

——林贤治

真是很少读到这么朴素、沉静而又博大、丰富的文字了。我真是很惊讶作者是怎么在黄沙滚滚的旷野里,同时获得对生命和语言如此深刻的体验。在这片垃圾遍地、精神腐败、互相复制的沙漠上,谈到农民刘亮程的这组散文,真有来到绿洲的喜悦和安慰。

——李　锐

刘亮程的才能在于，他好像能把文字放到一条清亮透明的小河里淘洗一番，洗得每个字都干干净净，但洗净铅华的文字里又有一种厚重。捧在手里掂一掂，每个字都重得好像要脱手。

——李　陀

身边小事皆可入文，村中动静皆可成诗，散文中透出的那种从容优雅的自信，是多少现代人已经久违了、陌生了、熬长了黑夜搔短了白头也找不回的才华。这当然是一种哲学，是发现的哲学，是悲怀和乐世的哲学，是生命体大彻大悟顶天立地的哲学。

——蒋子丹

陪考一日

莫言

 **作品导读**

舐犊情深，血浓于水。

莫言是诺贝尔文学奖获得者，当女儿高考时，这位新时期的重量级作家和诸多陪考的家长一样：紧张、焦虑、无所依傍、如临大敌。

莫言的《陪考一日》运用直白的和"絮语"式的语言，将自己陪考第一天的情绪和心理真实地呈现在读者面前：面对车牌号码"是575心中暗喜"，而"侧目一看旁边的车，车牌的尾数是268，心里顿时沉重起来"；听到"麻雀不叫了，喜鹊还在叫"时"我心中欢喜，因为喜鹊叫是个好兆头"；当女儿走出考场"远远地看到她走得很昂扬，心中感到有了一点底。看清了她脸上的笑容，心中更加欣慰"；当女儿担心化学试卷被判作弊时，"退一万步说，他们把我们的卷子当成了作弊卷，给了零分，我们一定要上诉，跟他们打官司。爸爸认识不少报社的人，可以借助媒体的力量，把官司打赢……"整篇文章让我们感受到了作为家长、作为父亲的莫言和许多的市井小民一样有着诸多的复杂而又敏感的情感。

 **关于作者**

莫言，原名管谟业，生于1955年2月17日，山东高密人，第一个获得诺贝尔文学奖的中国籍作家。他自20世纪80年代以一系列乡土作品崛起，充满着"怀乡"的复杂情感，被归类为"寻根文学"作家。代表作品有《红高粱》《丰乳肥臀》《蛙》等。

7月6日晚，带着书、衣服、药品、食物等诸多在这三天里有可能用得着的东西，我们搭出租车去赶考。我们很幸运，女儿的考场排在本校，而且提前在校内培训中心定了一个有空调的房间，这样既是熟悉的环境，又免除了来回奔波之苦。坐在出租车上，看到车牌照上的号码尾数是575 心中暗喜，也许就能考575分，那样上个重点大学就没有问题了。车在路口等灯时，侧目一看旁边的车，车牌的尾数是268，心里顿时沉重起来。如果考268分那就糟透了。赶快看后边的车牌尾数，是629，心中大喜，但转念一想，女儿极不喜欢理科而学了理科，二模只模了540分，怎么可能考629？能考575就是天大的喜事了。

安顿好行李后，女儿马上伏案复习语文，说是"临阵磨枪，不快也光"。我劝她看看电视，或者到校园里转转，她不肯。一直复习到深夜十一点，在我的反复劝说下，才熄灯上床。上了床也睡不着，一会儿说忘了《墙头马上》是谁的作品，一会儿又问高尔基到底是俄国作家还是苏联作家。我索性装睡不搭她的话，心中暗暗盘算，要不要给她吃安定片。不给她吃怕折腾一夜不睡，给她吃又怕影响了脑子。终于听到她打起了轻微的鼾，不敢开灯看表，估计已是零点多了。

凌晨，窗外的杨树上，成群的麻雀齐声噪叫，然后便是喜鹊喳喳地大叫。我生怕鸟叫声把她吵醒，但她已经醒了。看看表，才四点多钟。拉开窗帘，看到外边天已大亮，麻雀不叫了，喜鹊还在叫。我心中欢喜，因为喜鹊叫是个好兆头。女儿洗了一把脸又开始复习，我知道劝也没用，干脆就不说什么了。离考试还有四个半小时，我很担心到上考场时她已经很疲倦，心中十分着急。

早饭就在学校食堂里吃,这个平时胃口很好的孩子此时一点胃口也没有。饭后,劝她在校园里转转,刚转了几分钟,她说还有许多问题没有搞清楚,然后又匆匆上楼去复习。从七点开始,她就一趟趟地跑卫生间。我想起了我的奶奶。当年闹日本的时候,一听说日本鬼子来了,我奶奶就往厕所跑。新中国成立后许多年了,我们恶作剧,大喊一声:鬼子来了!我奶奶马上就脸色苍白,提着裤子往厕所跑去。唉,这高考竟然像日本鬼子一样可怕了。

终于熬到了八点二十分,学校里的大喇叭开始广播考生须知。我送女儿去考场,看到从培训中心到考场的路上拉起了一条红线,家长只许送到线外。女儿过了线,去向她学校的带队老师报到。

八点三十分,考生开始入场。我远远地看到穿着红裙子的女儿随着成群的考生拥进大楼,终于消失了。距离正式开考还有一段时间,但方才还熙熙攘攘的校园内已经安静了下来,杨树上的蝉鸣变得格外刺耳。考试正式开始了,蝉声使校园里显得格外安静。我们这些住在培训中心的幸运家长,站在树荫里,看到那些聚集在大门外强烈阳光里的家长们,心中又是一番感慨。因为我们事先知道了培训中心对外营业的消息,因为我们花了每天120元钱,我们就可以站在树荫里看着那些站在烈日下的与我们身份一样的人。

有的家长回房间里去了,但大多数的家长还站在那里说话,话题飘忽不定,一会儿说天气,说北京成了非洲了,成了印度了,一会儿又说当年的高考是如何的随便,不像现在的如临大敌。学校的保安过来干涉,让家长们不要在校园内说话,家长们很顺从地散开了。

将近十一点半时，家长们都把着红线，眼巴巴地望着考试大楼。大喇叭响起来，说时间到了，请考生们立即停止书写，把卷子整理好放在桌子上。女儿的年级主任跑过来，兴奋地对我说：莫先生，有一道18分的题与我们海淀区二模卷子上的题几乎一样！家长们也随着兴奋起来。一位不知是哪个学校的带队老师说：行了，明年海淀区的教参书又要大卖了。学生们从大楼里拥出来。我发现了女儿，远远地看到她走得很昂扬，心中感到有了一点底。看清了她脸上的笑意，心中更加欣慰。迎住她，听她说：感觉好极了，一进考场就感到心中十分宁静，作文写得很好，题目是"天上一轮绿月亮"。

下午考化学，散场时，大多数孩子都是喜笑颜开，都说今年的化学题出得比较容易，女儿自觉考得也不错。第一天大获全胜，赶快打电话往家报告喜讯。晚饭后，女儿开始复习数学，直至十一点。临睡前，她突然说：爸爸，下午的化学考卷上，有一道题，说"原未溶解……"我审题时，以为卷子印错，在"原未"的"未"字上用铅笔写了一个"来"字，忘记擦去了，我说这有什么关系？她突然紧张起来，说监考老师说，不许在卷子上做任何记号，做了记号的就当作弊卷处理，得零分。我说你这算什么记号？如果这也算记号，那作文题目是不是也算记号？另外，即便算记号，你知道谁来判你的卷子？她听不进我的话，心情越来越坏，说我完了，化学要得零分了。我说，我说了你不信，你可以打电话问问你的老师，听听她怎么说。她给老师打通了电话，一边诉说一边哭。老师也说没有事。但她还是不放心。无奈，我又给山东老家在中学当校长的大哥打电话，让他劝说。总算是不哭了，但心中还是放不下，说我们是在安慰她。我说：

退一万步说，他们把我们的卷子当成了作弊卷，给了零分，我们一定要上诉，跟他们打官司。爸爸认识不少报社的人，可以借助媒体的力量，把官司打赢……

凌晨一点，女儿心事重重地睡着了。我躺在床上，暗暗地祷告着：佛祖保佑，让孩子一觉睡到八点，但愿她把化学卷子的事忘记，全身心地投入到明天的考试中去。明天上午考数学，下午物理，这两项都是她的弱项……

名家点评

莫言在30多年的创作道路上，一直身处中国文学探索和创造的前沿，他的作品始终深深扎根于乡土，他的视野亦从来不拒"外来"。他从我们民族百年来的命运、奋斗、苦难和悲欢中汲取思想的力量，以奔放而独异的鲜明气韵，有力地拓展了中国文学的想象空间和艺术境界。

——铁 凝

作为一个资深读者，我试图通过莫言的创作来窥破他的内心世界。我曾以为这个世界需要荡舟穿越曲折秋水，看遍起伏春山，穿越通幽曲径，才能于一线天中窥见光明。但莫言并没有在自己的人生和作品中设置各种障碍，他直接把自己展现出来，他就在你眼前，你只是被一片叶子挡住了。

——叶 开

目送

龙应台

 作品导读

  每位母亲都会用暖暖的目光织一件软软的羽衣，送给出行的孩子。小时候，穿在身上暖暖的；长大后，再穿着它，淡淡的。结婚后，大家会穿上曾经遗落的羽衣，又重新织一件送给自己的孩子。

  "所谓父女母子一场，只不过意味着，你和他的缘分就是今生今世不断地在目送他的背影渐行渐远。"

  谁言寸草心，报得三春晖。珍惜吧，别让亲情浸染太多的遗憾！

关于作者

  龙应台，1952年生于台湾高雄，祖籍湖南衡山，教授、作家、社会评论家。代表作品有《人在欧洲》《我的不安》《孩子你慢慢来》《亲爱的安德烈》《目送》等。

华安上小学第一天,我和他手牵着手,穿过好几条街,到维多利亚小学。九月初,家家户户院子里的苹果和梨树都缀满了拳头大小的果子,枝丫因为负重而沉沉下垂,越出了树篱,钩到过路行人的头发。

很多很多的孩子,在操场上等候上课的第一声铃响。小小的手,圈在爸爸的、妈妈的手心里,怯怯的眼神,打量着周遭。他们是幼儿园的毕业生,但是他们还不知道一个定律:一件事情的毕业,永远是另一件事情的开启。

铃声一响,顿时人影错杂,奔往不同方向,但是在那么多穿梭纷乱的人群里,我无比清楚地看着自己孩子的背影——就好像在一百个婴儿同时哭声大作时,你仍旧能够准确听出自己那一个的位置。华安背着一个五颜六色的书包往前走,但是他不断地回头;好像穿越一条无边无际的时空长河,他的视线和我凝望的眼光隔空交会。

我看着他瘦小的背影消失在门里。

十六岁,他到美国做交换生一年。我送他到机场。告别时,照例拥抱,我的头只能贴到他的胸口,好像抱住了长颈鹿的脚。他很明显地在勉强忍受母亲的深情。

他在长长的行列里,等候护照检验;我就站在外面,用眼睛跟着他的背影一寸一寸往前挪。终于轮到他,在海关窗口停留片刻,然后拿回护照,闪入一扇门,倏忽不见。

我一直在等候,等候他消失前的回头一瞥。但是他没有,一次都没有。

现在他二十一岁,上的大学,正好是我教课的大学。但即使是同路,他也不愿搭我的车。即使同车,他戴上耳机——只有一个人能听的音乐,是一扇紧闭的门。有时他在对街等候公交车,我从高楼的窗口往下看:一个高高瘦瘦的青年,眼睛望向灰色的海;我只能想象,他的内在世界和我的一样波涛深邃,但是,我进不去。一会儿公交车来了,挡住了他的身影。车子开走,一条空荡荡的街,只立着一只邮筒。

我慢慢地、慢慢地了解到,所谓父女母子一场,只不过意味着,你和他的缘分就是今生今世不断地在目送他的背影渐行渐远。你站立在小路的这一端,看着他逐渐消失在小路转弯的地方,而且,他用背影默默告诉你:不必追。

我慢慢地、慢慢地意识到,我的落寞,仿佛和另一个背影有关。

博士学位读完之后,我回台湾教书。到大学报到第一天,父亲用他那辆运送饲料的廉价小货车长途送我。到了我才发觉,他没开到大学正门口,而是停在侧门的窄巷边。卸下行李之后,他爬回车内,准备回去,明明启动了引擎,却又摇下车窗,头伸出来说:"女儿,爸爸觉得很对不起你,这种车子实在不是送大学教授的车子。"

我看着他的小货车小心地倒车,然后"噗噗"驶出巷口,留下一团黑烟。直到车子转弯看不见了,我还站在那里,一口皮箱旁。

每个礼拜到医院去看他,是十几年后的时光了。推着他的轮椅散步,他的头低垂到胸口。有一次,发现排泄物淋满了他的裤腿,我蹲下来用自己的手帕帮他擦拭,裙子也沾上了粪便,但是我必须就这样赶回台北上班。护士接过他的轮椅,我拎起皮包,看着轮椅的背影,在自动玻璃门前稍停,然后没入门后。

我总是在暮色沉沉中奔向机场。

火葬场的炉门前,棺木是一只巨大而沉重的抽屉,缓缓往前滑行。没有想到可以站得那么近,距离炉门也不过五米。雨丝被风吹斜,飘进长廊内。我掠开雨湿了前额的头发,深深、深深地凝望,希望记得这最后一次的目送。

我慢慢地、慢慢地了解到,所谓父女母子一场,只不过意味着,你和他的缘分就是今生今世不断地在目送他的背影渐行渐远。你站立在小路的这一端,看着他逐渐消失在小路转弯的地方,而且,他用背影默默告诉你:不必追。

名家点评

《目送》叙写作为母亲的龙应台送儿子去上学,"华安上小学第一天,我和他手牵着手,穿过几条街",直到"我看着他瘦小的背影消失在门里",那时的儿子一边往前走,一边不断地回头;待到华安十六岁赴美去做交换生,已是"勉强忍受母亲的深情"了,"我一直在等候,等候他消失前的回头一瞥。但是他没有,一次都没有"。这次第如何教人不落寞?记得自己当年由父亲送去任教的大学报到,直到他的小货车不见了,她还站在那里,怅然若失。"我慢慢地、慢慢地了解到,所谓父女母子一场,只不过意味着,你和他的缘分就是今生今世不断地在目送他的背影渐行渐远。你站立在小路的这一端,看着他逐渐消失在小路转弯的地方,而且,他用背影默默告诉你:不必追。"离乱来台的父亲最终魂归故土,远在异国的儿子必会独面人生,作为女儿和母亲,似乎只能把这"个人生命中最私密、最深埋、最不可言喻的

'伤逝'和'舍'"铭刻在心，诉诸文字。

——胡　唐

　　《目送》为首，文集也以此命名。一个细节，跨越了三代亲情，涉及生死大问。"我慢慢地、慢慢地了解到，所谓父女母子一场，只不过意味着，你和他的缘分就是今生今世不断地在目送他的背影渐行渐远。你站立在小路的这一端，看着他逐渐消失在小路转弯的地方，而且，他用背影默默告诉你：不必追。"这个段落在文中重复两次。痛楚、无奈、隐忍、不舍……情到深处，却分外内敛、平和。

——赵淑萍

我们家的男子汉

王安忆

作品导读

一提"男子汉",我们的头脑中就会马上联想到顶天立地、正直无私、胸怀宽广等词。

一提"男子汉"就想起"男儿有泪不轻弹""男儿膝下有黄金"等名句。

可作家王安忆声称她4岁的小外甥是个男子汉。

那么,这个男子汉又是怎样的一个人呢?

王安忆的《我们家的男子汉》让我们认识到男子汉的真谛。

 关于作者

王安忆,当代著名女作家,1954年出生于江苏南京。著有小说集《雨,沙沙沙》,中篇小说《小鲍庄》,长篇小说《长恨歌》等。

没有男人的世界是不堪设想的。写谁呢？想来想去，想到了我们家里的一条男子汉。

那是姐姐的孩子。他们夫妻二人本不愿要孩子，他的出生完全出乎不得已。因此，生下他后，他年轻的父母便像逃跑似的跑回了安徽，把他留在家里。从此，我的业余时间就几乎全用来抱他。他日益地沉重，日益地不安于在怀里，而要下地走一走，于是便牵着他走。等到他不用牵也能走的时候，他却珍惜起那两条腿儿，不愿多走，时常要抱。历史真是螺旋形地上升。

这是一个男孩子，这是一个男人。

他对食物的兴趣

"他吃饭很爽气。"带他的保姆这样说他。确实，他吃饭吃得很好，量很多，范围很广——什么都要吃。而且吃得极有滋味，叫人看了不由得也会嘴馋起来。当然，和所有的孩子一样，他不爱吃青菜，可是我对他说："不吃青菜会死的。"他便吃了，吃得很多。他不愿死，似乎是深感活的乐趣的。他对所有的滋味都有兴趣，他可以耐心地等上三刻钟，为了吃一客小笼包子；他会为他喜欢吃的东西编儿歌一样的谜语。当实在不能吃了的时候，他便吃自己的大拇指，吃得十分专心，以至前边的嘴唇都有些翘了起来。当《少林寺》风靡全国时，他也学会了一套足以乱真的醉拳。耍起来，眼神都恍惚了，十分逗人。他向往着去少林寺当和尚。可是我告诉他，当和尚不能吃荤。他说："用肉汤拌饭可以吗？""不可以。""那么棒冰可以吃吗？"他小心地问，是问"棒冰"，而不是冰激凌，甚至不是雪糕。"那山上恐怕是没有棒冰的。"我们感到非常抱歉。

他对父亲的崇拜

他和父母在一起的时候很少,和父亲在一起,就更少了。假如爸爸妈妈拌嘴,有时是开玩笑的拌嘴,他也会认真起来,站在妈妈一边攻击爸爸,阵线十分鲜明;并且会帮助妈妈向外婆求援。有一次因为他叙述的情况不属实,酿成了一桩冤案,父子二人一起站在外婆面前对证,才算了结了此案。然而,假如家里有什么电器或别的设施坏了,他便说:"等我爸爸回来修。"有什么人不会做什么事,他会说:"我爸爸会的。"在他的心目中,爸爸是无所不能的。有一次,他很不乖,我教训他,他火了,说:"我叫爸爸打你。"我也火了,说:"你爸爸,你爸爸在哪儿?"他忽然低下了脑袋,嗫嚅着说:"在安徽。"他那悲哀的声音和神情叫我久久不能忘怀,从此我再不去破坏他和他那无所不能的爸爸在一起的这种境界了。

他对独立的要求

不知从什么时候起,和他出去,他不愿让人搀他的手了。一只胖胖的手在我的手掌里,像一条倔强的活鱼一样挣扎着。有一次,我带他去买东西,他提出要让他自己买。我交给他一角钱。他握着钱,走近了柜台,忽又胆怯起来。我说:"你交上钱,我帮你说好了。""不要,不要,我自己说。"他说。到了柜台跟前,他又嘱咐我一句:"你不要讲话噢!"营业员终于过来了,他脸色有点紧张,勇敢地开口了:"同志,买,买,买……"他忘了他要买什么东西了。我终于忍不住了:"买一包山楂片。"他好久没说话,潦草地吃着山楂片，神情有些沮丧。我有点后悔起来。后来，他会自个儿拿着五个汽水瓶和一元钱到门口小店换橘子水了。他是一定要自己去的。假如有人不放心，跟在他后面，他便停下脚步不走了："你回去，回去嘛！"我只得由他去了。他买橘子水日益熟练起来，情绪日益高涨，最终成了一种可怕的狂热。为了能尽快地拿着空瓶再去买，他便飞快而努力地喝橘子水。一个炎热的下午，我从外面回来，见他正在门口小店买橘子水。他站在冰箱前头，露出半个脑袋。营业员只顾和几个成人做生意，看都不看他一眼。他满头大汗地、耐心地等待着。我极想走过去帮他叫一声"同志"，可最后还是忍住了。

他的眼泪

"他哭起来眼泪很多。"这是一个医生对他的评语。每当眼泪涌上来的时候，他总是一忍再忍，把那泪珠儿拦在眼眶里打转。他从不为一些无聊的小事哭，比如不给他吃某一种东西啦，没答应他某一种要求啦，碰痛了什么地方啦。他很早就开始不为打针而哭了。他尤其不为挨打哭。挨打就够屈辱了，何况为挨打哭，因此，挨打时，他总是说："不痛，不痛。"甚至哈哈大笑起来，很响亮很长久的笑，两颗很大的泪珠便在他光滑饱满的脸颊上滚落下来。后来，他终于去了安徽和爸爸妈妈在一起生活了。有一次，我给他写信，信上说："你真臭啊！"这是他在上海时，我时常说他的一句话。因为他很能出汗，无论冬夏，身上总有一股酸酸的汗味儿。据姐夫来信说，他看了这句话，先是大笑，然后跑进洗手间，拿起一块手巾捂住了脸。他用汉语拼音回了我一封信，信上写："王安忆，你真是一个好玩的大坏蛋!"这也是他在上海时,时常说我的一句话。

他面对生活挑战的沉着

当他满了两周岁的时候,我们决定把他送托儿所了。去的那天早晨,他一声不响,很镇静地四下打量着。当别的孩子们哭的时候,他才想起来哭。哭声嘹亮,并无伤感,似乎只为了参加一个仪式。每天早上,送他去托儿所都很容易,不像我们姐妹几个小时候那样,哭死哭活不肯去。问他喜欢托儿所吗?他说:"不喜欢。"可是他明白了自己不得不去,也就坦然地接受了这个现实,不做任何无效的挣扎。据老师说,他吃饭很好,睡觉很好,唱歌游戏都很好,只不过还有点陌生。然而,他迅速地熟悉起来,开始交朋友,打架,聚众闹事。每日里去接他,都要受到老师几句抱怨。

在他四岁的那年,他的老保姆病了,回乡了,他终于要去安徽了。他是极不愿意去的。他的父母对于他,更像是老师,严格有余,亲切不足。并且,亦喜亦怒,全听凭他们的情绪。走的前一天,他对外婆说:"外婆,你不要我了,把我扔出去了。"外婆几乎要动摇起来,想把他留下。上海去合肥,只有一班火车,人很多。车门被行李和人堵满了,大人们好不容易挤上了车,留下他在月台上。他真诚地着急起来:"我怎么办呢?"我安慰他:"上不去,就不去了。"他仍然是着急,他认为自己是非走不可的了。车快开了,姐姐说:"让他从窗口爬进来吧!"我把他抱了起来,他勇敢地抓住窗框,两只脚有力地蹬着车厢,攀上了窗台。窗口边的旅客都看着他,然后不约而同地伸手去抱他。他推开那些妨碍他的手,抓住一双最得力的,跳进了车厢,淹没在济济的人群里了。

这就是我们家的男子汉。看着他那样的一点一点长大,他的脸盘的轮廓,他的手掌上的细纹,他的身体,他的力气,他的智慧,他的性格,还有他的性别,那样神秘地一点一点鲜明,突出,扩大,再扩大,实在是一件最最奇妙的事情了。这真是比任何文学还要文学,比任何艺术还要艺术。写到这里,简直不想写小说;既不想写女人,也不想写男人。唉,让男子汉们自己好好儿地长吧!

 **名家点评**

其实不止是王安忆的短篇小说能呈现她的真性情,在她的散文以及《谈话录》等图书中,王安忆呈现出不造作、不伪饰的真我。

——宋　庄

王安忆的作品《我们家的男子汉》,生动而细腻地描写了一个男孩子成长的过程,刻画了一个逐步成长的小"男子汉"的形象,让我们认识到男子汉的真谛。

本文按人物的性格特点组织、安排材料,观察细致、描写细腻,语言生动风趣,幽默而又含蓄。

——谢雨眠

冬日漫步（节选）

[美国]梭 罗

作品导读

我们熟悉梭罗的名作《瓦尔登湖》，熟悉他关于自然的观点。

他说："我在自然中来去，身在全新的自由之中，我是她的一部分。"

他说："生活在自然之中的人，一定是心境平和，绝不会有灰暗阴郁的情感。……（自然中）没有任何东西能使简朴勇敢之人产生悲伤的心情。"

《冬日漫步》同样是梭罗的一篇散文佳作。他在描绘自然景象的基础上赋予笔下的景物以强烈的个性特征，他笔下的冰雪世界，有一种"坚强的纯朴的性格——一种清教徒式的坚韧"。他认为凡能在这种严酷的自然环境中生存下来的生物，都是自然界中的佼佼者，因而这种自然环境同样能磨炼人的意志，净化人的心灵。

我们从中节选出的是描写清晨雪景的部分。

关于作者

亨利·戴维·梭罗（1817—1862），美国作家、哲学家，代表作有散文集《瓦尔登湖》，游记《马萨诸塞自然史》《在康科德与梅里马克河上一周》《缅因森林》等。

我们也睡着了，一觉醒来，正是冬天的早晨。万籁无声，雪厚厚地堆着，窗槛上像是铺了温暖的棉花；窗格子显得加宽了，玻璃上结了冰纹，光线暗淡而静，更加强了屋内舒适愉快的感觉。早晨的安静，似乎静在骨子里，我们走到窗口，挑了一处没有被冰霜封住的地方，眺望田野的景色；可是我们单是走这几步路，脚下的地板已经在吱吱地响。窗外一幢幢的房子都是白雪盖顶；屋檐下、篱笆上都累累地挂满了雪条；院子里像石笋似的站了很多雪柱，雪里藏的是什么东西，我们却看不出来。大树小树四面八方地伸出白色的手臂，指向天空；本来是墙壁篱笆的地方，形状更是奇怪，在昏暗的大地上，它们向左右延伸，如跳如跃，似乎大自然一夜之间，把田野风景重新设计过了，好让人间的画师来临摹。

我们悄悄地拔去了门闩，雪花飘飘，立刻落到屋子里来；走出屋外，寒风迎面扑来，利如刀割。星光已经不那么闪烁光亮，地平线上笼罩着一层昏昏的铅状的薄雾。东方露出一种奇幻的古铜色的光彩，表示天快要亮了；可是四面的景物，还是模模糊糊，一片幽暗，鬼影幢幢，疑非人间。耳边的声音，也带一种鬼气——鸡啼狗吠，木柴的砍劈声，牛群的低鸣声——这一切都好像是阴阳河彼岸冥王的农场里所发出的声音；声音本身并没有特别凄凉之处，只是天色未明，这种种活动显得太庄严了，太神秘了，不像是人间所有的。院子里雪地上，狐狸和水獭所留下的脚迹犹新，这使我们想起：即使在冬夜最静寂的时候，自然界生物也没有一个钟头不在活动，它们还在雪上留下痕迹。把院门打开，脚步轻快，我们跨上寂寞的乡村公路。雪干而脆，脚踏上去发出破碎的声音；早起的农夫，驾了雪橇，到远处的市场去赶早市；这辆雪橇一夏天都在农夫的门口闲放着，与木屑、稻梗为伍，现在可有了用武之地，它的尖锐清晰而刺耳的声音，对于早起赶路之人，也有提神醒脑的作用。农舍窗上虽然积雪很多，但是屋里的农夫已经早把蜡烛点起，烛光孤寂地照射出来，像一颗暗淡的星。树际和雪堆之间，炊烟也是一处一处地从烟囱里往上飞升。

大地冰冻，远处鸡啼狗吠；从各处农舍门口，也不时地传来丁丁劈柴的声音。空气稀薄干寒，只有比较美妙的声音才能传入我们的耳朵，这种声音听来都有一种简短的可是悦耳的颤动；凡是至清至轻的流体，波动总是少发即止，因为里面粗粒硬块，早就沉到底下去了。声音从地平线的远处传来，都清越明亮，犹如钟声，冬天的空气清明，不像夏天那样的多杂质阻碍，因此声音听来也不像夏天那样的毛糙模糊。脚下的土地，铿锵有声，如叩坚硬的古木；一切乡村间平凡的声音，此刻听来都美妙悦耳；树上的冰条，互相撞击，其声琤，如流水，似妙乐。大气里面一点水分都没有，水蒸气不是干化，就是凝结成冰霜了，空气十分稀薄而似有弹性，人呼吸其中，自觉心旷神怡。天似乎是绷紧了的，往后收缩，人从下向上望，很像处身大教堂中，顶上是一块连一块弧状的屋顶；空气中闪光点点，好像有冰晶浮游其间。在格陵兰住过的人告诉我们："那边结冰的时候，海就冒烟，像大火燎原一般；而且有一种雾气上升，名叫烟雾；这种烟雾有害健康，伤人皮肤，能使人手脸等处生疮肿胀。"我们这里的寒气，虽然其冷入骨，然而质地清纯，可提神，可清肺；我们不能把它认为是冻结的雾，只能看作是仲夏的雾气的结晶，经过寒冬的洗涤，越发变得清纯了。

太阳最后总算从远处的林间上升，阳光照处，空中的冰霜都融化，隐隐之中似乎有铙钹伴奏，铙钹每响一次，阳光的威力逐渐增加；时间很快从黎明变成早晨，早晨也愈来愈老，很快地把西面远处的山头，镀上一层金色。我们匆匆地踏着粉状的干雪前进，因为思想感情更为激动，内心发出一种热力，天气也好像变得像十月小阳春似的温暖。假如我们能改造我们的生活，和大自然更能配合一致，我们也许就无需畏惧寒暑之侵，我们将同草木走兽一样，认大自然是我们的保姆和良友，她是永远照顾着我们的。

　　大自然在这个季节，特别显得纯洁，这是使我们觉得最为高兴的。残干枯木，苔痕斑斑的石头和栏杆，秋天的落叶，现在被大雪掩没，像上面盖了一块干净的手巾。寒风一吹，无孔不入，一切乌烟瘴气都一扫而空，凡是不能坚贞自守的，都无法抵御；因此凡是在寒冷荒僻的地方（例如在高山之顶），我们所能看得见的东西，都是值得我们尊敬的，因为它们有一种坚强的淳朴的性格——一种清教徒式的坚韧。别的东西都寻求隐蔽保护去了，凡是能卓然独立于寒风之中者，一定是天地灵气之所钟，是自然界骨气的表现，它们具有和天神一般的勇敢。空气经过洗涤，呼吸进去特别有劲。空气的清明纯洁，甚至用眼睛都能看得出来；我们宁可整天处在户外，不到天黑不回家，我们希望朔风如吹过光秃秃的大树一般吹澈我们的身体，使得我们更能适应寒冬的气候。我们希望借此能从大自然借来一点纯洁坚定的力量，这种力量对于我们是一年四季都有用的。

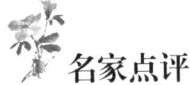 **名家点评**

在我阅读、写作面对的墙上,挂着两幅肖像,他们是列夫·托尔斯泰和亨利·戴维·梭罗。由于他们的著作,我建立了我的信仰。我对我的朋友说,我是生活在托尔斯泰和梭罗的"阴影"中的人。

——苇 岸

我们都记得亨利·梭罗是位天才,性格突出,是农夫眼中最有技艺的测量师,而且确实比他们更熟悉森林、草地和树木。

没有哪个美国人比梭罗活得更真实。

——[美国]拉夫尔·沃尔多·爱默生

如果梭罗仅仅给我们留下一部一个男人在森林中生活的记载,或者说他仅仅退隐到森林之中,在那儿记载着他对社会的抱怨。甚至说,如果他想把这两者都合到一本书里,那么《瓦尔登湖》就不会有这一百年的生命。正像一切所进展的一样,梭罗记下了人跟自然的关系,人在社会中的困境和人希望提高自我精神的习性,连他自己恐怕也没有意识到自己在做什么;他一会儿为自我辩护,一会儿充满了喜悦、自由、奔放,创造出了一个独特的煎蛋卷,让人们在饥饿的一天中不断从中汲取营养。《瓦尔登湖》是最早一盘充满维生素的菜肴之一。

——[美国]埃尔文·布鲁克斯·怀特

在过去的一百年里,瓦尔登湖已经成为美国文化中纯洁天堂的同义词。

——[美国]伊拉·布鲁克

自然素描

[法国]列那尔

 作品导读

列那尔长期生活在乡下,徜徉于长林丰草之间,练就了一双敏锐的眼睛。他笔下那些充满灵性的文字不是诗行,然而却弥漫着浓郁的诗的气氛。在法国,他是继布封等人之后的又一位描绘大自然的高手。

《自然素描》选自儒勒·列那尔的代表作《自然记事》。

 关于作者

儒勒·列那尔(1864—1901),法国作家,主要作品有《胡萝卜须》《寄生虫》《海蟑螂》等。

一个树木的家庭

我是在穿过了一片被阳光照耀的平原之后遇见它们的。

它们不喜欢声音,没有住到路边。它们居住在未开垦的田野上,靠着一泓只有鸟儿才知道的清泉。

从远处望去,树林似乎是不能进入的,但当我靠近,树干和树干就渐渐松开,它们谨慎地欢迎我。我可以休息,乘凉,但我猜测,它们正在监视我,并不放心。

它们生活在家庭里,年纪最大的住在中间,而那些小家伙,还有些刚刚长出第一批叶子,差不多遍地都是,从不分离。

它们的死亡是缓慢的,它们让死去的树也站立着,直至朽落而变成尘埃。

它们用长长的枝条互相抚摸,像盲人凭此确信它们全都在这里。如果风气喘呼呼的要将它们连根拔起,它们的手臂就愤怒挥动,但是,在它们之间,却没有任何争吵,它们只是和睦低语。

我感到这才是我真正的家,我很快就会忘掉另一个家的。这些树木会逐渐接纳我的,而为了配受这个光荣,我学习应该懂得的事情。

我已经懂得监视流云。

我也懂得待在原地一动不动。

而且,我几乎学会了沉默……

萤火虫

夜幕降临到困倦的树林。鸟儿回来了,在树叶间相互追寻。叶子声也不比他们的翅膀声更响。他们很希望能看见点什么。但是,星星太远了,而月亮也未落到足够近的位置。此外,山楂果和蔷薇子的殷红色泽也并不够。

忽然,为了给鸟儿们的谈情说爱照明,谙于调配光度的青苔媒婆燃亮所有的小虫子。

蟋 蟀

是时候啦!黑昆虫游荡够了,停止散步,回去细心修补他乱七八糟的领地。

首先,他把平狭小的沙子通道。

他锯下细屑,洒到住地入口处。

他挫倒那株专给他添麻烦的大草根。

他休息了。

然后,他给他的微型手表上发条。

他完事了吗?表打碎了吗?他又歇了一会。

他回到屋里,关上门。

他用钥匙在精致的锁里长时间转圈。

他又在倾听:

外面没有一点不安的声音。

但他还是不放心。

他好像抓着一根小链条一直下到大地深处，装链条的滑轮刺耳地响着。

什么也听不见了。

寂静的田野上，白杨树像手指般伸向天空，指着月亮。

蝴　蝶

这封轻柔的短函对折着，正在寻找一个花儿投递处。

喜　鹊

它全身漆黑。但是，它去年冬天是在田野上度过的，因此，身上还带着残雪。

孔　雀

他今天肯定要结婚了。

这本来是昨天的事。他穿着节日礼服，准备就绪。他只等他的新娘了。新娘没有来，她不该再拖延了。

他神气活现，迈着印度王子的步伐散步，身上佩戴着丰富的常用礼品。爱情使他的色泽更加绚丽，顶冠像古弦琴颤动着。

新娘还没有到。

他登上屋顶高处，向太阳方向眺望。他发出恶狠狠的叫唤：

"莱昂！莱昂！"

他就这样称呼他的未婚妻。他看不到谁来，也没有人理睬他。习以为常的家禽甚至连头也不抬一抬。他们都腻烦了,不再去欣赏他了。他下到院子,对自己的美如此自信,所以也没有什么怨气。

他的婚礼延到明天。

他不知道如何度过白天剩下的时间,又向台阶走去。他迈着正规步子,像登庙宇台阶那样登上梯级。

他翻起燕尾服,上面缀满着未能脱离开去的眼睛。

他在最后一次复习礼仪。

天　鹅

他像白色的雪橇,在水池子里滑行,从这朵云到那朵云。因为他只贪馋流苏状的云朵。他观看着云朵出现、移动,又消失在水里。有朵云是他所想望的。他用喙瞄准它,突然扎下他裹雪的脖子。

然后,活像是女人的一条胳膊伸出衣袖,他抽回脖子。

他什么也没有得到。

他一看,惊慌的云朵已经消失。

但他只失望了片刻,因为云朵未等多久又回来了。瞧,在那水的波动渐渐消失的地方,有朵云正在重新形成。

天鹅坐在他的轻盈的羽毛垫上,悄悄地划行,向云朵靠拢。

他竭尽全力捞着幻影,也许,在获取哪怕是一小片云朵之前,他就会死去,成为这幻觉的牺牲品。

但是,我在胡说些什么啊?

翠　鸟

今晚，鱼没有上钩，但是，我带回来一种不寻常的情感。

当我伸着笔直的钓竿，一只翠鸟过来歇在上头。

没有比他更光彩夺目的鸟了。

仿佛是一朵很大的蓝色花朵开在细长的枝条之端。钓竿在重力下弯曲。我屏住呼吸，因被翠鸟当作了一棵树而感到十分自豪。

我坚信，翠鸟不是因为害怕飞走的，不，他准以为自己不过是从这根树枝跳到了另一根树枝。

鹿

我从路的一端走进树林，而它是从另一端来的。

起先，我以为那是一个陌生人带着一瓶花前来。

然后，我发现这是一头鹿，它的角像一棵矮矮的小树，枝条丫杈，没有叶子。

最后，鹿一下子出现了。我俩全停住脚步。

我跟它说："靠拢来，什么也别怕。我带着枪，那为的是有气派，想模仿那些煞有介事的人。我永远也不会使用枪，我把子弹留在子弹盒子里。"

鹿听着，嗅着我的话。我一说完，它毫不犹豫地拔腿就跑，像是一阵风刮得枝条一会儿交叉，一会儿又不再交叉。它逃走了。"多遗憾！"我朝他喊，"我都幻想咱俩一起上路了。我呢，将我所喜爱的草儿亲手献给你，而你，就把我的枪横在鹿角上散步。"

牛

老牛缓慢地、安静地过来喝水。它们把脊背挺直,喝着水。水在极轻微地颤动。最后,它们凉快了,似醉非醉,又同时抬起头,像来时那样,乖乖地离去。

但是,有一头牛留下了。

十分温柔的牧人并无恶意地戳着它臀部的干粪片,但没有用处:一头牛留下了,蹄子插在土中,凝视着双角倒影,忘掉了自身。

猪和珍珠

猪一放到草地,张嘴就吃,丑陋的嘴脸再也离不开地面。

他并不选择鲜嫩的草。他碰上什么就咬什么。他盲目地向前伸着那永不疲倦的鼻子,既像是一把犁刀,又像一只瞎眼鼹鼠。

他只关心使那个已经像只腌桶的肚子滚圆。他永远也不注意天气。

刚才,他的鬃毛差点儿在中午的太阳光下烧起来,但那有什么关系?而现在,低沉的云朵充满雹子,正伸展着,向草地倾泻,但这又有什么要紧?

不错,喜鹊在不由自主地展翅逃窜。火鸡都藏进篱笆,而幼稚的马驹子在一棵橡树下躲避。

但猪还是留在他吃东西的地方。

他一口也不放过。

他的尾巴摇晃着,照样显得非常惬意。

他浑身挨着飞雹,但只是偶尔咕噜一声:

"老是这些肮脏的珍珠!"

母 牛

给她找个名字太难了,结果就没有给她起名字。她被简称为"母牛",而这名字对她倒最为合适。

而且,名字有多大关系呢?只要她吃!鲜草、干草、蔬菜、谷物,以至于面包和盐,她随便什么都有,而她也什么都吃、什么时候都吃,由于要反刍,还连吃两次。

她一旦见我,就用叉裂的蹄子迈着轻盈小步奔走,蹄子的毛皮与腿很相似,就像是白色的袜子。她来到了,相信我一定会给她点可吃的东西,而我,每次都以欣赏的目光看着她,情不自禁地跟她说:"行,吃吧!"

但是,她消耗东西是为了制奶,而不是肥己,一到固定的时间,她就呈献出鼓满的、正方的乳房。她并不吝惜奶,——有些母牛是舍不得的——她很慷慨,只要稍微挤挤她四个富有弹性的奶头,她就排空奶泉。她腿不动,尾巴也不摇,而只用她大而柔软的舌头玩耍似的舔女佣人的脊背。

虽然她过着独身生活,因胃口很好也不觉得无聊。只有很少情况下,她才遗憾地哞叫,模模糊糊地思念她最近一次生产的牛犊。不过,她希望有人拜访。她两角竖立在额角上,嘴唇馋馋地挂着一线涎水和一丝草茎,殷勤好客。

男人们毫无所惧地抚摸着她鼓胀的肚子;女人们也只需提防她的温存,她们对这样大的牛如此温柔感到惊奇。

狗

　　这种天气,是不能赶波昂杜到外头去的。风在门底下尖利呼啸,甚至逼迫它离开了草垫子,寻找着最合适的地方,把可爱的脑袋悄悄伸到我们座位中间。但是,我们都肘靠肘紧挨在一起俯身烤火,于是我给了波昂杜一个耳光。我的父亲用脚蹬开它。妈妈骂了它一顿。妹妹则递给它一个空杯子。

　　波昂杜打着喷嚏,去到厨房看我们是否已收拾就绪。

　　然后,它走回来,往我们圈子里硬钻,也不怕被我们的膝盖夹死。瞧!它终于挤到壁炉一角。

　　它在原地转了好一阵子,靠柴架坐下,不再动弹。它望着主人们,眼神那么温柔,谁都只能宽恕它。不过,差不多烧红的柴架和散出的灰烬烫着它的尾巴。它却还是待着。

　　我们为它闪开一条过道:"喂,快离开,蠢家伙!"但是,它执拗不动。在野狗的牙齿冻得发颤的时光,波昂杜却在炎热中。它毛烧焦了,屁股烤灼着,但强忍住不吠叫,苦笑着,泪水盈眶。

猫

　　我的猫不吃老鼠,它不喜欢吃。它抓老鼠不过是为了拿来玩。

　　当它玩够了,就饶恕老鼠性命,去别处遐思,身子坐在蜷曲的尾巴上,天真无邪。

　　然而,由于猫的利爪,老鼠已死了。

母　鸡

门一开，她就脚爪并拢跳出鸡棚。

这是一只平常的母鸡，装饰朴素，从不下金蛋。

在炫目的亮光下，她犹豫不定地向院子里走了几步。

她首先看到的是灰堆，每天早晨，她都习惯于在那儿嬉戏。

她在那里打滚，沾上满身灰烬。她羽毛鼓胀，双翅激烈振动着，抖掉昨夜的跳蚤。

然后，她走到被最近一场骤雨注满水的盘子前饮水。

她只是饮水。

她小口小口地饮，脖子举起时刚够着盘子的边缘。

然后，她寻找粮食。

属于她的有嫩草，还有昆虫和遗落的谷粒。

她啄着，啄着，不知疲倦。

她时而停下来，挺立着，目光敏锐，嗉囊前凸，头冠有似当年共和党人的红便帽。她在用这只耳朵和那只耳朵倾听。

而一旦确信并无什么新鲜事，她又开始寻食。

她像关节性痛风患者那样高高举起僵直的脚。她张开爪子，小心地放下，没有声音。

她行走时多像光着脚丫子的人。

燕　子

它们每天都来给我上课。

一声声呢喃在空中画出无数虚点。

它们引出一根直线,到顶头猛然一顿,蓦地另起一行飞去。

飞得太快了,花园里的水塘都无法临摹下它们掠过时的影子。

它们从地窖一跃就登上阁楼。它们用轻盈的翎毛笔,把那谁都无法模拟的签名,一挥而就。然后,一对对地,它们括一个大括弧,晤面,聚合在一起,在天空的蓝色底板上,落下墨迹。

可是充满友情的目光还追随着它们,如果你懂得希腊文和拉丁文,而我,我认识烟囱上的燕子在空中描画出来的是希伯来文。

名家点评

我是在读过泰戈尔的《新月集》、屠格涅夫的《树林和草原》之后,才读到列那尔那些短小简单的句子的。在此之前,我以为,自然之美早就已经被两位抒情散文大师说尽、说绝了,而在此之后,我却发现了另一个我所不知道的真实的自然世界。

怎样才能确切地形容出那些文字在我心中留下的深深烙印呢?如果说,《新月集》中的诗句仿佛一幅绝妙的淡色水彩画,而《树林和草原》的叙述如同一卷厚实的静物写生油画,那么,列那尔的作品就恰恰像是一本素描,没有绚烂的色彩,没有宽大的画幅,只是几笔随意的勾勒,几根简约的线条,就已经让一个充满了灵性和变化的大自然,呼之欲出。

——漪 然

火光

[俄国]柯罗连科

 作品导读

1900年5月4日,在一次俄国作家举办的晚会上,一位年轻的女作家拿着一本精美的纪念册在人群中焦急地寻找着她心中的偶像——作家柯罗连科,希望他能在自己的本子上签名,留作纪念。柯罗连科似乎联想起什么遥远的往事,他接过了那个纪念册,匆匆走到大厅的一角,伏在桌子上,奋笔疾书起来。

这些文字,就是后来流传于世的名作——《火光》。

人生是一条长河,即使我们正处于黑暗之中,但我们的心中要有一点火光,正如夜行的船一样。因为"在如磐的黑夜里,火光的特点就是不断战胜黑暗,时隐时现,给人以希望,促你前进……"只要我们心中的希望之火不灭,理想之火不灭,只要我们向着它努力前进,就一定能冲破逆境,获得成功。

关于作者

柯罗连科(1853—1921),19世纪末20世纪初俄国杰出的批判现实主义作家,年轻时因积极参加革命活动,被流放西伯利亚多年。他的作品有着强烈的民主主义倾向,而且形象鲜明,富于诗意,在艺术上别具一格。主要作品有《盲音乐家》《我的同时代人的故事》等。

很久以前，在一个漆黑的秋天的夜晚，我泛舟在西伯利亚一条阴森森的河上。船到一个转弯处，只见前面黑黢黢的山峰下面一星火光蓦地一闪。

火光又明又亮，好像就在眼前……

"好啦，谢天谢地!"我高兴地说，"马上就到过夜的地方啦!"

船夫扭头朝身后的火光望了一眼，又不以为然地划桨来。

"远着呢!"

我不相信他的话，因为火光冲破朦胧的夜色，明明就在那儿闪烁。不过船夫是对的，事实上，火光的确还远着呢。

这些黑夜的火光的特点是：驱散黑暗，闪闪发亮，近在眼前，令人神往。乍一看，再划几下就到了……其实却还远着呢!

我们在漆黑如墨的河上又划了很久。一个个峡谷和悬崖，迎面驶来，又向后移去，仿佛消失在茫茫的远方，而火光却依然停在前头，闪闪发亮，令人神往——依然是这么近，又依然是这么远……

现在，无论是这条被悬崖峭壁的阴影笼罩的漆黑的河流，还是那一星明亮的火光，都经常浮现在我的脑际，在这以前和在这以后，曾有许多火光，似乎近在咫尺，不止使我一人心驰神往。可是生活之河却仍然在那阴森森的两岸之间流着，而火光也依旧非常遥远。因此，必须加劲划桨……

然而，火光啊……毕竟……毕竟就在前头!

名家点评

柯罗连科眼中的火光，是一盏人类文明的航标灯，鼓励青年一代勤奋写作，同时也指出了他们的方向——向着人类文明之光前进。

——李炜光

《火光》是一篇很有蕴藉的抒情散文。俄国作家柯罗连科写于十月革命以前——俄国最黑暗的时期。作者用第一人称，以"我"在夜航中蓦地看到"一星火光"为抒情、议论的线索，记写火光给人们带来的希望和启迪：纵然置身于黑暗，纵然道路漫漫，但是火光毕竟在前，我们"必须加劲划桨"，奋力前行。

——马溯源

从罗丹得到的启示

[奥地利]茨威格

作品导读

"生活中不是没有美,而是缺少发现美的眼睛。"

看到这句话,我们就想起罗丹——享誉世界的雕刻大师。

罗丹的成功不但是因为他有着对美的敏锐的感知力,他还有一个不为人知的秘密。茨威格年轻时一次不经意的拜访发现的这一秘密使他受益终生。

让我们和茨威格一起去分享罗丹成功的秘诀吧!

关于作者

斯蒂芬·茨威格(1881—1942),奥地利小说家、传记作家、散文家。代表作有小说《象棋的故事》《一个陌生女人的来信》,传记《三大师》等。

我那时大约二十五岁，在巴黎研究写作。许多人都称赞我发表过的文章，有些我自己也非常喜欢。但是，我心里深深感到我还可以写得更好，虽然我不能断定那症结的所在。

于是，一个伟大的人给了我一个非常伟大的启示。那件事虽然微乎其微，竟成为我一生的关键。

有一晚，我在比利时名作家魏尔哈仑家里，一位年长的画家慨叹着雕塑艺术的衰落。我年轻而好饶舌，热炽地反对他的意见。"就在这城里，"我说，"不是住着一个与米开朗基罗媲美的雕刻家吗？罗丹的《沉思者》《巴尔扎克》，不是同他用以雕塑他们的大理石一样永垂不朽吗？"

当我倾吐完了的时候，魏尔哈仑高兴地拍拍我的背。"我明天要去看罗丹，"他说，"来，一块儿去吧。凡像你这样称赞他的人都该去会他。"

我充满了喜悦，但第二天魏尔哈仑把我带到雕刻家那里的时候，我一句话也说不出。在老朋友畅谈之际，我觉得我似乎是一个多余的不速之客。

但是，最伟大的人是最亲切的。我们告别时，罗丹转向了我。"我想你也许愿意看看我的雕刻，"他说，"我这里简直什么也没有。可是礼拜天，你到麦东来同我一块吃饭吧。"

在罗丹朴素的别墅里，我们在一张小桌前坐下吃便饭。不久，他温和的眼睛发出的激励的凝视，他本身的淳朴，宽释了我的不安。

在他的工作室，有着大窗户的简朴的屋子，有完成的雕像，许许多多小雕样——一只胳膊，一只手，有的只是一只手指或者指节；他已动工而搁下的雕像，堆着草图的桌子，一生不断地追求与劳作的地方。

罗丹罩上了粗布工作衫，因而好像就变成了一个工人。他在一个台架前停下。"这是我的近作。"他说，把湿布揭开，现出一座女正身像。"这已完工了。"我想。

他退后一步，仔细看着，这身材魁梧、阔肩、白髯的老人。

但是在审视片刻之后，他低语了一句："就在这肩上线条还是太粗。对不起……"他拿起刮刀、木刀片轻轻滑过软和的黏土，给肌肉一种更柔美的光泽。他健壮的手动起来了；他的眼睛闪耀着。"还有那里……还有那里……"他又修改了一下，他走回去。他把台架转过来，含糊地吐着奇异的喉音。时而，他的眼睛高兴得发亮；时而，他的双眉苦恼地蹙着。他捏好小块的黏土，粘在塑像上，又刮开一些。

这样过了半点钟，一点钟……他没有再向我说过一句话。他忘掉了一切，除了他要创造的更崇高的形体的意象。他专注于他的工作，犹如在创世之初的上帝。

最后，他吐出一口长气，扔下刮刀，以一个男子把披肩披到他情人肩上那种温存关怀把湿布蒙到雕像上，干完这一切，这身材魁梧的老人转身就走。

在他快走到门口之前，他看见了我。他凝视着，就在那时他才记起，他显然因对我的疏忽和失礼而惊惶。"对不起，先生，我完全把你忘记了，可是你知道……"我握着他的手，感谢地紧握着。也许他已领悟我所感受到的，所以在我们走出屋子时他微笑了，用手抚着我的肩头。

在麦东那天下午，我学得的比在学校所有的时间都多。从此，我知道凡是人类的工作必须怎样做，假如那是好而又值得的。

再也没有什么像见一个人一样全然忘记时间、地方与世界那样使我感动。那时，我感悟到一切艺术与伟业的奥妙——专心。完成或大或小的事业的全力集中，把易于弛散的意志贯注在一件事情上的本领。

于是，我察觉我至今在我自己的工作上所缺少的是什么——那能使人除了追求完整的意志而外把一切都忘掉的热忱。一个人一定要能够把他自己完全沉浸在他的工作里。没有——我现在才知道——别的秘诀。

名家点评

奥地利作家斯蒂芬·茨威格的散文《从罗丹得到的启示》，寓意深刻，形象生动，结构精巧，是一篇难得的散文精品。

全文可以分为三个部分。第一部分概括写出自己在困惑时罗丹给了自己启示，"成为我一生的关键"。文章开头就给读者留下了三个悬念：问题的症结是什么？那位给他启发的伟人是谁？伟大的启示是什么？这就引起读者的关注，自然引出了下文。

第二部分记述和罗丹的两次交往。先叙述作者与一位老画家的争论，点出了见面的缘由，也可见作者对罗丹的钦佩和仰慕。第一次会面写得比较简略，但衬托了大艺术家罗丹的亲切、和善和善解人意的品质，为下文描写罗丹的形象奠定了基础。第二次会面，写作者目睹罗丹忘我工作的过程，刻画了罗丹精心修改作品时专心致志、浑然忘我的精神。

第三部分水到渠成地推出与罗丹第二次会面得到的启示，通过画龙点睛的议论直接点题，揭示出一切艺术与伟业成功的奥秘在于专心，呼应开头，启迪读者。

纵观全文，从提出问题到向生活事例的过渡，从生活事例的叙述到事理的归纳，都如竹之抽节，葱之拔茎，"不蔓不枝"。这样便使文章眉目清晰，思路畅达，结构紧凑。读《从罗丹得到的启示》，让我们不仅得到了思想上的启示，而且也得到了如何写好散文的启示。

——翟俊玉

《宽容》序

[美国]房 龙

 作品导读

《大不列颠百科全书》这样定义"宽容":容许别人有行动和判断的自由,对不同于自己或传统观点的见解有耐心公正的容忍。

美国作家房龙在其著作《宽容》中说道:"宽容这个词从来就是一个奢侈品,购买它的人只会是智力非常发达的人。"

是的,宽容是一种胸怀,一种精神,宽容不仅需要海量,更是一种修养促成的智慧,宽容的效应也许不在眼下,却在将来,不论怎样都是美好的。所有的人、所有的民族都需要对一切保持自由宽容的心态。

《〈宽容〉序》跟一般的序言不同,它很像一个寓言故事,叙述的笔法既像散文诗,又像哲理性散文,渗透着作者主观情思的意象,有能引人身临其境的意境,有鲜明生动的语言,也有启人睿智的哲理。

深刻的思想与尽可能完美的形式结合,使得这篇序言成为人类文化中的瑰宝。

 **关于作者**

亨德里克·威廉·房龙(1882—1944),荷裔美国人,著名学者。1882年出生在荷兰,他善于用极其轻巧、俏皮的文字撰写通俗历史著作,从而为无数青年读者喜爱。他是伟大的文化普及者,在历史、文化、文明、科学等方面都有著作,作品主要有《人类的故事》《房龙地理》《圣经的故事》《发明的故事》等。

在宁静的无知山谷里,人们过着幸福的生活。

永恒的山脉向东西南北各个方向蜿蜒绵亘。

知识的小溪沿着深邃破败的溪谷缓缓地流着。

它发源于昔日的荒山。

它消失在未来的沼泽。

这条小溪并不像江河那样波澜滚滚,但对于需求浅薄的村民来说,已经绰有余裕。

晚上,村民们饮毕牲口,灌满木桶,便心满意足地坐下来,尽享天伦之乐。

守旧的老人们被搀扶出来,他们在阴凉角落里度过了整个白天。对着一本神秘莫测的古书苦思冥想。

他们向儿孙们叨唠着古怪的字眼,可是孩子们却惦记着玩耍从远方捎来的漂亮石子。

这些字眼的含意往往模糊不清。

不过,它们是一千年前由一个已不为人所知的部族写下的,因此神圣而不可亵渎。

在无知山谷里,古老的东西总是受到尊敬。

谁否认祖先的智慧,谁就会遭到正人君子的冷落。

所以,大家都和睦相处。

恐惧总是陪伴着人们。谁要是得不到园中果实中应得的份额,又该怎么办呢?

深夜,在小镇的狭窄街巷里,人们低声讲述着情节模糊的往事,讲述那些敢于提出问题的男男女女。

这些男男女女后来走了,再也没有回来。

另一些人曾试图攀登挡住太阳的岩石高墙。

但他们陈尸石崖脚下，白骨累累。

日月流逝，年复一年。

在宁静的无知山谷里，人们过着幸福的生活。

外面是一片漆黑，一个人正在爬行。

他手上的指甲已经磨破。

他的脚上缠着破布，布上浸透着长途跋涉留下的鲜血。

他跌跌撞撞来到附近一间草房，敲了敲门。

接着他昏了过去。借着颤动的烛光，他被抬上一张吊床。

到了早晨，全村都已知道："他回来了。"

邻居们站在他的周围，摇着头。他们明白，这样的结局是注定的。

对于敢于离开山脚的人，等待他的是屈服和失败。

在村子的一角，守旧老人们摇着头，低声倾吐着恶狠狠的词句。

他们并不是天性残忍，但律法毕竟是律法。他违背了守旧老人的意愿，犯了弥天大罪。

他的伤一旦治愈，就必须接受审判。

守旧老人本想宽大为怀。

他们没有忘记他母亲的那双奇异闪亮的眸子，也回忆起他父亲三十年前在沙漠里失踪的悲剧。

不过，律法毕竟是律法，必须遵守。

守旧老人是它的执行者。

守旧老人把漫游者抬到集市区，人们毕恭毕敬地站在周围，鸦雀无声。

漫游者由于饥渴，身体还很衰弱，老者让他坐下。

他拒绝了。

他们命令他闭嘴。

但他偏要说话。

他把脊背转向老者，两眼搜寻着不久以前还与他志同道合的人。

"听我说吧，"他恳求道，"听我说，大家都高兴起来吧！我刚从山的那边来，我的脚踏上了新鲜的土地，我的手感觉到了其他民族的抚摸，我的眼睛看到了奇妙的景象。

"小时候，我的世界只是父亲的花园。

"早在创世的时候，花园东面、南面、西面和北面的疆界就定下来了。

"只要我问疆界那边藏着什么，大家就不住地摇头，一片嘘声。可我偏要刨根问底，于是他们把我带到这块岩石上，让我看那些敢于蔑视上帝的人的嶙嶙白骨。

"'骗人！上帝喜欢勇敢的人！'我喊道。于是，守旧老人走过来，对我读起他们的圣书。他们说，上帝的旨意已经决定了天上人间万物的命运。山谷是我们的，由我们掌管，野兽和花朵，果实和鱼虾，都是我们的，按我们的旨意行事。但山是上帝的，对山那边的事物我们应该一无所知，直到世界的末日。

"他们是在撒谎。他们欺骗了我，就像欺骗了你们一样。

"那边的山上有牧场，牧草同样肥沃，男男女女有同样的血肉，城市是经过一千年能工巧匠细心雕琢的，光彩夺目。

"我已经找到一条通往更美好的家园的大道，我已经看到幸福生活的曙光。跟我来吧，我带领你们奔向那里。上帝的笑容不只是在这儿，也在其他地方。"

他停住了，人群里发出一声恐怖的吼叫。

"亵渎，这是对神圣的亵渎。"守旧老人叫喊着。"给他的罪行以应有的惩罚吧！他已经丧失理智，胆敢嘲弄一千年前定下的律法。他死有余辜！"

人们举起了沉重的石块。

人们杀死了这个漫游者。

人们把他的尸体扔到山崖脚下，借以警告敢于怀疑祖先智慧的人，杀一儆百。

没过多久，爆发了一场特大干旱。潺潺的知识小溪枯竭了，牲畜因干渴而死去，粮食在田野里枯萎，无知山谷里饥声遍野。

不过，守旧老人们并没有灰心。他们预言说，一切都会转危为安，至少那些最神圣的篇章是这样写的。

况且，他们已经很老了，只要一点食物就足够了。

冬天降临了。

村庄里空荡荡的，人稀烟少。

半数以上的人由于饥寒交迫已经离开人世。活着的人把唯一希望寄托在山脉那边。

但是律法却说，"不行！"

律法必须遵守。

一天夜里爆发了叛乱。

失望把勇气赋予那些由于恐惧而逆来顺受的人们。

守旧老人们无力地抗争着。

他们被推到一旁,嘴里还抱怨自己的命运不济,诅咒孩子们忘恩负义。不过,最后一辆马车驶出村子时,他们叫住了车夫,强迫他把他们带走。

这样,投奔陌生世界的旅程开始了。

离那个漫游者回来的时间,已经过了很多年,所以要找到他开辟的道路并非易事。

成千上万人死了,人们踏着他们的尸骨,才找到第一座用石子堆起的路标。

此后,旅程中的磨难少了一些。

那个细心的先驱者已经在丛林和无际的荒野乱石中用火烧出了一条宽敞大道。

它一步一步把人们引到新世界的绿色牧场。

大家相视无言。

"归根结底他是对了,"人们说道。"他对了,守旧老人错了。"

"他讲的是实话,守旧老人撒了谎……

"他的尸首还在山崖下腐烂,可是守旧老人却坐在我们的车里,唱那些老掉牙的歌子。

"他救了我们,我们反倒杀死了他。

"对这件事我们的确很内疚,不过,假如当时我们知道的话,当然就……"

随后,人们解下马和牛的套具,把牛羊赶进牧场,建造起自己的房屋,规划自己的土地。从这以后很长时间,人们又过着幸福的生活。

几年以后，人们建起了一座新大厦，作为智慧老人的住宅，并准备把勇敢先驱者的遗骨埋在里面。

一支肃穆的队伍回到了早已荒无人烟的山谷。但是，山脚下空空如也，先驱者的尸首荡然无存。

一只饥饿的豺狗早已把尸首拖入自己的洞穴。

人们把一块小石头放在先驱者足迹的尽头（现在那已是一条大道），石头上刻着先驱者的名字，一个首先向未知世界的黑暗和恐怖挑战的人的名字，他把人们引向了新的自由。

石上还写明，它是由前来感恩朝礼的后代所建。

这样的事情发生在过去，也发生在现在，不过将来（我们希望）这样的事不再发生了。

名家点评

一部历史著作的"序言"，一般的做法是要从理论、概念和写法等方面入手的。而房龙却不落俗套、别出心裁地讲述了一个故事，一个寓言式的故事，把复杂的思想转换成了生动的形象。"形象大于思想"，由于这形象饱含了作者的理性思考和历史内涵，又使这形象上升到了象征高度。"无知山谷"的故事象征了人类文明"宽容"与"不宽容"的激烈而漫长的斗争，预示着人类历史的艰难演进。作为一个概念，房龙所谓的"宽容"，绝不仅仅是指个人的思维、心胸、姿态等等，而是指一定的社会和人们容许别人有思想和探索的自由，对不同于自己或传统观点的见解有耐心公正的容忍。这篇"序言"生动、好读，意味深长，把它独立出来，又是一篇精美的散文诗、哲理诗。

——段崇轩

那天下午，我发痴似的，把这部史话读下去，车来了，在车上读，到了家中，把晚饭吞下去，就靠在床上读，一直读到天明，走马看花地总算看完了。这50年中，总是看了又看，除了《儒林外史》《红楼梦》，没有其他的书这么吸引我了。我还立志要写一部《东方的人类故事》。岁月迫人，看来是写不成了；但房龙对我的影响，真的比王船山、章实斋还深远呢！

——曹聚仁

实在巧妙不过，干燥无味的科学常识，经他那么一写，无论大人小孩，读他书的人，都觉得娓娓忘倦了。

房龙的笔，有这一种魔力，但这也不是他的特创，这不过是将文学家的手法，拿来用以讲述科学而已。

——郁达夫

母亲的回忆

[智利]米斯特拉尔

 **作品导读**

母爱，是文学作品永恒的主题，米斯特拉尔在《母亲的回忆》中用她诗人的语言、浓郁的情感、脉脉的温情倾吐着自己对母亲的思念，崇敬、感伤、温馨、深沉……无数的复杂的感情完美呈现，似乎就像在对母亲倾诉衷肠……

米斯特拉尔是著名诗人，她的散文是不分行的诗。

 **关于作者**

加夫列拉·米斯特拉尔（1889—1957），智利著名女诗人，诺贝尔文学奖获得者。代表作有《死的十四行诗》《绝望》《柔情》《有刺的树》等。

母亲，在你的腹腔深处，我的眼睛、嘴和双手无声无息地生长。你用自己那丰富的血液滋润我，像溪流浇灌风信子那藏在地下的根。我的感观都是你的，并且凭借着这种从你们肌体上借来的东西在世界上流浪。大地所有的光辉——照射在我身上和交织在我心中的——都会把你赞颂。

母亲，在你的双膝上，我就像浓密枝头上的一颗果实，业已长大。你的双膝依然保留着我的体态，另一个儿子的到来，也没有让你将它抹去。你多么习惯摇晃我呀！当我在那数不清的道路上奔走时，你留在那儿，留在家的门廊里，似乎为感觉不到我的重量而忧伤。在《首席乐师》流传的近百首歌曲中，没有一种旋律会比你的摇椅的旋律更柔和的呀！母亲，我心中那些愉快的事情总是与你的手臂和双膝联在一起。

而你一边摆晃着一边唱歌，那些歌词不过是一些俏皮话，一种为了表示你的溺爱的语言。

在这些歌谣里，你为我唱到大地上的那些事物的名称：山，果实，村庄，田野上的动物。仿佛是为了让你的女儿在世界上定居，仿佛是向我列数家庭里的那些东西，多么奇特的家庭呀！在这个家庭里，人们已经接纳了我。

就这样，我渐渐熟悉了你那既严峻又温柔的世界：那些（造物主的）创造物的意味深长的名字，没有一个不是从你那里学来的。在你把那些美丽的名字教给我之后，老师们只有使用的份儿了。

母亲，你渐渐走近我，可以去采摘那些善意的东西而不至于伤害我：菜园里的一株薄荷，一块彩色的石子，而我就是在这些东西身上感受了（造物主的）那些创造物的情谊。你有时给我做、有时给我买一些玩具：一个眼睛像我的一样大的洋娃娃，一个很容易拆掉的小房子……不过那些没有生命的玩具，我根本就不喜欢。你不会忘记，对于我来说，最完美的东西是你的身体。

我戏弄你的头发，就像是戏弄光滑的水丝；抚弄你那圆圆的下巴、你的手指，我把你的手指辫起又拆开。对于你的女儿来说，你俯下的面孔就是这个世界的全部风景。我好奇地注视你那频频眨动的眼睛和你那绿色瞳孔里闪烁着的变幻的目光。母亲，在你不高兴的时候，经常出现在你脸上的表情是那么怪！

的确，我的整个世界就是你的脸庞、你的双颊，宛似蜜颜色的山岗，痛苦在你嘴角刻下的纹路，就像两道温柔的小山谷。注视着你的头，我便记住了那许多形态：在你的睫毛上，看到小草在颤抖；在你的脖子上，看到植物的根茎，当你向我弯下脖子时，便会皱出一道充满柔情的糟痕。

而当我学会牵着你的手走路时，紧贴着你，就像是你裙子上的一条摆动的裙皱，我们一起去熟悉的谷地。

父亲总是非常希望带我们去走路或爬山。

我们更是你的儿女，我们继续厮缠着你，就像苦巴杏仁被密实的杏核包裹着一样。我们最喜欢的天空，不是闪烁着亮晶晶寒星的天空，而是另一个闪烁着你的眼睛的天空。它搁得那么近，近得可以亲吻它的泪珠。

父亲陷入了生命那冒险的狂热，我们对他白天所做的事情一无所知。我们只看见，傍晚，他回来了，经常在桌子上放下一堆水果。看见他交给你放在家里的衣柜里的那些麻布和法兰绒，你用这些为我们做衣服。然而，剥开果皮喂到孩子的嘴里并在那炎热的中午榨出果汁的，都是你呀，母亲。画出一个个小图案，再根据这些图案把麻布和法兰绒裁开，做成孩子那怕冷的身体穿上正合身的松软的衣服的，也是你呀，温情的母亲，最亲爱的母亲。

孩子已学会了走路，同样也会说那像彩色玻璃球一样的多种多样的话了。在交谈中间，你对他们加上的那一句轻轻的祈祷，从此便永远留在了他们的身边直至生命的最后一天。这句祈祷像宽叶香蒲一样质朴。当人们在这个世界上需要温柔而透明的生活的时候，我们就用如此简单的祈祷乞求，乞求每天的面包，说人们都是我们的兄弟，也赞美上帝那顽强的意志。

你以这种方式为我们展示了一幅充满形态和色彩的油画般的大地，同样也让我们认识了隐匿起来的上帝。

母亲，我是一个忧郁的女孩，又是一个孤僻的女孩，就像是那些白天藏起来的蟋蟀，又像是酷爱阳光的绿蜥蜴。你为你的女儿不能像别的女孩一样玩耍而难受，当你在家里的葡萄架下找到我，看到我正在与弯曲的葡萄藤和一棵像一个漂亮的男孩子一样挺拔而清秀的苦巴杏树交谈时，你常常说我发烧了。

此时此刻，倘使你在我的身边，就会把手放在我的额头上，像那时一样对我说："孩子，你发烧了。"

母亲，在你之后的所有的人，在教你教给他们的东西时，他们都要用许多话才能说明你用极少的话就能说明白的事情。他们让我听得厌倦，也让我对听"讲故事"索然无味。你在我身上进行的教育，像亲昵的蜡烛的光辉一样。你不用强迫的态度去讲，也不是那样匆忙，而是对自己的女儿倾诉。你从不要求自己的女儿安安静静、规规矩矩地坐在硬板凳上。我一边听你说话一边玩你的薄纱衫或者衣袖上的珠贝壳扣。母亲，这是我所熟悉的唯一的令人愉快的学习方式。

后来，我成了一个大姑娘，再后来，我成了一个女人。我独自行走，不再倚傍你的身体，并且知道，这种所谓的自由并不美。我的身影投射在原野上，身边没有你那小巧的身影，该是多么难看而忧伤。我说话也同样不需要你的帮助了。我还是渴望着，在我说的每一句话里，都有你的帮助，让我说出的话，成为我们两个人的一个花环。

此刻，我闭着眼睛对你诉说，忘却了自己身在何方，也无须知道自己是在如此遥远的地方，我闭紧双眼，以便看不到，横亘在你我中间的那片辽阔的海洋。我和你交谈，就像是摸到了你的衣衫；我微微张开双手，我觉得你的手被我握住了。

这一点，我已对你说过：我带着你身体的赐予，用你给的双唇说话，用你给的双眼去注视神奇的大地。你同样能用我的这双眼看见热带的水果——散发着甜味的菠萝和光闪闪的橙子。你用我的眼睛欣赏这异国的山峦的景色，它们与我们那光秃秃的山峦是多么不同啊！在那座山脚下，你养育了我。你通过我的耳朵听到这些人的谈话，你会理解他们，爱他们，当对家乡的思念像一块伤疤，双眼睁开，除了墨西哥的景色，什么也看不见的时候，你也会同样感到痛苦。

今天，直至永远，我都会感谢你赐予我的采撷大地之美的能力，像用双唇吸吮一滴露珠，也同样感激你给予我的那种痛苦的财富，这种痛苦在我的心灵深处可以承受，而不至于死去。

为了相信你在听我说话，我就垂下眼睑，把这儿的早晨从我的身边赶走，想象着。在你那儿，正是黄昏。而为了对你说一些其他不能用这些语言表达的东西，我渐渐地陷入了沉默……

名家点评

因为她那富于强烈感情的抒情诗，已经使她的名字成为整个拉丁美洲渴求理想的象征。　　　　——1945 年诺贝尔文学颁奖辞

林中小溪

[苏联]普里什文

作品导读

中国作家谢大光说:"泉水是鼎湖山的灵魂。"

苏联作家普里什文说:"如果你想了解森林的心灵,那你就去找一条林中小溪。"

有一双善于在静中见动,善于看到常人看不到的情趣,捕捉到美妙的瞬间的眼睛,能细致地体会到人与自然的关系,并将诗意与哲思浸入在散文中的,恐怕除了普里什文,再找不出第二个人了。这位老人,他在81年的岁月中,几乎总是在俄罗斯大地上旅行,他献给世界的,自然是一串串珍珠。他告诉世人:"我的亲爱的人们,只要回想起自己的小径,真有说不完的话,我的脚踏遍了森林、草原、山丘,到处都有我的家……"

让我们随着普里什文的生花妙笔走进俄罗斯高加索地区春天的森林吧。

关于作者

普里什文(1873—1954),苏联作家。主要作品有长篇小说《恶老头的锁链》,中篇小说《人参》和长诗《叶芹草》。

如果你想了解森林的心灵，那就去找一条林中小溪，顺着岸边往上游或者下游走一走吧。刚开春的时候，我从那条可爱的小溪边走过。下面就是我在那儿的所见、所闻和所想。

我看见，流水在浅的地方遇到云杉树根的障碍，于是冲着树根潺潺鸣响，冒出气泡来。这些气泡一冒出来，就迅速地漂走，不久即破灭，但大部分会漂到新的障碍那儿，挤成白花花的一团，老远就可以望见。

水遇到一个又一个障碍，却毫不在乎，它只是聚集为一股股水流，仿佛在避免不了的一场搏斗中收紧肌肉一样。

水在颤动。阳光把颤动的水影投射到云杉树上和青草上，那水影就在树干和青草上忽闪。水在颤动中发出淙淙声响，青草仿佛在这乐声中生长，水影显得那么调和。

流过一段又浅又阔的地方，水急急注入狭窄的深水道，因为流得急而无声，就好像在收紧肌肉，而太阳不甘寂寞，让那水流紧张的影子在树干和青草上不住地忽闪。

如果遇上大的障碍，水就嘟嘟哝哝地仿佛表示不满，这嘟哝声和从障碍上飞溅过去的声音，老远就可听见。然而这不是示弱，不是诉怨，也不是绝望，这些人类的感情，水是毫无所知的。每一条小溪都深信自己会到达自由的水域，即使遇上像厄尔布鲁士峰一样的山，也会将它劈开，早晚会到达……

太阳所反映的水上涟漪的影子，像轻烟似的总在树上和青草上晃动着。在小溪的淙淙声中，饱含树脂的幼芽在开放，水下的草长出水面，岸上青草越发繁茂。

这儿是一个静静的旋涡，旋涡中心是一棵倒树，有几只亮闪闪的小甲虫在平静的水面上打转，惹起了粼粼涟漪。

水流在克制的嘟哝声中稳稳地流淌着，它们兴奋得不能不互相呼唤：许多支有力的水流都流到了一起，汇合成了一股大的水流，彼此间又说话又呼唤——这是所有来到一起又要分开的水流在打招呼呢。

水惹动着新结的黄色花蕾，花蕾反又在水面漾起波纹。小溪的生活中，就这样一会儿泡沫频起，一会儿在花和晃动的影子间发出兴奋的招呼声。

有一棵树早已横堵在小溪上，春天一到竟还长出了新绿，但是小溪在树下找到了出路，匆匆地奔流着，晃着颤动的水影，发出潺潺的声音。

有些草早已从水下钻出来了，现在立在溪流中频频点头，算是既对影子的颤动又对小溪的奔流的回答。

就让路途当中出现阻塞吧，让它出现好了！有障碍，才有生活；要是没有的话，水便会毫无生气地立刻流入大洋了，就像不明不白的生命离开毫无生气的机体一样。

途中有一片宽阔的洼地。小溪毫不吝啬地将它灌满水，并继续前行，而留下那水塘过它自己的日子。

有一棵大灌木被冬雪压弯了，现在有许多枝条垂挂到小溪中，煞像一只大蜘蛛，灰蒙蒙的，爬在水面上，轻轻摇晃着所有细长的腿。

云杉和白杨的种子在漂浮着。

小溪流经树林的全程，是一条充满持续搏斗的道路，时间就由此而被创造出来。搏斗持续不断，生活和我的意识就在这持续不断中形成。

是的，要是每一步没有这些障碍，水就会立刻流走了，也就根本不会有生活和时间了……

小溪在搏斗中竭尽力量，溪中一股股水流像肌肉似的扭动着，但是毫无疑问的是，小溪早晚会流入大洋的自由的水中，而这"早晚"就正是时间，正是生活。

　　一股股水流在两岸紧夹中奋力前进，彼此呼唤，说着"早晚"二字。这"早晚"之声整天整夜地响个不断。当最后一滴水还没有流完，当春天的小溪还没有干涸的时候，水总是不倦地反复说着："我们早晚会流入大洋。"

　　流净了冰的岸边，有一个圆形的水湾。一条在发大水时留下的小狗鱼，被困在这水湾的春水中。

　　你顺着小溪会突然来到一个宁静的地方。你会听见，一只灰雀的低鸣和一只苍头燕雀惹动枯叶的簌簌声，竟会响遍整个树林。

　　有时一些强大的水流，或者有两股水的小溪，呈斜角形汇合起来，全力冲击着被百年云杉的许多粗壮树根所加固的陡岸。

　　真惬意啊：我坐在树根上，一边休息，一边听陡岸下面强大的水流不急不忙地彼此呼唤，听它们满怀"早晚"必到大洋的信心互打招呼。

　　流经小白杨树林时，溪水溶溶像一个湖，然后集中向一个角落，从一米高的悬崖上落下来，老远就可听见哗哗声。这边一片哗哗声，那小湖上却悄悄地泛着涟漪，密集的小白杨树被冲歪在水下，像一条条蛇似的一个劲儿想顺流而去，却又被自己的根拖住。

　　小溪使我流连，我老舍不得离它而去，因此反倒觉得乏味起来。

我走到林中一条路上，这儿现在长着极低的青草，绿得简直刺眼，路两边有两道车辙，里边满是水。

在最年轻的白桦树上，幼芽正在舒青，芽上芳香的树脂闪闪有光，但是树林还没有穿上新装。在这还是光秃秃的林中，今年曾飞来一只杜鹃：杜鹃飞到秃林子来，那是不吉利的。

在春天还没有装扮，开花的只有草莓、白头翁和报春花的时候，我就早早地到这个采伐迹地来寻胜，如今已是第十二个年头了。这儿的灌木丛，树木，甚至树墩子我都十分熟悉，这片荒凉的采伐迹地对我说来是一个花园：每一棵灌木，每一棵小松树、小云杉，我都抚爱过，它们都变成了我的，就像是我亲手种的一样，这是我自己的花园。

我从自己的"花园"回到小溪边上，看到一件了不得的林中事件：一棵巨大的百年云杉，被小溪冲刷了树根，带着全部新、老球果倒了下来，繁茂的枝条全都压在小溪上，水流此刻正冲击着每一根枝条，还一边流，一边不断地互相说着："早晚……"

小溪从密林里流到空地上，水面在艳阳朗照下开阔了起来。这儿水中蹿出了第一朵小黄花，还有像蜂房似的一片青蛙卵，已经相当成熟了，从一颗颗透明体里可以看到黑黑的蝌蚪。在这儿的水上，有许多几乎同跳蚤那样小的浅蓝色的苍蝇，贴着水面飞一会就落在水中；它们不知从哪儿飞出来，落在这儿的水中，它们的短促的生命，就好像这样一飞一落。有一只水生小甲虫，像铜一样亮闪闪，在平静的水上打转。一只姬蜂往四面八方乱窜，水面却纹丝不动。一只黑星黄粉蝶，又大又鲜艳，在平静的水上翩翩飞舞。这水湾周围的小水洼里长满了花草，早春柳树的枝条也已开花，茸茸的像黄毛小鸡。

小溪怎么样了呢？一半溪水另觅路径流向一边，另一半溪水流向另一边。也许是在为自己的"早晚"这一信念而进行的搏斗中，溪水分道扬镳了：一部分水说，这一条路会早一点儿到达目的地，而另一部分水认为另一边是近路，于是它们分开来了，绕了一个大弯子，彼此之间形成了一个大孤岛，然后又重新兴奋地汇合到一起，终于明白：对水说来没有不同的道路，所有道路早晚都一定会把它带到大洋。

我的眼睛得到了愉悦，耳朵里"早晚"之声不绝，杨树和白桦幼芽的树脂的混合香味扑鼻而来。此情此景我觉得再好也没有了，我再不必匆匆赶到哪儿去了。我在树根之间坐了下去，紧靠在树干上，举目望那和煦的太阳，于是，我的梦魂萦绕的时刻翩然而至，停了下来，原是大地上最后一名的我，最先进入了百花争艳的世界。

我的小溪到达了大洋。

名家点评

普里什文有一支生花的妙笔，他善于将普普通通的词汇灵活地搭配起来进行描写，使一切都具有触摸得到的可感性。

——［苏联］高尔基

大自然对于悉心洞察它的生活并歌颂它的瑰丽的人，倘若能生感激之情的话，那么这番情意首先应该归于普里什文。

——［苏联］康·巴乌斯托夫斯基

我为何而生

[英国] 罗素

作品导读

"我为何而生?"这是一个很难参透的人生之题,但是任何人都无法回避。

著名哲学家罗素的回答是:爱、知识和怜悯,这三者囊括了西方文化的精髓。

《我为何而生》是罗素为其自传所写的序言,篇幅虽短,但因包含巨大的情感容量,因此历来被人们所传诵。

关于作者

伯特兰·罗素(1872—1970),20世纪英国哲学家、数学家、逻辑学家、历史学家,1950年诺贝尔文学奖得主。他与怀特海合著的《数学原理》对逻辑学、数学、集合论、语言学和分析哲学有着巨大影响。1950年,罗素获诺贝尔文学奖,以表彰其"多样且重要的作品,持续不断地追求人道主义理想和思想自由"。

对爱情的渴望，对知识的追求，对人类苦难不可遏制的同情，是支配我一生的单纯而强烈的三种感情。这些感情如阵阵巨风，吹拂在我动荡不定的生涯中，有时甚至吹过深沉痛苦的海洋，直抵绝望的边缘。

我所以追求爱情，有三方面的原因。首先，爱情有时给我带来狂喜，这种狂喜竟如此有力，以致使我常常会为了体验几小时的爱的喜悦，而宁愿牺牲生命中其他一切。其次，爱情可以摆脱孤寂——身历那种可怕孤寂的人的战栗意识，有时会由世界的边缘，观察到冷酷无生命的无底深渊。最后，在爱的结合中，我看到了古今圣贤以及诗人们所梦想的天堂的缩影，这正是我所追寻的人生境界。虽然它对一般的人类生活也许太美好了，但这正是我透过爱情所得到的最终发现。

我曾以同样的感情追求知识，我渴望去了解人类的心灵，也渴望知道星星为什么会发光，同时我还想理解毕达哥拉斯的力量。

爱情与知识的可及领域，总是引领我到天堂的境界，可对人类苦难的同情却经常把我带回现实世界。那些痛苦的呼唤经常在我内心深处引起回响。饥饿中的孩子，被压迫被折磨者，给子女造成重担的孤苦无依的老人，以及全球性的孤独、贫穷和痛苦的存在，是对人类生活理想的无视和讽刺。我常常希望能尽自己的微薄之力去减轻这不必要的痛苦，但我发现我完全失败了，因此我自己也感到很痛苦。

这就是我的一生，我发现人是值得活的。如果有谁再给我一次生活的机会，我将欣然接受这难得的赐予。

名家点评

文章主要概述了支配作者一生的三种强烈感情,即对挚爱的无限渴望,对知识的执着追求以及对人类和平与安定的关照。整篇文章字里行间流露出的伟大且高尚的精神让人不由地心生敬意、赞叹不已。总之,这篇散文可以说是罗素的生活宣言书。

——张燕飞

半个世纪以来,由于罗素个人思想的高超,使他一直成为全球瞩目与争论的中心。在人类知识和数理方面,他的研究成果可以与牛顿在力学上的成就相媲美。然而,诺贝尔奖并非旨在肯定他在这些特殊科学领域里所取得的成就。在我们看来,更为重要的是罗素的著作为广大的公众所写,因而卓有成效地保持了大众对整个哲学课题的兴趣。

——1950年诺贝尔文学奖颁奖辞

听泉

[日本]东山魁夷

作品导读

"人人心中都有一股泉水，日常的烦乱生活，遮蔽了它的声音。当你夜半突然醒来，你会从心灵的深处，听到幽然的鸣声，那正是潺潺的泉水啊！"

"回想走过的道路，多少次在这旷野上迷失了方向。每逢这个时候，当我听到心灵深处的鸣声，我就重新找到了前进的标志。"

这两段知性而优美文字的作者是日本画家兼作家东山魁夷。

宋代的苏轼评价唐代王维的诗与画："味摩诘之诗，诗中有画；观摩诘之画，画中有诗。"而东山魁夷被称为"日本的王维"，他是日本现代著名的风景画家，也是一位散文家，被称为"大自然的歌手"。

他的散文创作也是通过风景的描绘来展示心境的。文中有画，画中有情。欣赏他的散文，如同欣赏他的画一般，可以感受到林丛中的风响与泉声、樱花的盎然与馨香，也可以感受到日月闪烁的律动、波涛涌起的节拍，还可以感悟出人生的真谛。

关于作者

东山魁夷（1908—1999），日本当代著名风景画家和散文家。绘画的代表作品有《京洛四季组画》《唐招提寺障壁画》等，文学代表作品有《东山魁夷文集》11卷。

鸟儿飞过旷野。一批又一批,成群的鸟儿接连不断地飞了过去。

有时候四五只联翩飞翔,有时候排成一字长蛇阵。看,多么壮阔的鸟群啊!……

鸟儿鸣叫着,它们和睦相处,互相激励,有时又彼此憎恶,格斗,伤残。有的鸟儿因疾病、疲惫或衰老而失掉队伍。

今天,鸟群又飞过旷野。它们时而飞过碧绿的田原,看到小河在太阳照耀下流泻;时而飞过丛林,窥见鲜红的果实在树荫下闪烁。想从前,这样的地方有的是。可如今,到处都是望不到边的漠漠荒原。任凭大地改换了模样,鸟儿一刻也不停歇,昨天,今天,明天,它们继续打这里飞过。

不要认为鸟儿都是按照自己的意志飞翔的。它们为什么飞?它们飞向何方?谁都弄不清楚,就连那些领头的鸟儿也无从知晓。

为什么必须飞得这样快?为什么就不能慢一点儿呢?

鸟儿只觉得光阴在匆匆忙忙中逝去了。然而,它们不知道时间是无限的,永恒的,逝去的只是鸟儿自己。它们像着了迷似的那样剧烈,那样急速地振翮翱翔。它们没有想到,这会招来不幸,会使鸟儿更快地从这块土地上消失。

鸟儿依然呼啦啦拍击着翅膀,更急速,更剧烈地飞过去……

森林中有一泓清澈的泉水,发出叮叮咚咚的响声,悄然流淌。这里有鸟群休息的地方,尽管是短暂的,但对于飞越荒原的鸟群说来,这小憩何等珍贵!地球上的一切生物,都是这样,一天过去了,又去迎接明天的新生。

鸟儿在清泉旁歇歇翅膀，养养精神，倾听泉水的絮语。鸣泉啊，你是否指点了鸟儿要去的方向？

泉水从地层深处涌出来，不间断地奔流着，从古到今，阅尽地面上一切生物的生死，荣枯。因此，泉水一定知道鸟儿应该飞去的方向。

鸟儿站在清澄的水边，让泉水映照着身影，它们想必看到了自己疲倦的模样。它们终于明白了鸟儿作为天之骄子的时代已经一去不复返了。

鸟儿想随处都能看到泉水，这是困难的。因为，它们只顾尽快飞翔。

鸟儿想错了，它们最大的不幸是以为只有尽快飞翔才是进步，它们以为地面上的一切都是为了鸟儿而存在着。

不过，它们似乎有所觉悟，这样连续飞翔下去，到头来，鸟群本身就会泯灭的。但愿鸟儿尽早懂得这个道理。

我也是群鸟中的一只，所有的人们都是在荒凉的不毛之地上飞翔不息的鸟儿。

人人心中都有一股泉水，日常的烦乱生活，遮蔽了它的声音。当你夜半突然醒来，你会从心灵的深处，听到幽然的鸣声，那正是潺潺的泉水啊！

回想走过的道路，多少次在这旷野上迷失了方向。每逢这个时候，当我听到心灵深处的鸣泉，我就重新找到了前进的标志。

泉水常常问我：你对别人，对自己，是诚实的吗？我总是深感内疚，答不出话来，只好默默低着头。

我从事绘画，是出自内心的祈望：我想诚实地生活。心灵的泉水告诫我：要谦虚，要朴素，要舍弃清高的偏执。

心灵的泉水教导我：只有舍弃自我，才能看见真实。

舍弃自我是困难的，甚至是不可能的，我想。然而，絮絮低语的泉水明明白白对我说：美，正在于此。

名家点评

《听泉》是一篇当之无愧的精品。品读《听泉》，对久围于喧嚣污染的都市之人来说，可谓是一次心灵的洗涤。《听泉》中的那泓泉水流淌出来的，是生命体验的真、宗教精神的善和哲人情思的美。其境淡远，其情明澈，细细品味，顿觉五脏六腑清凉舒畅，焕然一新。

——宋红叶

不能说这些散文是画的解说，那样就降低了东山文学的独立价值。尽管一者用画一者用文来表现，我以为都是他从自己攀达的高峰之上谱写的心灵自由。

——刘白羽

正如他（指东山魁夷）的绘画一样，他的散文将自然、人生、艺术三者巧妙地融合为一体。

——［日］川端康成

花未眠

[日本]川端康成

 **作品导读**

"只恐夜深花睡去,故烧高烛照红妆。"这是北宋著名词人苏轼夜半醒来,面对寂然盛开的海棠,留下的千古佳句。

无独有偶,千年以后,一位日本作家发现了凌晨四点海棠的美,心灵有所启迪,写下了散文《花未眠》,这位作家就是1968年诺贝尔文学奖获得者川端康成。

 **关于作者**

川端康成(1899—1972),日本小说家,出生在大阪。成名作是小说《伊豆的舞女》,代表作有《雪国》《千鹤》《古都》等。

我常常不可思议地思考一些微不足道的问题。昨日一来到热海的旅馆，旅馆的人拿来了与壁龛里的花不同的海棠花。我太劳顿，早早就入睡了。凌晨四点醒来，发现海棠花未眠。

发现花未眠，我大吃一惊。有葫芦花和夜来香，也有牵牛花和合欢花，这些花差不多都是昼夜绽放的。花在夜间是不眠的。这是众所周知的事。可我仿佛才明白过来。凌晨四点凝视海棠花，更觉得它美极了。它盛放，含有一种哀伤的美。

花未眠这众所周知的事，忽然成了新发现花的机缘。自然的美是无限的。人感受到的美却是有限的，正因为人感受美的能力是有限的，所以说人感受到的美是有限的，自然的美是无限的。至少人的一生中感受到的美是有限的，是很有限的，这是我的实际感受，也是我的感叹。人感受美的能力，既不是与时代同步前进，也不是伴随年龄而增长。凌晨四点的海棠花，应该说也是难能可贵的。如果说，一朵花很美，那么我有时就会不由地自语道：要活下去！

画家雷诺阿说：只要有点进步，那就是进一步接近死亡，这是多么凄惨啊。他又说：我相信我还在进步。这是他临终的话。米开朗基罗临终的话也是：事物好不容易如愿表现出来的时候，也就是死亡。米开朗基罗享年八十九岁。我喜欢他的用石膏套制的脸型。

毋宁说，感受美的能力，发展到一定程度是比较容易的。光凭头脑想象是困难的。美是邂逅所得，是亲近所得。这是需要反复陶冶的。比如唯一一件的古美术作品，成了美的启迪，成了美的开光，这种情况确是很多。所以说，一朵花也是好的。

凝视着壁龛里摆着的一朵插花，我心里想道：与这同样的花自然开放的时候，我会这样仔细凝视它吗？只搞了一朵花插入花瓶，摆在壁龛里，我才凝神注视它。不仅限于花。就说文学吧，今天的小说家如同今天的歌人一样，一般都不怎么认真观察自然。大概认真观察的机会很少吧。壁龛里插上一朵花，要再挂上一幅花的画。这画的美，不亚于真花的当然不多。在这种情况下，要是画作拙劣，那么真花就更加显得美。就算画中花很美，可真花的美仍然是很显眼的。然而，我们仔细观赏画中花，却不怎么留心欣赏真的花。

　　李迪、钱舜举也好，宗达、光琳、御舟以及古径也好，许多时候我们是从他们描绘的花画中领略到真花的美。不仅限于花。最近我在书桌上摆上两件小青铜像，一件是罗丹创作的《女人的手》，一件是玛伊约尔创作的《勒达像》。光这两件作品也能看出罗丹和玛伊约尔的风格是迥然不同的。从罗丹的作品中可以体味到各种的手势，从玛伊约尔的作品中则可以领略到女人的肌肤。他们观察之仔细，不禁让人惊讶。

　　我家的狗产崽，小狗东倒西歪地迈步的时候，看见一只小狗的小形象，我吓了一跳。因为它的形象和某种东西一模一样。我发觉原来它和宗达所画的小狗很相似。那是宗达水墨画中的一只在春草上的小狗的形象。我家喂养的是杂种狗，算不上什么好狗，但我深深理解宗达高尚的写实精神。

　　去年岁暮，我在京都观察晚霞，就觉得它同长次郎使用的红色一模一样。我以前曾看见过长次郎制造的称之为夕暮的名茶碗。这只茶碗的黄色带红釉子，的确是日本黄昏的天色，它渗透到我的心中。我是在京都仰望真正的天空才想起茶碗来的。观赏这只茶碗的时候，我不由地浮现出坂本繁二郎的画来。那是一幅小画。画的是在荒原寂寞村庄的黄昏天空上，泛起破碎而蓬乱的十字形云彩。这的确是日本黄昏的天色，它渗入我的心。坂本繁二郎画的霞彩，同长次郎制造的茶碗的颜色，都是日本色彩。在日暮时分的京都，我也想起了这幅画。于是，繁二郎的画、长次郎的茶碗和真正黄昏的天空，三者在我心中相互呼应，显得更美了。

那时候，我去本能寺拜谒浦卜玉堂的墓，归途正是黄昏。翌日，我去岚山观赏赖山阳刻的玉堂碑。由于是冬天，没有人到岚山来参观。可我却第一次发现了岚山的美。以前我也曾来过几次，作为一般的名胜，我没有很好地欣赏它的美。岚山总是美的。自然总是美的。不过，有时候，这种美只是某些人看到罢了。

我之所以发现花未眠，大概也是我独自住在旅馆里，凌晨四时就醒来的缘故吧。

名家点评

川端康成的美学思想是建立在东方美、日本美的基础上，与他对东方和日本的传统的热烈执着是一脉相通的，其美学基本是传统的物哀、风雅与幽玄。

……从审美情趣来说，川端康成很少注意社会生活中的美的问题；就是涉及社会生活中的美，也多属于诗情画意、优美典雅的日常生活，比如纯洁朴实的爱情的美。他更多的是崇尚自然事物的美，即自然美。在审美意识中，特别重视自然美的主观感情和意识作用，他说过："看到雪的美，看到月的美，也就是四季时节的美而有所省悟时，当自己由于那种美而获得幸福时，就会热烈地想念自己的知心朋友，但愿他们共同分享这份快乐。"这就是他所说的，"由于自然美的感动，强烈地诱发出对人的怀念的感情""以'雪、月、花'几个字来表现四季时令变化的美，在日本这是包含着山川草木，宇宙万物，大自然的一切，以至人的感情的美，是有其传统的"。他强调的不仅要表现自然的形式美，而且重在自然的心灵美。

——叶渭渠

川端康成极为欣赏纤细的美，喜爱用那种笔端常带悲哀，兼具象征性的语言来表现自然界的生命和人的宿命。

——1968年诺贝尔文学奖颁奖辞

川端康成的作品笼罩了我最初三年多的写作。

——余　华

第一次接触到川端康成的作品时，我就喜欢上这位日本作家了。我喜欢他，是喜欢他作品的味，其感觉、其情调完全是川端式的。

——贾平凹

谈论川端先生的人一定要接触到美的问题。谁都说他是一位美的不倦探求者、美的猎获者。能够经得起他那锐利目光凝视的美，是难以存在的。但是，先生不仅凝视美，而且还爱美。可以认为，美也是先生的憩息，是喜悦，是恢复，是生命的体现。

——［日本］东山魁夷

懒惰哲学趣话

[德国] 伯 尔

🌸 作品导读

  这是一个很有趣的故事,一个发生于一位穿着入时的旅游者与一个穿着寒碜的渔夫之间的故事:

  穿着入时的旅游者似乎看不惯渔夫懒洋洋的生活,认为这样好的天气,他不该只是躺在渔船上打盹儿,应该出海捕鱼,并构思了一幅非常忙碌的人生追求图景,试图劝说渔夫出海捕鱼。而他的所构建的生活目标先"好好干一阵,有朝一日就可以不用再干活了""可以逍遥自在地坐在这里的港口,在太阳下打盹儿"。可他却忽略了:这样的生活,正是渔夫目前的生活状态!由此,当对话结束时,作为劝说者的旅游者却受到了渔夫人生哲学的启发,开始反思自己的生活。

🌸 关于作者

  海因里希·伯尔(1917—1985),当代德国作家,1972年获诺贝尔文学奖。代表作有《小丑之见》《列车正点到达》《亚当,你曾在哪里?》等。

欧洲西海岸的某港口泊着一条渔船，一个衣衫褴褛的人正躺在船里打盹儿。一位穿着入时的旅游者赶忙往相机里装上彩色胶卷，以便拍下这幅田园式的画面：湛蓝的天，碧绿的海翻滚着雪白的浪花，黝黑的船，红色的渔夫帽。"咔嚓。"再来一张："咔嚓。"好事成三嘛，当然，那就来个第三张。这清脆的、几乎怀着敌意的声音把正在打盹儿的渔夫弄醒了，他慢吞吞地支支腰，慢吞吞地伸手去摸香烟盒；烟还没有摸着，这位热情的游客就已将一包香烟递到了他的面前，虽说还没有把烟塞进他嘴里，但却放在了他的手里，随着第四次"咔嚓"声，打火机打着了，真是客气之至，殷勤之极。这一连串过分殷勤客气的举动，真有点儿莫名其妙，使人颇感困窘，不知如何是好。好在这位游客精通该国语言，于是便试着通过谈话来克服这尴尬的场面。

"您今天一定会打到很多鱼的。"

渔夫摇摇头。

"听说今天天气很好呀。"

渔夫点点头。

"您不出海捕鱼？"

渔夫摇摇头，这时游客心里则有点悒郁了。

毫无疑问，对于这位衣衫褴褛的渔夫他是颇为关注的，并为渔夫耽误了这次出海捕鱼的机会感到十分惋惜。

"噢，您觉得不太舒服？"

这时渔夫终于不再打哑语，开始真正说话了。"我身体特棒。"他说。

"我还从来没有感到像现在这么精神过。"他站起来，伸展一下四肢，仿佛要显示一下他的体格多么像运动员。"我的身体棒极了。"

游客的表情显得越来越迷惑不解，他再也抑制不住那个像要炸开他心脏的问题了："那么您为什么不出去打鱼呢？"

回答是不假思索的，简短的。"因为今天一早已经出去打过鱼了。"

"打得多吗？"

"收获大极了，所以用不着再出去了。我的筐里有四只龙虾，还捕到二十几条青花鱼……"

渔夫这时完全醒了，变得随和了，话匣子也打开了，并且宽慰地拍拍游客的肩膀。他觉得，游客脸上忧心忡忡的神情虽然有点儿不合时宜，但却说明他是在为自己担忧呀。

"我甚至连明天和后天的鱼都打够了。"他用这句话来宽慰这位外国人的心。"您抽支我的烟吗？"

"好，谢谢。"

两人嘴里都叼着烟卷，随即响起了第五次"咔嚓"声。外国人摇着头，往船沿上坐下，放下手里的照相机，因为他现在要腾出两只手来强调他说的话。

"当然，我并不想干预您的私事，"他说，"但请您想一想，要是您今天出海两次，三次，甚至四次，那您就可以捕到三十几条，四十多条，五六十条，甚至一百多条青花鱼……请您想一想。"

渔夫点点头。

"要是您不只是今天，"游客继续说，"而且明天、后天、每个好天气都出去捕二三次，或许四次——您知道，那情况将会是怎么样？"

渔夫摇摇头。

"不出一年您就可以买辆摩托,两年就可再买一条船,三四年说不定就有了渔轮;有了两条船或者那条渔轮,您当然就可以捕到更多的鱼——有朝一日您会拥有两条渔轮,您就可以……"他兴奋得一时间连话也说不出来了,"您就可以建一座小冷库,也许可以盖一座熏鱼厂,随后再开一个生产各种渍汁鱼罐头厂,您可以坐着直升机飞来飞去找鱼群,用无线电指挥您的渔轮作业。您可以取得大马哈鱼的捕捞权,开一家活鱼饭店,无需通过中间商就直接把龙虾运往巴黎——然后……"外国人兴奋得又说不出话了。他摇摇头,内心感到无比忧虑,度假的乐趣几乎已经无影无踪。他凝视着滚滚而来的排浪,浪里鱼儿在欢快地蹦跳。"然后,"他说,但是由于激动他又语塞了。

渔夫拍拍他的背,像是拍着一个吃呛了的孩子。"然后怎么样?"他轻声地问。

"然后嘛,"外国人以默默的兴奋心情说,"然后您就可以逍遥自在地坐在这里的港口,在太阳下打盹儿——还可以眺览美丽的大海。"

"我现在就这样做了,"渔夫说,"我正悠悠自得地坐在港口打盹儿,只是您的'咔嚓'声把我打搅了。"

这位旅游者受到这番开导,便从那里走开了,心里思绪万千,浮想联翩,因为从前他也曾以为,他只要好好干一阵,有朝一日就可以不用再干活了;对于这位衣衫寒碜的渔夫的同情,此刻在他心里已经烟消云散,剩下的只是一丝羡慕。

名家点评

文章用这样一个简单而深刻的故事告诉着我们幸福的真谛——与其为遥远的未来精心策划物质的丰盈,不如静静坐下来,看云卷云舒,潮起潮落,倾听心底幸福的歌吟。

——郑红良

你的文学作品中最具特征的主题之一,是关于"没有居处的存在",借用你的话来说,你一直努力在"人可居住的国度"里用语言寻求"可住"的地方,以作为这一主题衍生的自然归结。谁都在寻找自己的居处,表达这一观点的作品恰恰与"没有居处的存在(人)"形成对比。

这种向人类开放的特点,使你的作品视野辽阔,也使我们得以打开了解你作品的锁。你那许许多多以这种精神写就的作品,使我们获得一种权利,可以寄希望于人人能有居处的世界。

——1972年诺贝尔文学奖颁奖辞